KB253337

千里透眼

천리투안

**7**

박찬규 신무협 장편 소설

ORIENTAL FANTASY STORY & ADVENTURE

dream
books
드림북스

**천리투안(千里透眼) 7**
흑화사신

초판 1쇄 인쇄 / 2009년 3월 1일
초판 1쇄 발행 / 2009년 3월 11일

지은이 / 박찬규

발행인 / 오영배
편집장 / 김경인
펴낸 곳 / (주)삼양출판사 · 드림북스

주소 / 서울특별시 강북구 미아8동 322-10호
대표 전화 / 02-980-2112~4  팩스 / 02-983-0660
편집부 전화 / 02-980-2116  팩스 / 02-983-8201
홈페이지 / www.sydreambooks.com

등록번호 / 제9-00046호
등록일자 / 1999년 3월 11일

© 박찬규, 2009

값 8,000원

(주)삼양출판사 · 드림북스의 서면 허락 없이는 어떠한
형태나 수단으로도 이 책의 내용을 이용하지 못합니다.

ISBN 978-89-542-2637-0   04810
ISBN 978-89-542-2202-0   (세트)

7
흑화사신
박찬규 신무협 장편 소설
천리투안
千里透眼
ORIENTAL FANTASY STORY & ADVENTURE

제1장 **혈대주**(血隊主)   7

제2장 **난세**((亂世)   33

제3장 **중중중**(重中重)   77

제4장 **유인**(誘引)   117

제5장 **나예주**(懦霓姝)   155

제6장 **정찰**(偵察)　*183*

제7장 **비정연**(非情緣)　*223*

제8장 **고립**(孤立)　*261*

제9장 **교돈곡**(絞豚谷)　*289*

제1장
혈대주(血隊主)

# 壹

  천가장에서 유령마제 일당을 쫓아낸 철혈단은 대충 뒷수습을 한 뒤 바로 성도를 떠났다. 그들은 부지런히 당초 목적지인 사천의 남부, 아미산을 향해 이동했다.

  철혈단 부단주 묵견이 중원 여기저기에 흩어져 각기 임무를 맡고 있던 철혈단원들을 모두 불러 모아 성도까지 오는데 무려 삼 주가 넘게 걸렸다. 거기다 유령마제 일당과 싸운다고 상당한 시간을 허비하기까지 했다.

  아미산에 당도하는 시간이 늦어질수록 흑화사신과의 거리는 벌어지게 된다. 이 년 전 철혈단주 천주일섬 화무원을 암살한 그 증오스런 자객을 처단할 가능성이 지금도 빠른 속도로 줄어들고 있는 것이다!

그런 이유로 묵견은 하루에 한 시진만 자고 이동하는 강경한 수단을 쓰기로 마음먹었다. 철혈단원들은 두말 없이 그것을 받아들였다.

천가장을 떠난 다음날 새벽 축시(丑時; 오전1시~3시) 초 무렵, 이동을 중단한 철혈단은 한 촌락 근처의 평야에 잠자리를 마련했다.

촌락의 규모가 워낙 작아 삼백이 넘는 철혈단원들을 수용하는 것이 불가능했던 탓이다. 그나마 마을 사람들이 겨울을 나기 위해 식량을 비축해 두고 있어 돈을 주고 그것을 사서 배를 채울 수 있었다.

철혈단원 대부분은 식사를 끝마치자마자 바로 깊은 잠에 빠졌다. 유령마제 일당과 싸운 직후부터 지금까지 조금도 쉬지 못한 탓에 저마다 지치고 피곤한 상태였기 때문이다.

허나 묵견을 비롯해 2혈대부터 12혈대까지의 대주들은 잠들지 못했다. 그들에겐 잠자는 시간마저 쪼개어 처리해야 할 사안들이 몇 가지 있었다.

옹기종기 모여 잠든 철혈단원들과 멀찍이 떨어진 곳에 자리 잡은 공터, 그곳에는 타닥타닥 소리를 내며 모닥불이 피어오르고 있었다. 그 주위를 열두 명의 사내들이 원을 그리며 앉아 있었다.

때는 시월 중순이라 밤공기가 쌀쌀해 대부분 두툼한 모포를

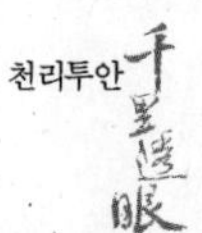

걸친 상태였다. 몇몇은 뜨겁게 데운 차를 마시며 추위를 달래었다.

그렇게 차를 홀짝이고 있던 사람들 중 하나인 묵견은 열한 개 혈대의 대주들을 스윽 훑어본 후 특유의 느끼한 미소를 머금었다.

"흐음, 그럼 이것으로 각 혈대별 인원 재편성은 마무리된 것으로 알겠어요. 그래도 되겠지요?"

유령마제 일당과의 전투로 사망한 철혈단원은 모두 스물네 명이었다. 부상자는 아무도 없었다. 독수공에 당한 자는 모두 죽어 버렸으니까. 전설대로 독수공은 정말이지 치명적인 무학이었다.

사망자들 중 일부는 완전히 녹아 버렸고, 일부는 그나마 형체를 유지하고 있었다. 전자는 어쩔 수 없지만, 후자는 천가장이 책임지고 천후맹까지 호송해 주기로 했다.

열한 개 혈대의 대주들은 그렇게 죽은 스물네 명의 빈자리를 아미산에 도착하기 전에 미리미리 채워 두는 것이 좋다고 합의했다.

각 혈대의 머릿수가 큰 차이를 보일 경우, 아미산에서 행동을 개시할 때 머릿수가 모자란 혈대는 다른 혈대보다 활동영역이 좁아지기 때문이다.

이것은 철혈단의 숙원인 흑화사신을 추적하는 일이니만큼 열한 개 혈대주들 중 누구도 다른 혈대에 공을 양보할 생각은 추호도 없었다.

누구라도 흑화사신에 관한 실마리를 붙잡으면 그것으로 된 거지만, 가능하면 그 누군가가 자신이 이끌고 있는 혈대의 일원이었으면 하는 것이 그들의 솔직한 심정이었다. 자연, 머릿수 때문에 다른 혈대에 공을 빼앗기는 상황만은 어떻게든 피하고 싶었다.

묵견은 열한 개 혈대를 서로 경쟁시켜서 나쁠 것은 없다고 판단했다. 그래서 그는 지금까지 누구를 어느 혈대에 소속시킬 건지 혈대주들과 상의했고, 한식경간의 열띤 토론 끝에 겨우 그 문제를 일단락 지을 수 있게 되었다.

묵견의 시선을 받은 열한 개 혈대주들은 이 정도면 만족스럽다는 얼굴로 고개를 끄덕였다. 허나 그중 한 명만은 떨떠름한 표정을 감추지 못했다.

그는 12혈대주 파석수(破石手) 담우(擔宇)였는데, 모두들 그가 왜 저런 표정을 짓는지 알고 있어 딴죽을 걸지는 않았다. 그저 모른 척할 뿐이다.

다른 혈대와는 달리 12혈대는 예비대 역할을 맡고 있었다.

철혈단에 입단한 자들은 몇몇 예외를 제외하고는 일단 12혈대에 들어가 규율을 익히며 실력을 쌓는다. 그러다 다른 혈대에 공석이 생기면 그곳으로 이동한다.

그 때문에 12혈대는 인원수도 들쭉날쭉하고, 개개인의 성격도 다양하며, 실력도 천차만별이었다.

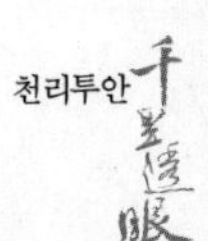

올해 오십오 세인 담우는 근 이십 년 가까이 12혈대주로 있으며 갓 입단해 어색해하고, 불안해하는 자들을 친형제자식처럼 돌보았다. 그들의 몸과 마음을 어엿한 철혈단원으로 만들려고 열성을 다했다. 그리고 그렇게 키운 자들을 하나하나씩 다른 혈대로 떠나보냈다.

이십여 년 동안 수많은 만남과 이별을 경험했으니 무덤덤해질 만도 하건만, 역시 이별이란 건 그리 쉬운 것이 아니었다.

더구나 담우는 어제 유령마제 일당의 손에 다섯 명의 대원을 잃었고, 지금 열아홉 명의 대원들을 다른 혈대로 보내었다.

한 명을 떠나보내는 것도 쉽지 않은데, 이틀 사이 무려 스물네 명을 떠나보낸 것이니 마음이 편치 않은 것도 어쩌면 당연한 일이었다.

"니미럴……."

담우는 끝내 씁쓸한 욕설을 내뱉으며 애꿎은 모닥불을 노려보았다. 그 탓에 장내의 분위기는 더없이 무거워졌다. 누구 한 사람 섣불리 입을 열지 못했을 정도였다.

이대로는 안 된다는 생각에 묵견은 접선으로 손바닥을 힘껏 쳐서 모두의 시선을 자신에게로 모았다. 그는 애써 쾌활한 어조로 은근슬쩍 화제를 바꾸었다.

"자자, 인원 재편성은 끝났고, 향후 행동방향에 관한 것은 아미산에 도착해 1혈대 분들과 합류한 후 결정할 거예요. 그러니 이제 남은 문제는 한 가지뿐이네요. 호호호."

묵견은 곁눈질로 오른쪽 옆 저 멀리 떨어진 곳을 보았다. 열한 개 혈대주들의 시선도 자연스레 그곳으로 옮겨졌다.

그곳에는 잠이 오지 않는지 한 사내가 바닥에 아무렇게나 퍼질러 앉아 공허한 눈으로 밤하늘을 응시하고 있었다. 그늘진 얼굴에는 허무가 자리잡았고, 축 처진 어깨에는 허탈감이 머물렀다.

생기를 잃은 푸른 눈의 사내, 다름 아닌 소호였다.

"자네는 저 아이를 어떻게 할 작정인가?"

침묵을 깨고 입을 연 것은 2혈대주 음양홍익이검 박교였다. 소호를 바라보는 그의 두 눈에는 약간의 탐욕이 담겨 있었다. 성도에서 소호의 능력을 두 눈으로 직접 본 상태, 가능하면 자신의 휘하에 두고 싶었다.

박교와 12혈대주 담우를 제외한 나머지 아홉 개 혈대주들의 얼굴에는 우려가 자리잡았다.

소호는 성창의 넷째제자라는 막강한 신분을 지니고 있었고, 신급 이상의 고수였으며, 출중한 지모마저 소유하고 있었다.

강호에 정식으로 출도한 지 채 일 년도 되지 않았건만, 그 짧은 기간 동안 보여준 능력이 너무나도 대단해 명성 또한 높았다.

한마디로 소호는 대원으로 만족할 그릇이 아니라 대주 자리를 차지하고도 남을 그릇이라는 얘기다.

박교는 스스로 물러나기 전까지는 묵견이라 할지라도 그를

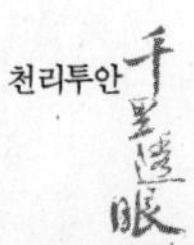

대주의 자리에서 끌어내릴 수 없었다. 담우 역시 12혈대의 특성상 다른 이로 대체하기 힘들었다.

그러나 나머지 아홉 개 혈대주들은 사정이 달랐다. 그들은 묵견이 물러나라고 하면 물러나야 하는 처지였다. 인사권한은 전적으로 묵견에게 있었고, 그들은 그 명령을 거역할 수 없었으니까.

우두머리가 권위를 잃은 단체는 붕괴하기 마련이다.

좋든 싫든 묵견의 명령은 절대적이며, 또한 절대적이어야만 한다는 뜻이다.

아홉 개 혈대주들은 긴장 가득한 시선으로 묵견을 응시했다. 박교의 눈에는 여전히 탐욕이 머물러 있었고, 담우의 눈에는 묵견이 어떤 결정을 내릴지 궁금하다는 호기심이 담겨 있었다.

그들의 시선을 즐기며 묵견은 나직이 입을 열었다.

"혈대 하나를 맡겨볼 생각이에요."

말투는 부드러웠지만 그 속에 담긴 의지는 확고했다.

불안이 현실로 다가오자 약속이나 한 것처럼 아홉 개 혈대주들의 어깨가 동시에 축 늘어졌다.

아쉬움에 입맛을 다신 박교는 다른 혈대주들을 한번 스윽 훑어본 후 질문을 던졌다.

"쩝, 그런가? 자네의 생각이 그렇다니 어쩔 수 없군. 그래, 열세 번째 혈대를 신설할 계획인가? 아니면…… 열두 개 혈대 체제를 유지할 것인가?"

말이 끝나기 무섭게 아홉 개 혈대주들의 시선이 재차 묵견에게 꽂혔다. 그들은 묵견이 제발 전자를 택해 주길 간절히 기원했다.

허나 애석하게도 묵견은 그들의 기대를 일말의 고민도 없이 짓밟았다. 바로 손가락 하나를 펴 보인 묵견은 그것을 왼쪽으로 살짝 옮겼다. 후자라는 뜻이다.

속으로 '빌어먹을!' 욕설을 퍼부은 아홉 개 혈대주들은 잽싸게 묵견과 서로의 눈치를 살폈다. 과연 누가 희생양이 될 것인지 입이 바짝바짝 타들어가고 있었다.

바로 그때, 박교를 바라보고 있던 묵견의 고개가 옆으로 스르르 움직였다. 그의 고개가 멈춘 곳은 7혈대주 장대박의 산적 같은 면상이었다.

묵견은 장대박을 지그시 바라보며 은근한 미소를 던졌다. 그 미소의 정체를 파악한 여덟 개 혈대주들은 내심 안도의 한숨을 내쉬었다. 그런 후 한결 여유로워진 얼굴로 장대박에게 애도의 눈빛을 보냈다.

얼굴을 벌레 씹은 것처럼 구긴 장대박은 버럭 악을 질렀다.

"씨, 씨벌! 왜 나를 봐! 왜 나를 보냐고! 응? 어? 왜, 왜 나를 보는 거냐 말이오!"

시뻘겋게 상기된 얼굴로 성을 내는 장대박을 향해 묵견은 가볍게 어깨를 으쓱 움직였다.

"소호님은 7혈대와 가장 인연이 깊잖아요."

"니미럴! 인연은 무슨? 그딴 거 개뿔도 없어! 개뿔도! 아암, 암, 그렇고말고!"

발끈한 장대박은 거칠게 손사래를 치며 호들갑을 떨었다. 벌떡 자리에서 일어난 그는 씩씩 거친 콧김을 내뿜으며 다른 혈대주들에게 손짓했다. 좀 도와달라고 말이다.

허나 반응은 썰렁했다. 모두들 슬쩍 고개를 돌려 버렸다. 그나마 다행이라면 장대박과 가장 친한 10혈대주 백로산권 화대정만은 장대박의 편을 들어주었다는 것이다. 화대정은 목소리에 노기를 담아 묵견을 추궁했다.

"대박이는 대주가 된 지 채 일 년도 되지 않았네. 자네의 결정을 존중하지만 그래도 이건 아니다 싶군."

옳다구나 살판이 난 장대박은 얼른 맞장구를 쳤다.

"그래! 맞아! 뭐 이딴 개떡 같은 경우가 다 있어? 내가 대주가 된 지 십 년이 됐어, 아니면 오 년이 됐어? 일 년도 되지 않았는데 이게 뭐냔 말이오! 줬다 뺏는 것도 정도가 있지! 니미럴!"

진정하라는 듯 두 손을 들어올린 묵견은 여전히 은근한 미소를 고수하며 설득했다.

"그건 그렇지만 아무리 생각해도 7혈대가 가장 나아요. 다른 혈대 분들은 소호님에 대해 잘 몰라요. 안다고 해도 단편적인 것들뿐이지요. 소호님을 대주로 인정하고 따르는데 상당한 시간이 걸릴 거예요. 진통마저 겪겠지요. 그러나 7혈대는 이미 소호님과 몇 개월간 동고동락한 적이 있어요. 다른 혈대보단 소호님이란 사람 자체에 대해 잘 알고 있지요. 서로 빠른 시간 내에, 무리 없이 융화될 수 있다는 거예요.”

“아니 그러니까! 이이! 끄응, 제기랄…….”

뭐라 반박하려던 장대박은 이내 앓는 소리를 내며 힘없이 바닥에 털썩 주저앉았다. 그의 고개는 애처롭게 푹 숙여져 있었다.

묵견의 말은 사실이었다. 소호는 7혈대가 맡는 것이 가장 좋았다. 올해 초부터 소호와 7혈대는 질긴 인연의 끈으로 묶여 있었으니 말이다.

그것을 인정하자 장대박은 소호와 자신을 비교해 볼 수 있게 되었다.

애석하게도 결론은 바로 내려졌다. 여러모로 소호가 더 나았다. 빌어먹을 일이지만 그게 현실이었다.

그 탓에 장대박은 이렇게 풀이 죽고 만 것이다.

묵견의 말에 설득된 것은 화대정도 마찬가지였다. 장대박의 어깨에 손을 올려 다독여준 그는 묵견을 향해 나직하면서도 진지한 어조로 말했다.

“허면 대박이는 이제 어찌되나? 아무런 배려조차 해주지 않는다면, 나는 물론이거니와 7혈대 아이들도 불만을 품을 걸세. 그럴 경우 자네가 바라는 바와 달리 소호는 7혈대에 빠른 시일 내에 녹아들 수 없어. 불협화음이 끊이지 않고 발생하겠지. 팔은 안으로 굽는 법이니까 말이야.”

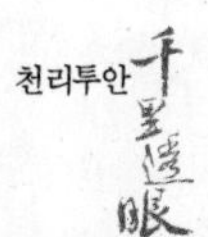

어찌 보면 협박이라고도 할 수 있는 말이었다. 묵견은 바로 대답하지 않고 일단 고개 숙인 장대박을 불렀다.

"대박 씨, 대박 씨."

억지로 고개를 든 장대박은 볼멘소리를 내뱉었다.

"니미럴…… 벌써부터 대박 씨라고 부르네. 이제는 대주라고도 안 불러. 쳇, 뭐요?"

묵견은 손가락 두 개를 펴 보였다.

"이 년이에요. 이 년 동안만 7혈대원으로 돌아가 소호님을 보좌해 주세요. 늦어도 이 년 안에 대박 씨는 다시 대주가 될 거예요."

삽시간에 장대박의 두 눈이 화등잔 만하게 커졌다. 그늘진 얼굴에도 생기가 팍팍 돌기 시작했다. 그는 황급히 묵견을 다그쳤다.

"잉? 이게, 이게 뭔 소리요? 이 년? 이 년 후에는 다시 대주 자리를, 아니 늦어도 이 년 안에 다시 대주 자리를 줄 거라고? 내가 지금, 지금 제대로 들은 거요? 응?"

"네. 약속할게요."

"흐음, 뭐, 흐허허험! 그렇다면야, 흐헤헤헤, 아니 뭐, 이 년 안에 다시 대주가 된다면 뭐, 잠시 빌려준다고 생각하면 되니……, 으하하핫! 까짓것, 뭐 좋시다! 내 흔쾌히 당신 말대로 하지!"

장대박은 어린아이처럼 몸을 들썩이며 낄낄 웃었다. 그 모

습을 바라보던 다른 혈대주들은 '흔쾌히는 개뿔! 조금 전까지
만 해도 대주 자리 안 내놓으려고 지랄발광을 하더니!' 라고
어이없어 했지만, 그것을 겉으로 표현하지는 않았다.

기뻐하는 장대박을 뒤로하고 묵견은 화대정을 바라보았다.
이 정도의 배려면 충분하냐는 듯 말이다.

"뭐, 험험."

어색한 헛기침을 터뜨리는 것으로 화대정은 대답을 대신했
다.

그렇게 문제가 일단락되었을 때, 가만히 상황을 주시하고만
있던 박교가 이해가 되지 않는다는 투로 묵견에게 질문을 던
졌다.

"알 수가 없군. 나는 자네가 무슨 생각을 하고 있는지 도통
모르겠어. 소호에게 7혈대주 자리를 주는가 싶더니, 이 년 내
에 다시 대박이에게 돌려줄 거라니! 나를, 우리를 이해시켜주
겠나?"

묵견은 난처한 표정을 지으며 머리를 긁적였다.

"으음, 시간이 지나면 자연히 알게 되실 텐데요?"

딱딱하게 얼굴을 굳힌 박교는 험상궂게 으르렁거렸다.

"지금 알고 싶군."

쩝, 하고 입맛을 다신 묵견은 나직이 한숨을 내쉬어 숨을 골
랐다. 그는 천천히 열한 개 혈대주들을 둘러보았다.

묵견의 입가에 자리 잡고 있던 미소가 점점 사라지기 시작

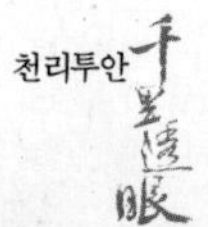

했다. 이내 더없이 진지한 얼굴이 되었다. 힘이 잔뜩 실린 두 눈에는 확고한 신념과 결연한 의지가 듬뿍 담겼다.

그가 이런 표정을 짓는 것은 극히 드문 일이라 열한 개 혈대주들은 잔뜩 긴장한 얼굴로 말없이 그를 주시했다.

이윽고 묵견의 입이 열렸다. 차분해서 더욱 진중하게 들리는 말투였다.

"간단히 말하지요. 소호님에게 있어 대주란 지위는 더 높은 곳으로 올라가기 위해 거쳐야 할 통과점일 뿐이에요."

묵견은 다시 손가락 두 개를 펴 보였다. 그런 후 목소리에 힘을 실어 뒷말을 이었다.

"이 년, 이 년 내에 소호님은 7혈대주 자리를 대박 씨에게 돌려준 뒤, 단주대행의 지위에 오르실 겁니다. 그 후 또 이 년 내에 대행 딱지를 떼게 되실 거고요."

"……"

장내에 충격이란 이름의 예정된 침묵이 찾아들었다.


貳


회의를 끝마친 묵견은 소호에게로 걸어갔다.

밤하늘을 응시하는 소호의 공허한 눈망울과, 고독과 슬픔이 묻어 있는 자태가 묵견의 가슴 한편을 아릿하게 후벼 팠다. 애처로움과 안타까운 감정이 물밀듯이 밀려들어 마음을 약하게 만들었다.

마음이 약해진 탓일까? 눈에 헛것이 보이기 시작했다. 뿌연 안개 같은 것이 스멀스멀 소호의 몸을 휘감더니 사람의 형상을 취했다. 소호와 그 형상이 하나인 것처럼 겹쳐 보였다.

그 형상의 주인은 다름 아닌 천주일섬 화무원, 묵견의 우상이자 연모해 마지않는 바로 그였다.

묵견의 눈망울이 촉촉이 젖어들었다. 그의 입가에는 너무도 환한 미소가 그려져 있었다. 약한 마음은 어느새 저 멀리 사라진 뒤였다.

'역시 단주님이셨군요. 당신이었어요. 당신이 이번 일을 꾸며 소호님을 제 품에 안겨주신 거지요? 어쩐지…… 이상한 점이 한두 가지가 아니라고 생각했답니다. 제 곁에 소호님이 계시면 안심할 수 있다고 생각하신 거겠지요? 제가 당신을 잃은 슬픔을 이겨내고 다시 힘차게 미래를 향해 걸어갈 수 있을 거라고요. 후후…… 고마워요.'

묵견은 소호를 돕기 위해서가 아니라, 화무원의 원수를 갚기 위해 철혈단 전체를 이끌고 사천으로 왔다.

흑화사신을 잡으려면 그에게 청부를 한 아미파의 여승을 찾아야 하고, 그러기 위해서는 여승들 전체를 심문하는 것이 가장 확실했다. 아미파와 전면전을 벌일 각오, 아니 사천무림 전체와 전면전을 벌일 각오를 해야 한다는 뜻이었다.

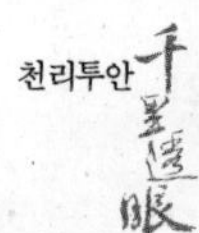

목적지를 아미산에서 성도로 바꾼 것도 명확한 이유가 있어서가 아니라, 그저 불길한 예감을 느껴서였다.

천후맹은 묘강의 절대자로 군림하고 있는 유령마제를 오래전부터 주시해 왔다. 그가 본토에 욕심을 낼 경우 큰 우환거리가 될 테니 말이다.

그런 유령마제가 몇 달 전 제자들과 함께 종적을 감추었다. 천후맹은 필사적으로 그를 추적했고, 사천의 남부에서 흔적을 찾았다. 허나 흔적은 거기서 끊겨 더는 추적이 불가능했다.

유령마제가 사천에 나들이를 나왔을 리 없을 테니, 뭔가 꿍꿍이를 꾸미고 있음은 분명했다.

그러나 천후맹의 선택은 '일단 보류'였다.

사천무림은 대대로 사천에서 일어난 일은 사천이 알아서 한다는 기치 아래 천후맹의 간섭을 막아 왔다.

그게 괘씸한 천후맹은 유령마제의 목적지가 사천인 것 같으니 '너희들이 알아서 해라.' 혹은 '어디 한번 혼 좀 나봐라.'라는 생각에 수수방관하기로 결정한 것이다.

묵견이 유령마제를 떠올린 건 청성파가 대규모의 병력을 모아 성도를 공격할 거라는 정보를 입수한 직후였다.

청성파는 사천무림을 구하기 위해서라는 명목으로 병력을 모으고 있다고 했다. 그 말인 즉, 그만큼의 병력이 필요할 정도의 강대한 적이 성도에 나타났다는 것을 의미했다.

애석하게도 더 자세한 정보는 얻을 수 없었다.

묵견은 생각했다.

'사천에 입성한 유령마제. 사천무림을 구하기 위해 병력을 모아 성도를 공격하려는 청성파. 성도에는 천가장이 있고 그곳엔 소호가 있다. 혹시, 혹시?'

결국 묵견은 단지 이 몇 가지 정보와 의혹만을 가지고 과감하게 소중한 시간을 허비하면서까지 목적지를 성도로 바꾼 것이었다.

묵견이 대규모의 전투가 벌어지고 있는 장소에 도착한 시기도 참으로 공교로웠다.

때마침 소호는 그곳에서 싸우고 있었고, 소호 측의 패색이 짙었다. 그리고 소호가 도움을 요청할 수 있는 이는 오직 묵견 자신뿐이었다. 소호는 묵견이 어떤 요구를 하더라도 받아들일 수밖에 없는 절박한 처지에 놓여 있었다.

이 천재일우의 기회를 놓칠 수 없어 묵견은 소호와 거래를 했다. 화무원의 복수를 위해 끌고 온 철혈단으로 소호를 도왔고, 그 대가로 이렇게 소호를 손에 넣었다.

지금까진 그저 운이 좋았던 거라고 생각했는데, 소호에게 겹쳐 보이는 화무원의 모습을 본 순간, 묵견은 이 모든 것이 화무원의 안배라는 것을 깨달았다.

그렇다면 모든 것이 이해된다.

화무원은 소호를 철혈단으로 끌어들였고, 철혈단원이 된 소호가 처음으로 맡은 임무는 다름 아닌 화무원의 복수였다.

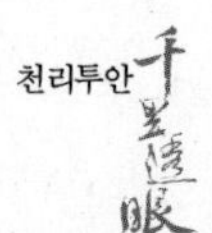

그러니까 결국 화무원은 소호가 자신의 원한을 갚아주길 바라서 그를 철혈단으로 끌어들인 것이다!

이것은 또 한 가지의 의미를 내포하고 있다.

화무원이 자신의 뒤를 이를 사람으로 소호를 지목했다는 것!

소호가 바로 차기 철혈단주라는 것이었다.

다분히 억지일지도 모르지만 묵견은 이것이 화무원의 뜻이라고 확신했다. 자신뿐만 아니라 화무원도 소호가 차기 단주가 되기를 바라고 있다는 것을 알게 되어 너무나도 기뻤다.

덕분에 이제 묵견은 소호를 끌어들인 것을, 그를 차기 단주로 점찍은 것을 조금도 후회하지 않게 되었다.

소호도 지금은 심란하고 묵견이 원망스럽겠지만, 언젠가는 묵견에게 고마워하게 될 것이다.

묵견은 소주에서의 일로 소호가 천후맹의 정상에 올라 관과 강호와의 부조리한 관계를 뜯어고치고, 더 나아가 강호 전체를 바꿀 야망을 품었다고 판단했다.

허나 소호는 그 야망을 실천할 수 없었다. 스스로의 의지로는 천가장을 떠날 수 없는 상태였기에. 천군악에게 너무나도 큰 은혜를 입어 그를 떠나 자신의 야망을 향해 달려갈 수 없는 처지였다.

그러나 이제 상황은 달라졌다.

천가장이란 족쇄가 풀린 지금, 이제 소호의 야망을 막을 수 있는 자는 아무도 없었다. 어느 정도 시간이 흘러 새로운 삶에 적응되기만 하면 소호는 거리낌 없이 자신의 야망, 천후맹의 정상을 향해 질주할 수 있다.

그는 최단 시일 내에 7혈대주, 단주 대행, 단주를 거쳐 결국엔 다음 대의 천후맹주 자리에 오를 것이다. 반드시 그렇게 된다!

그리고 그런 소호의 곁엔 언제나 묵견 자신이 바짝 붙어 있을 것이다.

그 과정을 상상하는 것만으로도 묵견은 전율을 일으켰다. 어떻게 소호를 도울 것인지 벌써부터 이인자의 피가 들끓고 있어 섭선으로 여러 차례 얼굴을 부쳐야만 했다.

소호의 옆에 도착한 묵견은 가만히 소호를 내려다보았다. 그가 뭐라 말을 건네려고 할 때, 인기척을 느낀 소호가 먼저 입을 열었다. 나직하면서 힘이 없는 어조였다.

"회의가 끝난 겁니까?"

움찔한 묵견은 여전히 밤하늘을 바라보고 있는 소호를 향해 싱긋 웃었다.

"예, 겨우 끝났네요."

스르르 고개를 내린 소호는 슬쩍 저 멀리 모닥불 쪽을 바라보았다. 열한 개 혈대주들은 아직 그곳에 모여 있었다. 저마다 심각한 얼굴로 대화를 주고받았다.

"……진행 중인 것 같습니다만."

소호의 지적에 묵견은 어깨를 으쓱였다.

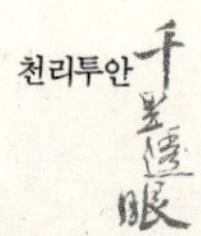

“고민거리를 하나 던져 주고 왔거든요.”

그때 몇몇 혈대주들이 이쪽을 노려보았다. 소호는 고개를 갸웃했다.

“저를 바라보는 시선이 그다지 곱지가 않군요.”

“호호, 고민거리 하나를 던져 주고 왔다니까요.”

“그렇다고 해두지요.”

왠지 더 깊게 파고드는 것이 귀찮아져 소호는 말을 잘랐다.

잠시간의 침묵이 이어졌다. 어색해진 묵견은 섭선으로 남쪽, 어둠에 잠긴 마을 부근을 가리켰다.

“조금 걷지 않겠어요?”

“알겠습니다.”

소호는 저항 없이 몸을 일으켰다. 묵견은 이제 그의 상관이었다. 그는 묵견의 명령을 따라야만 한다는 얘기다.

문득 현실을 순순히 받아들이고 있는 자기 자신이 우스워져 소호는 자조적인 미소를 머금었다.

묵견과 소호는 천천히 마을 쪽으로 걸어갔다. 마을이 목표가 아니라 걷는다는 행위 자체가 목표라 묵견은 나직이 입을 열어 대화를 시작했다.

“천가장이 그리우시겠지요?”

“…….”

“마음이 정리되는 데에는 시간이 걸릴 거예요.”

“후후, 그렇겠지요.”

“제가 조금 도움을 드려도 될까요?”

“어떻게 말입니까?”

“7혈대를 맡아 주세요.”

갑작스레 나온 단도직입적인 말에 흠칫한 소호는 반사적으로 묵견을 바라보았다. 묵견은 은근한 미소를 머금고 있었다. 그는 전면을 응시하며 말을 이었다.

“하루하루를 바쁘게 살면 고민할 새가 없어져요. 어느 순간 정신을 차려보면 새로운 삶에 익숙해져 있는 자신을 발견하게 되겠지요. 호호, 안 그런가요?”

마지막 말을 하며 묵견은 소호를 응시했다. 그의 두 눈엔 따스한 애정이 담겨 있었다. 머쓱해서 쩝, 입맛을 다신 소호는 힘없이 고개를 끄덕였다.

“그건 그렇군요. 이미 결정된 사안입니까?”

“네, 그래요.”

“대주님들께서 저를 바라보는 시선이 곱지 않았던 이유가 이것 때문이었군요. 그럼, 장 대주님께서는 어떻게 되시는 겁니까?”

묵견은 소호가 이렇게 오해하는 것이 더 낫다고 판단했다.

소호는 아직 자신의 야망을 솔직하게 인정하고, 그것을 향해 나아갈 준비가 되지 않았다.

그런 상태의 그에게 섣불리 자신이 구상 중인 계획을 밝힐 경우, 반발심이 일어날 가능성이 컸다. 어쩌면 본인 스스로의

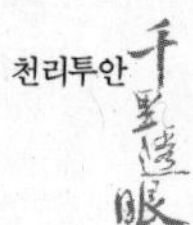

의지가 아니라, 묵견이란 실에 조종되는 꼭두각시가 되어 야망을 좇는다는 생각에 불쾌감을 느낄 수도 있다.

그건 좋지 않았다.

그러니 소호가 준비가 되면 그때 '당신을 위해 이러이러한 계획을 준비했다. 이미 몇 가지는 진행 중이다. 나를 믿고, 당신을 돕게 해달라.' 이런 식으로 은근슬쩍 운을 띄우는 것이 최선이었다.

그런 이유로 묵견은 장대박에 관해서만 설명했다.

"앞으로 소호님을 보좌하게 될 거예요."

"조금 껄끄럽군요."

묵견의 속내를 모르는 소호는 앞으로 장대박을 어떻게 대해야 할지 몰라 눈살을 찌푸렸다. 묵견은 서둘러 손사래를 쳤다.

"아니, 그러실 필요는 없어요. 대박 씨도 동의하셨으니까요. 단지…… 7혈대원들의 인정을 받고 그들의 단결을 이끌어 내는 건 전적으로 소호님의 역량에 달려 있지만요. 호호호."

"바쁘게 살라는 거군요."

소호는 피식 허탈한 미소를 지었다. 묵견은 활기차게 외쳤다.

"바로 그거예요. 바쁘게, 바쁘게요."

"머리는 바쁘고 몸은 빠른 속도로 본 단에 적응하게 되겠군요. 저로선 그나마 7혈대가 가장 편한 것이 사실이니까요. 그걸 노리신 거겠지요?"

"하나가 더 있답니다. 뭔지 아시겠어요?"

그 은근한 도발에 소호는 못 이기는 척 넘어가 주었다.

"제게 혈대 하나를 이끌 역량이 있다는 것이겠지요."

"정답이에요! 역시, 역시 소호님과의 대화는 너무 재미있어요. 아아!"

황홀경에 빠진 묵견은 전신을 부르르 떨었다.

소호는 왠지 심란함이 한풀 가시는 듯한 느낌을 맛보았다. 앞으로 이 변태 같은 인간 밑에서 일해야 한다는 것을 새삼 자각하자 저도 모르게 웃음이 나왔다. 그 웃음이 그를 조금이나마 편안하게 만들었다.

마음이 편안해지자 눈꺼풀이 무거워졌다. 이제 겨우 잠을 잘 수 있을 것 같았다. 그래서 소호는 걸음을 멈추었다.

"알겠습니다. 부단주님의 뜻대로 하지요. 자신은 없지만 7 혈대를 맡아 보겠습니다. 이 결정은 언제부터 유효합니까?"

덩달아 걸음을 멈춘 묵견은 딱 잘라 말했다.

"물론 지금 이 순간부터예요. 날이 밝자마자 천뇌각에 전서구를 보내 이 사실을 알릴 거랍니다. 그쪽에서 서류작업을 마치면 소호님은 공식적으로 본 단의 일원이 되요."

"그렇군요. 더 하실 말씀이 없다면 이제라도 조금 눈을 붙였으면 합니다. 괜찮겠습니까?"

"으음…… 네, 괜찮아요. 푹 쉬세요."

묵견은 아쉬운 표정을 지었지만 소호가 심신이 피곤한 상태

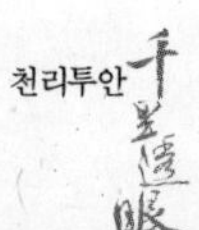

라는 것을 알고 있어 억지로 붙잡지는 않았다. 그는 소호에게 돌아가서 쉬라고 손짓했다. 살짝 고개를 꾸벅인 소호는 천천히 걸음을 옮겼다.

멀어지는 소호의 뒷모습을 묵견은 가만히 바라보았다. 그러다 입맛을 다시곤 빙글 몸을 돌려 마을 쪽으로 걸어갔다.

출발할 때까지 산책이나 하며 시간을 때울 생각이었다. 너무 흥분되어 도저히 잠이 올 것 같지 않았으니까.

'천후맹주가 되신 소호님의 늠름한 모습이나 상상해 볼까? 후후후.'

음흉하게 웃은 묵견은 씰룩씰룩 어깨춤을 추며 마음껏 상상의 나래를 펼치기 시작했다.

제2장
난세(亂世)

# 壹

  홍무 27년 11월 초, 황궁을 떠나 천후맹으로 돌아온 종리세연은 천뇌각 최상층부에 위치한 자신의 집무실에서 분주하게 서류를 뒤적거리고 있었다.

  그녀가 천후맹에 도착한 것은 불과 세 시진 전이었다. 허나 해야 할 일들이 너무도 많아 노독을 풀 겨를도 없이 이렇게 서류더미에 파묻히게 되었다.

  종리세연의 얼굴은 평상시보다 더욱 딱딱하게 굳어 있었다.

  노독 때문만은 아니었다. 앞으로 그녀가 처리해야 할 사안들이 워낙 많고 심각하기 때문이었다.

  당초 그녀와 심가 잔당 토벌대는 황궁에서 새해를 보낼 예정이었다. 그러나 중원 곳곳에서 연이어 굵직굵직한 사건들이 터지는 바람에 그렇게 할 수 없었다.

중원의 북부에선 원의 잔당들이 최후의 발악이라도 하듯 하북성을 맹공격하고 있었다. 수가 많고 조직적이라 북방의 이무기 연왕 주체가 친위대인 흑기군까지 총동원해 친히 제압에 나섰다.

허나 원의 잔당들의 발악은 지금까지 계속되고 있었다. 그만큼 이번 공격을 치밀하게 준비했다는 뜻이었다.

중원의 남부에선 해적들이 활개를 치고 있었다. 상선들을 습격할 뿐 아니라 광서, 광동, 복건 일대의 항구까지 습격해 막심한 피해를 입혔다.

바다의 약탈자인 해적이 본토까지 쳐들어온 건 극히 이례적이라, 처음엔 별것 아니라 치부했던 황실도 이 사태를 심각하게 받아들이게 되었다.

조사 끝에 황실은 여태까지 따로 놀던 해적들이 손을 잡아 하나의 거대한 조직을 형성했다는 것을 파악했다.

크게 경악한 황실은 서둘러 광동, 광서, 복건성의 도지휘사들에게 육지에 상륙한 해적들을 소탕하라는 엄명을 내렸다. 바다 위의 해적들을 소탕하기 위해 해군까지 출동시켰다.

그러나 각 성의 피해는 갈수록 커지고 있었고, 수군마저 해적들과 붙는 족족 패퇴하고 있었다. 이것은 도저히 믿을 수 없는 일이지만 대명의 잘 훈련된 수군보다 해적들이 한 수 위의

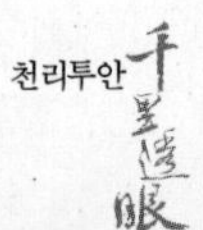

전력을 보유하고 있다는 것을 의미했다.

중원의 북서부에선 대막의 낭인들이 옥문관을 넘나들며 끔찍한 짓을 저지르고 있었다.

도시와 마을을 불태우고, 먹을 수 있는 것과 값이 나가는 것이라면 이것저것 가리지 않고 모조리 약탈했다. 저항하는 사람들을 죽였으며 저항하지 않는 사람들도 재미삼아 죽였다. 아녀자들을 유린하거나 혹은 납치해 노예시장으로 팔아넘겼다.

그 때문에 감숙과 청해성 북부 일대는 아수라장이 되어 버렸다.

피해는 갈수록 커지고 있건만, 낭인들의 머릿수가 일천이 넘는데다 저마다 무공을 익히고 있어 황실은 이들을 처리하는 데 골머리를 앓고 있었다.

중원의 서부, 사천은 풍비박산이 났다고 해도 과언이 아니었다.

사천의 북부와 남부에 출몰한 메뚜기 떼들이 농작물을 모조리 먹어치웠다. 피해를 입은 농민들은 먹을 것이 없어 올겨울을 어떻게 보낼 것인지 눈앞이 막막했다.

그런 이유로 이번 겨울 동안 수많은 아사자들이 생겨날 것이 확실시되고 있었다.

묘강의 지배자인 유령마제가 입힌 피해도 엄청났다. 당가는 괴멸되다시피 했으며, 청성파도 수백 명을 잃어 피해를 복구하려면 몇 년이 걸릴지 감조차 잡을 수 없었다.

천 명이 넘는 강호인들이 죽어 사천무림의 힘이 대폭 약화되었고, 사천의 패자인 청성파가 제구실을 하지 못하자, 이 상황을 기회로 삼은 여러 무리들이 사천에 입성해 한몫 단단히 잡으려 하고 있었다.

유령마제가 고금오대수공의 하나인 독수공을 익히고 있단 것이 알려지면서, 독수공을 노리는 강호인들도 속속 사천으로 모여들었다.

그렇게 저마다 야심을 품은 채 사천에 들어온 자들로 인해 곳곳에서 살인과 약탈 같은 범죄가 일어나고 있는 중이었다.

이렇듯 세상은 명 건국 이후 최악이라 불릴 만큼 혼돈의 소용돌이에 휘감겨 있었다.

황실은 이 일련의 사태들이 우연이라 생각하지 않았다. 두 가지 공통점이 있었기 때문이다.

하나는 강호인들의 개입이었다.

원의 잔당들과 해적들 속에 강호인들이 여럿 포함되어 있었다. 낭인들과 유령마제도 강호인이었다.

결국 여태까지 일어난 모든 사건들의 중심에는 강호인들이 있었고, 그들이 세상을 어지럽히는데 중추적인 역할을 맡고 있었다는 것이었다.

두 번째는 이 일련의 사건들이 소주에 심가의 후예가 출현한 이후부터 일어나기 시작했다는 점이었다.

심가의 후예, 심만구의 목적은 황실의 전복이었다. 반란이

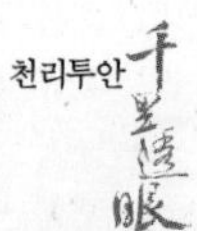

성공하기 위해서는 황실이 민심을 잃어야 한다. 하늘이 황실을 저버렸다는 것을 세상 모든 사람들에게 똑똑히 보여주어야 한다.

심만구가 어떤 강호방파와 손잡고 배후에서 이 사건들을 조종해 천하를 어지럽히고, 그것을 해결하지 못하는 황실의 무능력함을 세상 사람들에게 보여줌으로써 그들에게 새로운 지도자, 새로운 국가의 필요성을 역설하려는 것일 가능성이 높다는 것이었다.

실제로 중원 곳곳에서 황실이 그간 저질러온 악행들을 고발하고, 어지러운 당금 정세와 그것을 해결하지 못하는 황실의 무능력함을 비난하는 목소리가 높아지고 있었다.

자연스레 목소리가 높아진 것은 아니었다. 주도적으로 소문을 퍼뜨리고 사람들을 선동하는 자들이 여럿 목격되었다.

황실은 그들이 소주에서 실종된 사람들일 것이라 추측했다.

감옥에 갇혀 있던 그들을 빼돌린 것은 심만구였다. 심만구는 그들에게 곳곳으로 흩어져 사람들을 선동하라고 주문했을 테고, 소주에서의 일로 황실을 증오하게 된 그들은 주저 없이 그 제안을 받아들였을 터였다.

같은 대명의 백성으로서 자신들이 겪은 경험담을 이야기하며 황실을 비난하고 있는 것이니 강한 설득력을 가지고 있었다. 그래서 이렇게 빠른 시일 내에 그들의 목소리에 동조하고 있는 자들이 기하급수적으로 불어나고 있는 것이 분명했다.

이 일련의 사건들에 강호인들이 깊숙이 개입해 있고, 배후에 심만구가 있는 것이 확실시되자 황실은 천후맹에 전면적인 협조를 요구했다. 민심이 더 등을 돌리기 전에 최대한 빨리 이 사태를 마무리 지어야만 하니까.

그런 이유로 종리세연은 이렇게 예정보다 일찍 응천부를 떠난 것이었고, 서류더미에 파묻히게 된 것이었다.

두 손으로 턱을 괸 채 심각한 얼굴로 서류를 노려보던 종리세연은 이를 뿌드득 갈았다.

'여기 있는 정보를 바탕으로 내가 내린 결론도 황실과 동일하다. 이 모든 일엔 심만구가 개입해 있을 가능성이 높아! 정녕 이 나라를 무너뜨릴 작정이란 말인가? 일개 파계승에 불과하던 홍무제도 황제가 되었으니, 장사꾼 출신인 자신도 황제가 되지 말란 법은 없다고 생각한 건가? 미친놈 같으니!'

심만구에게 한차례 욕을 퍼부어준 종리세연은 목이 결려 이리저리 머리를 움직여 경직된 근육을 풀었다. 그녀는 천장을 지그시 응시하며 생각을 이어갔다.

'소주의 사건은 빙산의 일각일 뿐이었어. 원의 잔당과 해적, 낭인, 유령마제까지 끌어들였을 줄이야……. 오랜 시간 동안 치밀하게 계획을 꾸며왔다는 거다. 어쩌면 더 있을지도 몰라. 심만구가 준비한 계획은 이게 다가 아닐 가능성도 있어! 후우…….'

종리세연은 무거운 한숨을 내쉬었다. 자신이 군사직을 맡은

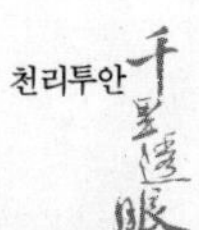

이래 이렇게 강대한 적과의 만남은 처음이었다.

흥분된다기보다는 무서웠다. 매사에 오만할 정도로 자신감이 넘치던 그녀도 이번만큼은 소름이 돋을 정도의 두려움을 느꼈다.

그녀는 신경질적으로 흩어진 서류들을 차곡차곡 모아 탁상 한편에 가지런히 정돈하며 애써 평정을 회복했다. 얼추 정리가 끝나자 정면의 문 쪽을 노려보며 눈을 빛내었다.

'더 심각한 문제는 하늘이 심만구의 편을 들어주고 있다는 거다. 다른 모든 사건들은 사람이 일으킨 것이지만, 메뚜기 떼는 아니야. 재앙의 상징이자 망국의 징조라고까지 불리는 그 불길한 곤충이, 이 나라를 혼란으로 뒤덮으려는 심만구의 움직임에 동조하기라도 하듯 시기적절하게 출몰했어. 나는……황실의 미래가 아닌 본 맹의 미래를 생각해야 한다.'

나라가 망할 때 메뚜기 떼가 출몰한다는 말이 있을 만큼, 메뚜기 떼의 출몰시기와 맞물려 망한 왕조는 부지기수였다.

더구나 명나라는 건국한 지 채 삼십 년이 되지 않은 신생국가였다.

건국도 힘들지만 보국은 더 힘든 법. 오랜 역사를 가지고 있는 국가는 쉽게 무너지지 않지만 신생국가는 언제 무너질지 모르는 위험을 안고 있었다.

그리고 당금, 명을 건국한 홍무제 주원장은 노쇠했고 갈수록 왕권강화에 집착해 피의 숙청을 감행하고 있었다. 민심이 등을 돌리는 짓을 스스로 저지르고 있는 것이다.

다음 황제로 내정된 주윤문은 무보다는 문에 관심을 가진 인물이었다.

종리세연은 응천부에 갔을 때 주윤문을 알현했다. 실제로 만난 주윤문은 소문보단 심지가 굳고 야심도 있어 보였지만, 그래도 독서와 사색을 즐기고 싸움을 싫어하는 평화주의자였다. 문제는 대화로 해결하는 것이 좋다고 믿는 부류였다. 주먹을 쓸 때는 써야 한다는 것을 받아들이지 못했다.

그런 주윤문이 주원장만큼, 아니 주원장의 반만큼이라도 이 나라를 제대로 이끌어갈 수 있을지 종리세연은 내심 불안했다.

지금까지 중원에는 수많은 나라가 들어섰다 사라졌지만, 천후맹은 언제나 제자리를 지켰다. 왕조가 바뀔 때마다 발 빠르게 움직인 덕분이었다. 가망이 없다고 판명된 왕조는 과감하게 버렸고 새로운 왕조에 충성을 맹세했다. 그런 박쥐 같은 모습이 천후맹을 수천 년 동안 지탱해준 원동력이었다.

물론 종리세연은 심만구 따위가 새로운 국가를 세워 황제가 될 수 있다고는 믿지 않았다.

그러나 세상일이란 모르는 법이다.

홍무제가 거병했을 때, 어느 누가 이 보잘것없는 파계승이 황제가 될 거라 예상했겠는가?

여기까지 생각한 종리세연은 탁자를 쾅 치며 벌떡 몸을 일

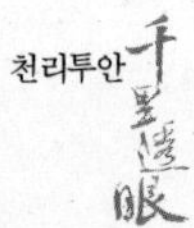

으켰다.

'당장 수뇌회의를 열어야겠어. 황실도 사활이 걸려 있지만, 그건 본 맹도 마찬가지다. 수뇌들 전원의 의견을 들어 향후 본 맹의 입장을 결정하는 것이 좋아. 나 혼자서 결정할 사안이 아니야.'

알면 알수록 소름끼치는 심만구라는 너무도 강대한 적. 주원장의 노쇠와 차기 황제인 주윤문의 유약함. 이 시기에 출몰한 망국의 징조인 메뚜기 떼. 이 모든 정보들을 조합해 본 종리세연은 이런 선택을 하게 되었다.

마음을 굳힌 종리세연은 바로 문밖에 대기하고 있던 수하를 불렀다. 그에게 자파에 머물고 있는 수뇌회의에 소속된 수뇌들 전원에게 전서구를 날리라고 명령했다.

명을 받은 수하가 사라지자 종리세연은 도로 자리에 앉았다.

수뇌회의는 늦어도 올해 안에 열리게 된다. 그때까진 황실의 눈치를 봐가며 이것저것 구실을 붙여 정보수집만 할 작정이었다.

그 후 수뇌회의의 결정에 따라 이번 사태를 해결하기 위해 전면적으로 움직일 것인지, 아니면 겉으로는 황실을 돕는 척하며 뒤로는 심만구에게 줄을 댈 것인지 선택할 것이다.

그녀가 수뇌들의 결정을 돕기 위해 할 일은 조금이라도 더 많고 상세한 정보들을 수집하는 것이다. 또한 어떤 결정이 나든지 간에, 그 결정을 신속하게 추진할 수 있는 계획도 세워놓아야 했다.

앞으로 눈코 뜰 새 없이 바빠질 거란 뜻이었다.

'물론 그 전에 이 병신 같은 자식들 문제를 처리해 두는 것이 좋겠지.'

속으로 씹듯이 내뱉은 종리세연은 서류더미를 뒤져 두 묶음의 서류를 양손에 하나씩 들었다.

오른손에 든 얇은 서류는 소호의 철혈단 입단서와 7혈대주 임명서였다. 묵견의 정식 요청이 일주일 전 천후맹에 도착했고, 사흘 전 천뇌각 부각주 동방하연이 승인해 이미 공식화된 상태였다.

종리세연이 어떻게 손 써볼 새도 없이 소호는 철혈단 제7혈대주가 되어 버린 것이었다.

'빌어먹을 년!'

동방하연의 얄미운 면상이 눈앞에 떠올라 종리세연은 욕설을 내뱉었다. 동방하연은 종리세연과 함께 응천부를 출발했는데, 다음날 그녀는 소주의 동방세가에 잠시 들렀다 가겠다며 대열을 이탈했다.

그러니 원래대로라면 동방하연은 아직 천후맹에 도착하지 않았어야 한다. 허나 기가 막히게도 그녀는 사흘 전에 도착해 몇 가지 사안들을 멋대로 처리해 버린 상태였다. 그것도 하나같이 종리세연의 심기를 건드리는 것들뿐이었다.

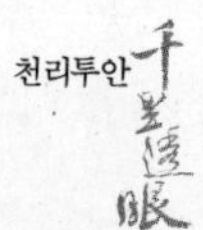

동방하연의 의도는 뻔했다. 종리세연을 도발해 싸움을 걸고 있는 것이다.

'소주에서의 일로 우리는 이미 돌아올 수 없는 강을 건넌 상태다. 강을 건넌 것은 두 사람이지만, 강 저편의 뭍에 도착하는 것은 오직 한 사람뿐이다. 나머지 하나는 강에 빠져 죽는다!'

이 싸움은 둘 중 하나가 죽어야만 끝나고, 벌써 시작되었으니 긴장하라는 경고 또한 동방하연의 의중에는 포함되어 있었다.

종리세연은 동방하연이 걸어온 싸움을 피할 생각은 추호도 없었다. 아니 싸움은 그녀가 먼저 시작했다. 동방하연은 반격을 날린 것이었고, 이제 그녀가 다시 응수할 차례였다.

'네가 이렇게 나온다면 나도 앞으로 네년을 끝장내기 위해 전력을 다하겠어! 각오하는 게 좋을 거야!'

잠시 동안 동방하연을 향해 전의를 불태우던 종리세연은 소호의 처우에 대해 고민했다.

'소호는 동방세가와 사돈관계가 될 가능성이 높아. 그러니 동방하연은 옳다구나 하며 바로 그의 철혈단 입단을 승인해 버린 거지. 아무튼 결과적으로 성창이 심혈을 기울여 키운 늑대 한 마리가 본 맹에 둥지를 튼 형국이 되었어. 냉정히 말해 무력과 잠재력은 위지창천을 능가한다. 지모는 내게 대적할 정도야. 이십대 이하의 강호인들 중 놈이 최고라는 거다! 철혈단이란 날개를 달아 버린 놈이 어디까지 성장할지 심히 두렵군. 미리미리 놈을 제어할 방법을 이중삼중으로 깔아놓는 것

이 좋겠어. 놈은 장기 말일 뿐이다. 장기를 두는 손이 되어서는 안 돼!'

각오를 단단히 다진 종리세연은 스르르 시선을 옮겨 왼손의 서류를 응시했다. 그러자마자 그녀는 다짜고짜 묵견에게 욕을 퍼부었다.

'병신 같은 놈! 살수 하나를 잡자고 철혈단 전체를 끌고 나가 버리다니! 철혈단이 얼마나 많은 임무를 맡고 있었는지 제 놈도 잘 알고 있을 것이건만! 모든 임무를 금봉전단과 은작무단에 일방적으로 떠넘겨 버렸어!'

더 열 받는 건 그녀에게 묵견을 제지할 방법이 없다는 것이었다. 그녀는 소주로 출발하기 전에 묵견과 밀약을 맺었다. 흑화사신을 잡는데 최대한 협조하기로 말이다.

묵견이 그 최대한의 협조를 들먹이며 자신의 행동을 정당화한다면, 종리세연으로선 어떻게 할 도리가 없었다.

그렇다고 가만히 있을 수도 없는 형편이었다.

'묵견이 흑화사신을 잡을 수 있을까? 흑화사신이 잡히면 내 입장이 곤란해져. 동방하연은 나를 본 맹에서 축출할 수 있는 명분을 얻게 돼! 그러니 흑화사신은 절대 붙잡혀선 안 돼. 그의 능력이라면 안심해도 좋겠지만, 그래도 확실히 하기 위해선 손을 써두는 것이 좋겠지. 어쩐다……?'

사실 종리세연은 처음부터 흑화사신을 잡을 생각은 눈곱만큼도 없었다. 그저 이번에도 이 년 전과 마찬가지로 잡는 시늉

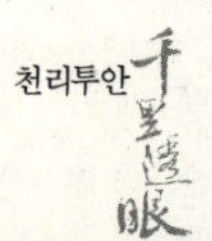

만 하다 포기할 작정이었다.

헌데 묵견이 그녀에게 흑화사신의 추적을 맡겼다면 좋으련만, 그러지 않고 철혈단을 이끌고 직접 움직여 버렸다. 그리고 그녀는 묵견에게 최대한 협조하기로 약속했다. 그 일로 그녀는 상당히 난처한 입장에 처하게 되었다.

한동안 골머리를 싸매던 종리세연은 불현듯 어떤 생각이 떠올라 탁자를 탕! 치며 쾌재를 불렀다.

'독수공! 그래, 독수공이 있었지. 그 무공은 반드시 본 맹이 가져야 한다. 유령마제와 제자들은 아직 건재하고, 여전히 사천을 노리고 있어. 철혈단도 사천에 있지. 그러니 묵견에게 전서, 아니 인편을 보내야겠군. 감시를 할 수 있게 말이야.'

무표정한 얼굴에 씨익 비릿한 미소를 머금은 그녀는 재차 머리를 굴렸다.

'유령마제가 다시 나타나기 전까지는 철혈단 전체가 흑화사신을 추적하는 것을 허락하겠다. 그러나 유령마제가 출현할 경우, 철혈단은 흑화사신의 추적을 중단하고 유령마제를 상대해야 한다. 그에게서 독수공을 빼앗은 뒤 제거한다. 시국이 이렇게 불안정한데 살수 하나를 잡자고 철혈단이란 전력을 계속 낭비할 수는 없다. 흑화사신을 원한다면, 유령마제가 재출도하기 전에 그를 잡아라.

……유령마제가 나타나기 전까지는 철혈단에게 흑화사신을 잡을 시간을 주는 것이니, 나는 묵견과의 약속을 지킨 셈이 된

다. 유령마제가 나타난 후에도 묵견이 계속 흑화사신을 추적한다면, 나는 놈에게 제재를 가할 명분을 얻게 되지. 놈은 내가 시키는 대로 할 수밖에 없어! 유령마제는 곧 다시 나타날 거다. 그리고 그때까지 묵견은 흑화사신을 잡지 못할 거다. 그러면 흑화사신과 나의 관계는 영원히 어둠 속에 묻히게 된다.

묵견에게 본 맹이 독수공의 소유를 얼마나 중요하게 여기는지 보여주려면 맹주님의 친서가 필요하겠어. 인편에 맹주님의 친서를 딸려 보내면, 묵견은 거절할 수 없다. 맹주님을 거역한다는 건, 본 맹에 대한 반역행위와 진배없는 것이니까.'

얼추 문제가 해결되자 종리세연은 한숨 돌릴 여유를 갖게 되었다. 시녀를 불러 차를 가져오게 해 따뜻한 차를 마시며 휴식을 취했다.

차를 절반쯤 비운 그녀는 수뇌회의로 생각을 되돌렸다.

문득 위지창천을 이번 수뇌회의에 참석시켜보는 것이 어떨까라는 충동이 생겨났다. 그는 아직 자격이 없지만, 구실이야 아무거나 갖다 붙이면 그만이었다.

이미 위지창천은 황제와 만나 그의 눈도장을 받은 상태였다. 주윤문과도 얼굴을 익혀두었고, 고위관리들과 밀약을 맺어 그들은 앞으로 위지창천이 차기 천후맹주가 될 수 있도록 협조하기로 했다.

명성과 계급, 지위도 높고 천후맹 내의 지지기반도 확실하니, 이제 위지창천에게 남은 것은 천후맹주가 되기에 부족함

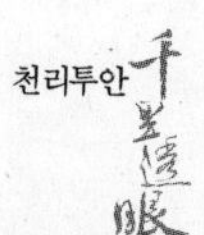

이 없는 그릇을 보유하는 것뿐이었다.

그릇은 경험을 통해 커지고 내용물이 채워진다.

강호의 중대사를 결정하고, 천후맹의 미래를 선택하는 수뇌회의의 그 무거운 공기는 위지창천에게 값진 경험을 안겨다줄 것이 분명했다.

"밖에 누가 있습니까?"

종리세연은 습관적인 어투로 대기 중인 수하를 불렀다. 수하는 "예!" 짤막하게 외쳤고, 종리세연이 들어오라고 하자 얼른 방 안으로 들어갔다.

수하를 힐끗 본 종리세연은 바로 명령을 내렸다.

"위지창천 천룡검단주님을 호출하십시오. 당장 만나야겠습니다."

"명을 받듭니다."

머리를 조아린 수하는 즉시 사라졌다. 종리세연은 서류를 뒤적이며 다른 수하들을 불러 몇 가지 지시를 내렸다.

그렇게 한식경쯤 시간을 보내었을 때, 위지창천을 데리러 갔던 수하가 돌아왔다. 허나 그는 혼자만 왔다. 곁에 아무도 없었다.

당연하게도 종리세연은 차갑게 쏘아붙였다.

"뭡니까?"

"그게……."

"뭐냐고 물었습니다."

꿀꺽 마른침을 삼킨 수하는 종리세연의 시선을 회피하며 주눅 든 어조로 대답했다.

"두 시진 전 위지 단주님께서 휴가서를 제출하셨습니다. 천룡검단 세 개 검대를 이끌고 본 맹을 떠나셨습니다."

반사적으로 벌떡 몸을 일으킨 종리세연은 수하를 매섭게 윽박질렀다.

"뭐라고요? 휴가? 저는 그것을 승인한 적이 없습니다만."

"……부각주님께서 승인하셨다고 합니다."

'하! 그년이 사사건건!'

이를 빠드득 간 종리세연은 씹듯이 내뱉었다.

"어디로 간다고 하던가요?"

"사천에 볼일이 있다고 하셨답니다."

'천유향! 애송이 자식이 시국이 어느 때인데 사랑 놀음이나 하고 자빠졌단 말인가?'

천가장도 유령마제에게 피해를 입었다. 그리고 유령마제는 아직 살아 있고, 조만간 다시 사천을 손에 넣으려 행동을 개시할 것이었다.

위지창천은 천후맹에 도착해 그 정보를 접하자마자 천유향이 걱정되어 부리나케 사천 천가장으로 달려간 것이다.

인상을 사납게 구긴 종리세연은 수하를 재촉했다.

"두 시진 전에 출발했다면 아직 그리 멀리가지는 못했을 겁니다. 즉시 뒤를 쫓아 위지 단주님을 제 앞으로 끌고 오십시

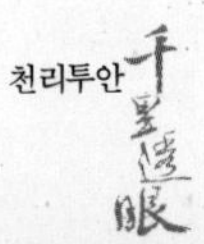

오. 반드시 데려와야 합니다. 이번에도 혼자만 온다면, 그때는 각오하시는 것이 좋을 겁니다. 알겠습니까?”

노골적인 협박에 생명의 위협을 느낀 수하는 식은땀을 흘리며 우렁차게 외쳤다.

“명을 받듭니다!”

수하는 꽁지가 빠져라 문밖으로 달아났다. 종리세연은 애꿎은 서류 한 뭉텅이를 잡아 있는 힘껏 벽을 향해 던졌다. 벽과 충돌한 서류 뭉텅이가 산산이 흩어지며 온 방 안을 날아다녔다.

그래도 분이 풀리지 않아 종리세연은 불끈 쥔 주먹을 부르르 떨며 눈을 섬뜩하게 빛내었다.

‘지금부터 제놈이 해야 할 일이 얼마나 많은데! 후우, 병신 같은 것들이 왜 이렇게 많단 말인가? 살수 하나 잡자고 철혈단 전체를 움직인 놈이나, 여자 친구의 환심을 사려고 천룡검단 세 개 검대를 이끌고 뛰쳐나간 놈이나……. 가지가지 하는군. 가지가지 해!’

머리가 지끈거려와 종리세연은 이미를 부여잡고 쓰러지듯 의자에 몸을 묻었다.

“후우…….”

그런 그녀의 입에선 끊임없이 무거운 한숨소리가 새어나오고 있었다.

貳

    종리세연이 천후맹에 도착한 다음 날 저녁 무렵, 유령마제는 사천에서 멀리 떨어진 절강성 북부의 항주(杭州)에 도착했다.

    현재 그는 항주 서쪽의 서호(西湖)변에 자리 잡은 월화루(月華樓)란 주루의 지하밀실에 앉아 누군가를 기다리는 중이었다.

    시간은 천천히 흘러갔고, 기다리는 사람은 좀처럼 모습을 드러내지 않았다. 제자들이 곁에 있다면 대화라도 나누며 무료함을 달랬겠지만, 모두 밀실 밖에 대기하고 있어 그럴 수가 없었다.

    제자들을 밀실 안으로 불러올 수도 없었다. 일 대 일, 머리 대 머리의 단독 면담을 요구한 것은 유령마제 자신이었으니까.

    반 시진을 기다려도 소식이 없자 유령마제는 화가 머리끝까지 치솟았다. 자신 같은 거물을 이렇게 오래 기다리게 하다니!

    마음 같아선 당장 여기를 뛰쳐나가 '그자'가 거느리고 있는 하부세력 중 하나인 이곳 월화루를 쓸어버리고 싶었다.

    유령마제는 천장의 중앙에 박혀 내부를 밝혀주고 있는 한 알의 야명주를 지그시 응시하며 분을 삭였다.

    일단 그자와 만나는 것이 우선이었다.

    그자에게서 직접 자신의 머릿속을 가득 메우고 있는 의문의 대답을 듣기 위해 이 먼 곳까지 달려오지 않았던가?

    만족스러운 대답이 나오지 않는다면 그때 그자의 머리통을

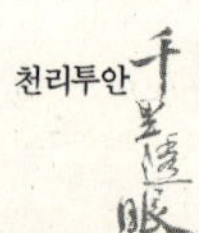

부수고, 월화루도 박살내면 그만이었다. 그러니 지금은 꾹 참고 기다려야 했다.

다시 반 시진이 흘렀다. 유령마제의 인내심이 한계에 다다랐을 무렵, 드디어 적막이 감돌던 밀실에 변화가 생겨났다. 한쪽 벽의 일부가 스르륵 소리와 함께 열리며 백의를 입은 이십 대 중반의 사내가 모습을 드러내었다.

사내의 키는 육척으로 훤칠했고, 균형 잡힌 체구를 소유했다. 얼굴은 창백할 정도로 하얗다. 뾰족한 코와 날카로운 턱선, 섬뜩하리만치 착 가라앉아 있는 눈, 거기에 전신에서 풍기는 예기까지 더해져 가까이 다가가기만 해도 베일 것 같은 분위기를 풍겼다. 마치 잘 벼려진 한 자루의 검을 보는 듯한 착각마저 일으킬 지경이었다.

백의 사내는 천천히 안으로 들어갔다. 그와 동시에 두꺼운 벽이 원래대로 돌아가 이곳은 다시 완벽한 밀실이 되었다.

"늦었군, 소교주."

유령마제는 백의 사내를 노려보며 차갑게 내뱉었다. 백의 사내, 소교주는 유령마제의 맞은편에 앉으며 나직이 입을 열었다. 날카로운 모습만큼이나 목소리도 한기가 느껴질 만큼 쌀쌀맞고 무뚝뚝했다.

"소주 재건 문제로 긴급히 처리해야 될 사안들이 몇 가지 있었거든."

"소주 재건? 그게 뭐지?"

"그쪽과는 상관없는 일이야. 더 깊이 파고들지 말아주었으면 좋겠군."

마치 너 따윈 알 필요 없다는 말투라 극심한 모멸감을 느낀 유령마제는 주먹을 부르르 떨었다. 그는 음산하게 으르렁거렸다.

"말투가 불쾌하군."

소교주는 유령마제의 시선을 피하지 않았다. 정면으로 마주보며 대등한 기세싸움을 벌였다.

"불쾌한 건 오히려 내 쪽이야."

"뭐라?"

유령마제는 기가 막혀 두 눈을 부릅떴다. 소교주는 차갑게 쏘아붙였다.

"사천에 있어야 할 당신이 왜 여기 있는 거지? 사천에서 계속 날뛰어주기로 나와 약속하지 않았던가? 당신 하나 때문에 내 계획이 얼마나 차질을 빚었는지 알기라도 하나?"

"너와 반드시 만나야 했다."

미안함이라곤 조금도 담겨 있지 않은 유령마제의 대답에 소교주는 미간을 찌푸렸다.

"나와 대화하고 싶다면 전서구를 사용하면 될 것 아닌가?"

"전서구 따위가 아니라 네 입을 통해 직접 들어야만 하는 문제다. 네가 사천 근처에 있었다면, 내가 여기까지 오지 않아도 되었겠지."

"당신의 능력을 믿었기 때문이야. 그래서 사천을 당신에게

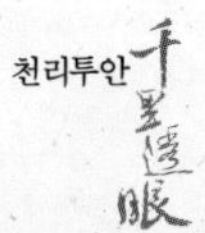

맡겨두고, 다른 일들을 처리하기로 한 거였어. 내 실수였던 것 같군. 인정하지. 당신 말대로 나는 사천 근처에 머물며, 당신이 맡은 일을 제대로 해내는지 아니면 실패하는지 철저히 감시했어야 했어."

노골적인 비아냥거림에 발끈한 유령마제는 성난 외침을 토해 내었다.

"이이! 나를 모욕하지 마라! 내가 실패한 건 난데없이 튀어나온 철혈단 때문이었다. 철혈단만 아니었다면 지금쯤 사천의 절반 이상은 내 것이 되었을 거다. 내가 너를 만나려고 한 이유는 바로 그 철혈단에 관해 물을 것이 있기 때문이다."

"해봐."

소교주는 턱짓으로 유령마제를 가리키며 말했다. 유령마제는 치가 떨렸지만 꾸욱 참으며 이곳에 온 본론을 꺼냈다.

"철혈단의 움직임을 알고 있었나? 아니면 몰랐나?"

"물론 알고 있었지."

요란한 폭음과 함께 탁자가 순식간에 박살났다. 주먹으로 탁자를 부순 후 자리에서 벌떡 일어난 유령마제는 살기를 대놓고 내뿜었다.

"대답해라. 왜 내게 그것을 가르쳐주지 않았나? 분명히 말하지만 너의 대답 여하에 따라, 네가 산 채로 이곳을 나가게 될지 아니면 시체로 나가게 될지가 결정된다!"

소교주는 여전히 앉은 자세를 고수했다. 그는 가만히 유령마제를 바라보았다. 유령마제의 숨 막히는 살기에 주눅 든 기색은 조금도 찾아볼 수 없었다.

"내가 당신을 과대평가했어. 천후맹 전체도 아니고 산하의 일개 무력단체에 패배해 도망칠 줄은 전혀 생각지 못했으니까. 당신의 능력이라면 철혈단이 끼어들든 말든 알아서 처리할 수 있다고 판단했다."

"그건……."

"당신은 부하 이백을 빌려주겠다는 내 제안을 거절했다. 환마령단이 있으니 그것으로 부하들을 얼마든지 만들어낼 수 있다고 호언장담을 했지. 그리고 나는 당신의 말을 믿었어. 내 부하는 필요 없지만 전술적 지원은 필요하다기에, 내가 할 수 있는 최대한의 지원을 해주었다. 당신은 그 정도면 충분하다고 했고, 역시 나는 당신을 믿었다. 사천을 당신에게 맡기고 다른 사안들을 처리하는 데 전념했지."

소교주의 신랄한 비난은 아직 끝나지 않았다. 그는 유령마제에게 삿대질하며 쐐기를 박았다.

"결국 내가 잘못한 것이라곤 당신의 능력을 너무 믿은 것뿐이야. 이만하면 충분한 대답이 되었나?"

"……."

유령마제는 뭐라 입을 열지 못했다. 그가 내뿜던 살기는 이미 씻은 듯이 사라진 뒤였고, 노기도 한풀 꺾인 상태였다. 그는 털썩 의자에 주저앉았다.

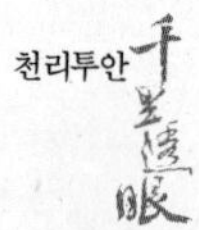

잠시 동안 밀실 안에 무거운 침묵이 흘렀다. 그 침묵을 깨뜨린 것은 유령마제의 독기와 각오가 가득 담긴 목소리였다.

"한 번은 실패했지만 두 번은 없다. 이번에야말로 반드시 사천을 내 것으로 만들겠다. 너의 도움이 필요하다."

소교주는 퉁명스레 내뱉었다.

"내가 왜 당신을 도와야 하지?"

이런 대답은 전혀 상상치 못했던 터라 크게 당황한 유령마제는 두 눈을 부릅떴다.

"뭐라? 더는 나를 돕지 않겠다는 뜻인가?"

"당신은 내 신뢰를 잃었어. 철혈단 따위를 못 이겨내 도망쳤고, 사천에 남아 반격의 기회를 노리기는커녕 이 먼 곳까지 달려왔지. 거창한 이유가 있어서가 아니라 그저 내게 투정 부리기 위해서! 덕분에 사천무림은 숨을 돌릴 여유를 갖게 되었다. 다시 묻지. 내가 왜 당신을 도와야 하나?"

"너는 내가 필요하니까. 그래서 묘강까지 나를 찾아와 동맹을 제안한 것 아니었나? 네가 원하는 만큼 사천을 들쑤셔주겠다. 사천을 손에 넣은 뒤, 교의 대업에 전면 협조하겠다. 사천무림의 무력과 상계의 재력을 최대한 지원할 거다. 처음 거래했던 대로 말이다!"

다시 침묵이 흘렀다. 소교주는 유령마제의 더없이 진지한 눈빛을 응시하며 깊은 고민에 잠겼다. 잠시 후 소교주는 결정을 내렸다.

"내게 믿음을 줄 수 있겠나? 이번에는 반드시 성공한다는 믿음을?"

"어떻게 하면 나를 믿을 수 있겠나?"

"간단해. 사천으로 돌아가라. 미끼를 하나 던져두겠다. 철혈단은 제 발로 당신을 찾아가게 될 거다. 그들 전원의 시체를 가져와라. 그게 성공한다면, 당신은 내 신뢰를 되찾게 될 거야. 사천 정복은 그 후에 거론하는 것이 좋겠군."

유령마제는 바로 대답하지 못했다. 빚진 것이 있으니 철혈단을 쓸어버리는 건 대찬성이지만, 현실적인 문제들이 있었기 때문이다.

그때 소교주가 그의 고민을 해결해 주었다. 소교주는 선심 쓴다는 투로 말했다.

"환마령단으로 부하를 만들기엔 시간이 부족할 테니 원한다면 내 부하들을 빌려주도록 하지. 어느 정도는 머릿수가 맞아야 싸움이 될 테니까. 물론 필요 없다면, 이번에도 지난번과 마찬가지로 거절하면 된다. 나야 아쉬울 것은 없어."

유령마제는 속으로 쾌재를 불렀지만, 겉으로는 싫지만 어쩔 수 없다는 듯 못 이기는 척 고개를 끄덕였다.

"아니, 확실한 것이 좋겠지. 네 부하들을 빌리겠다. 허나, 이번 한 번뿐이다. 재료만 있으면 환마령단은 얼마든지 만들어낼 수 있으니까."

"마지막 남은 자존심인가?"

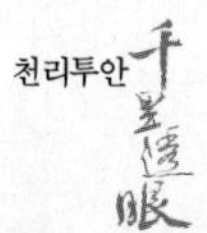
천리투안

"그렇게 생각해도 무방하다. 사천을 손에 넣는데 필요한 것은 네가 세운 계획과 전술적 지원, 그리고 난데없이 어떤 적이 튀어나온다고 하더라도 쓸어버릴 수 있을 만큼 많은 부하들을 만들어낼 충분한 시간뿐이다."

"아아, 자세한 이야기는 당신이 내 신뢰를 회복한 뒤에 하도록 하지. 바로 출발하겠나? 아니면 여기서 하룻밤 머물고 가겠나? 후자라면 최고급 객실을 무상으로 빌려주지."

몸을 일으킨 유령마제는 벽 쪽으로 걸어가며 툭 내뱉었다.

"바로 출발하겠다. 사천의 어디로 가면 되나?"

"차후 전서구를 통해 알려주지. 지금부터 계획을 세워야 하니까."

"그렇군. 알았다."

유령마제는 벽 앞에 섰다. 그러나 벽을 어떻게 여는지 몰라 밖으로 나갈 수 없었다. 소교주에게 물어보면 되겠지만, 왠지 그러기엔 자존심이 상해 그저 가만히 서 있기만 했다.

물끄러미 유령마제의 등을 바라보던 소교주는 검지를 살짝 튀겨 천장의 야명주를 향해 지풍을 날렸다. 야명주가 살짝 눌러졌고, 그러자마자 벽이 열렸다.

유령마제는 뒤 한 번 돌아보지 않은 채 사라졌다. 이내 벽은 다시 닫혔다. 덕분에 소교주는 밀실 안에 홀로 남게 되었다.

헌데 바로 그때, 야명주 옆의 천장에 정사각형 모양의 작은 구멍이 하나 생겨났다. 그 구멍에서 한 인영이 튀어나와 바닥에 사뿐히 착지했다. 흑의를 걸친 이십대 중반의 여인이었다.

그녀는 유령마제가 사라진 벽을 응시했다. 아쉬움이 담겨 있는 눈빛이었다.

"결국 내가 나서는 일은 없었네."

소교주는 가볍게 어깨를 으쓱였다.

"아아, 그렇군."

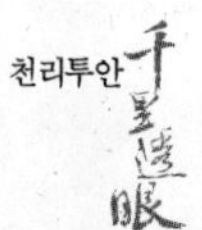

흑의 여인은 유령마제가 앉았던 의자로 가서 엉덩이를 걸쳤다. 그녀는 적당한 키에 늘씬하면서도 굴곡이 완연한 몸매를 자랑했다. 피부는 투명하리만큼 새하얗고, 눈이 튀어나올 만큼 아름다운 용모를 지녔다.

다리를 꼬고 앉은 그녀는 재차 유령마제가 사라진 벽 쪽을 바라보며 비릿하게 웃었다.

"그가 너를 공격했을 경우, 그 공격이 성공하기도 전에 자신의 미간에 구멍이 뚫렸을 거란 걸 그는 알까? 안다면 어떤 표정을 지을까?"

"몰라."

소교주는 귀찮다는 투로 대꾸했다. 토라진 듯 흑의 여인은 팔짱을 낀 채 입을 삐죽 내밀었다.

“내가 천장에 얼마나 오랫동안 숨어 있었는지 알아? 유령마제가 내 기척을 눈치챌까 봐 한시도 긴장을 늦추지 못했어. 수명이 몇 년은 줄어든 기분이야.”

“과장하지 마. 네가 마음먹고 기척을 숨기면, 이 세상 누구도 너를 찾아내지 못하잖아?”

“흥! 말이 그렇다는 거지……. 아무튼! 내가 천장에 숨어 있었던 건 너를 지키기 위해서였어. 유령마제가 너를 공격할 가능성이 조금이나마 존재하고 있었으니까. 그런데 이건 뭐 고맙다는 말 한마디 해주지 않다니…….”

“필요 없다고 했잖아? 유령마제가 나를 공격할 가능성은 희박하고, 설사 공격한다하더라도 내 몸은 내가 알아서 지킬 수 있어. 그런데도 고집을 부린 건 너였어.”

“내가 더 확실하잖아? 제 아무리 강한 인간일지라도 기습에는 장사가 없는 법이니 말이야.”

“아아, 그래. 좋아. 고마워. 이제 만족해?”

더 언쟁을 벌이고 싶지 않아 소교주는 백기를 들었다. 흑의 여인은 흡족한 미소를 머금었다.

“응.”

“후우…….”

웃는 얼굴에 침 뱉을 수는 없어 소교주는 그저 무거운 한숨만 내쉬었다. 그런 소교주의 모습을 내심 즐기며 흑의 여인은 화제를 바꾸었다.

　“헌데, 계획이 틀어진 이유는 알아냈어? 철혈단이 아미산으로 가지 않고 성도로 가 버린 탓에 일이 배배 꼬였잖아?”

　“그래. 철혈단의 움직임! 그 한 가지가 내 계획을 엉망으로 만들어 버렸어. 원래라면 유령마제는 당가, 천가, 청성파를 무너뜨린 뒤 아미파를 치기 위해 아미산으로 가서, 그곳에서 철혈단과 싸워야 했지. 그때쯤이면 유령마제는 환마령단으로 성도에서 잃은 전력 이상의 힘을 소유한 상태일 테니, 철혈단이 아미파와 연합했다고 하더라도 충분히 박살낼 수 있었을 거야. 그런데…….”

　“철혈단은 성도로 가 버렸고, 그 때문에 유령마제는 우리의 예상보다 일찍 그들과 싸우게 되었지. 결과적으로 유령마제는 그들을 처리하지 못했고 말이야. 철혈단이 강한 걸까? 아니면 정말 우리가 유령마제를 과대평가한 걸까?”

　“둘 다야. 내가 사천에 좀 더 신경을 썼어야 했어!”

　“꽤나 분한가 보네. 아직 이유를 알아내지 못한 거야?”

　“아니, 이미 알아냈어. 그 이유가 나를 더 화나게 만들어.”

　“어떤 이유이기에?”

　“철혈단 부단주 묵견이란 자의 취향! 그의 남다른 취향 때문이었어. 나는 그걸 간과하고 말았지.”

　“조금 이해가 안 되는데?”

　“간단히 말하자면, 그는 천가장의 천랑에게 반한 상태야.”

　입을 쩍 벌린 흑의 여인은 기가 막힌다는 투로 외쳤다.

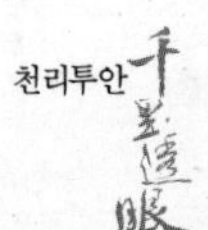

"세상에! 그럼 묵견은 천랑 한 사람을 구하려고 아미산에서 성도로 방향을 바꾼 거였어?"

"아아."

"말도 안 돼. 천랑은 남자잖아?"

"묵견의 취향이 그래."

흑의 여인은 남자가 남자를 사랑한다는 사실에 흥분해 호기심을 잔뜩 드러내었다. 그러다 갑자기 콧잔등을 찌푸렸다. 자리에서 일어난 그녀는 쪼르르 소교주에게 다가가 그의 무릎 위에 앉았다. 두 팔로 소교주의 목을 끌어안은 다음 얼굴을 바짝 붙였다.

"왠지 기분 나빠. 사랑은 이처럼 남자와 여자가 하는 건데 말이야."

흑의 여인은 은근하면서도 색기 넘치는 미소를 던졌다. 마음이 동한 소교주는 슬며시 그녀의 허리를 끌어안았다.

"그건 그렇지."

"그런데 요즘 들어 부쩍 천랑이란 이름이 자주 귀에 오르내리네. 강해?"

"위지창천 급이야."

소교주의 목소리엔 멸시가 담겨 있었다. 흑의 여인은 어깨를 으쓱였다.

"그럼 뭐 별거 아니네."

"별거 아니지."

두 남녀는 약속이나 한 듯이 서로를 바라보며 피식 웃었다.

흑의 여인은 손가락으로 소교주의 눈가를 스윽 문질렀다.

"천랑의 두 눈은 색목인처럼 새파랗다던데 진짜일까?"

"궁금해?"

"조금은. 신기하잖아?"

"원한다면 유령마제더러 천랑의 목을 가져오라고 할게."

"무슨 소리야? 유령마제는 철혈단과 싸워야 하잖아?"

"천랑도 이제 철혈단의 일원이거든."

"맙소사! 묵견이 천랑을 손에 넣은 거야? 그래?"

"그렇다더군."

흑의 여인은 너무 재미있어 어쩔 줄을 몰라 했다. 그녀는 눈을 빛내며 소교주의 입술을 훔쳤다. 돌발적인 행동이었다. 깜짝 놀란 소교주는 눈을 동그랗게 떴다.

"이게 뭐야?"

흑의 여인은 다부지게 외쳤다.

"우리도 질순 없잖아? 안 그래?"

곰곰이 생각해 보니 과연 그랬다. 묘한 경쟁심이 생겨난 소교주는 재차 흑의 여인과 입맞춤을 나누었다. 좀 전보다 훨씬 더 길고 진하게 말이다.

잠시 후 하나 된 입이 둘로 분리되었다. 여운이 남는지 흑의 여인은 상기된 어조로 말했다.

"천랑의 눈을 가지고 싶어. 그걸 내 방에 장식해 둘래. 그래

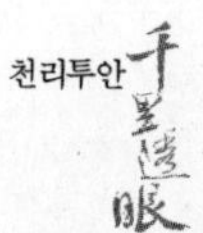

도 돼?"

"물론. 유령마제에게 말해 둘게."

소교주는 흔쾌히 고개를 끄덕였다. 흑의 여인은 소교주의 품에 꼬옥 안겼다.

"고마워. 그런데 유령마제가 이번에도 실패한다면 어쩌지? 아니, 철혈단이 또 네 의도대로 움직여주지 않으면 어떻게 해?"

"안 그래도 그 문제로 네게 부탁할 게 하나 있어."

"뭔데?"

"이번 기회에 반드시 철혈단을 처리해야 한다는 건 알고 있지?"

"알고 있어. 천후맹 파괴 작전! 먼저 천후맹의 손과 발인 사대무력단체를 쓸어버린다. 그중 철혈단이 가장 골치 아프니, 그들을 최우선으로 처리해야 해. 네가 의도적으로 철혈단을 사천으로 끌어들인 것도 그래서였으니까."

그 말을 기다렸다는 듯 소교주는 얼른 의미심장한 질문을 던졌다.

"내가 어떤 방법으로 철혈단을 끌어들였지?"

흑의 여인의 두 눈이 이채를 띠었다. 그녀는 은근한 미소를 머금으며 품에서 불길한 기운이 느껴지는 한 송이 흑화를 꺼내었다. 그 흑화의 향기를 맡는 시늉을 하며 입가의 미소를 더욱 짙게 만들었다.

"나더러 한 번 더 철혈단을 유혹하라는 거네?"

흑의 여인의 손에 들린 흑화를 힐끗 쳐다본 소교주는 진지한 표정을 지었다.

"부인하진 않겠어. 유령마제에겐 이제부터 미끼를 던져두겠다고 말했지만, 실은 이미 미끼를 던져 놓은 상태야. 철혈단이 영원히 잠들 묘지도 하나 마련해 놓았고."

움찔한 흑의 여인은 악의 없이 소교주를 째려보았다.

"이중삼중으로 계획을 짜는 건 여전하네. 계속해."

"미끼는 아미파에 심어져 있어. 허나, 그 미끼 하나만으로는 부족해. 철혈단을 함정으로 유인하기 위해서는……."

"보다 확실한 미끼가 하나 더 필요하다는 거군."

"싫으면 싫다고 해. 너는 내 부하가 아니야. 나는 네게 명령을 할 권한이 없어."

빙그레 웃은 흑의 여인은 두 손으로 소교주의 뺨을 부드럽게 감쌌다.

"해달라고 해. 그 말 한마디면 충분해. 네 일이 곧 내 일이고, 네 삶이 곧 내 삶이니까."

흑의 여인은 소교주에게 다시 진하게 입을 맞추었다. 소교주의 입가에 조금은 멋쩍고, 조금은 온화한 미소가 자리잡았다.

"해줘. 그래주길 바라."

말이 끝나기 무섭게 흑의 여인은 흔쾌히 고개를 끄덕였다.

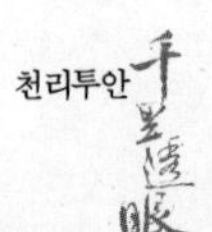

"좋아. 구체적으로 내가 뭘 어떻게 하면 되는 거야?"

"어제 위지창천이 천룡검단 세 개 검대를 이끌고 사천 천가장으로 떠났다는군. 그는 당분간 천가장에서 머물 거야. 차후 정확한 결행 시기를 알려줄게. 그날, 위지창천을 죽여."

놀랍게도 소교주는 흑의 여인에게 천후맹주의 자식이자 천룡검단의 단주이며, 전 강호인이 주목하고 있는 거물 중의 거물인 위지창천의 암살을 청부했다.

더 놀라운 것은 흑의 여인의 반응이었다. 위지창천은 일신의 무력이 막강하고 천룡검단 세 개 검대와 천가장의 보호하에 있다. 그러니 그를 제거하는 것은 무척이나 힘든 일인데, 흑의 여인은 조금도 난처한 기색을 보이지 않았다. 오히려 흥미를 드러내었다.

"가장 유력한 차기 천후맹주 후보를 내 손으로 제거한다라……, 재미있겠어."

"위지창천이 죽으면 천후맹은 혼란으로 뒤덮이게 돼. 그를 죽인 이가 너란 것이 알려지면 수많은 억측을 불러일으킬 거고. 천후맹은 서로를 의심하며 내분에 휩싸일 거야. 그렇게 되면 본교가 대업을 달성하는 것이 훨씬 더 수월해지겠지."

"음, 그건 그렇겠네. 그럼 나는 위지창천만 제거하면 되는 거야?"

"실수를 하나 저질러."

흑의 여인은 표독한 눈초리로 소교주를 쏘아보았다.

“뭐라고? 완벽을 자랑하는 나더러 실수를 저지르라고?”

소교주는 일단 진정하라는 듯 흑의 여인의 어깨를 부드럽게 다독여주며 해명했다.

“그래야 철혈단이 네 뒤를 쫓을 수 있잖아? 노골적으로 하지 말고, 그저 철혈단이 너를 추적할 수 있을 만큼만 흔적을 남겨놓으면 돼. 그 후 내가 알려주는 장소로 가. 아미파에 심어놓은 미끼가 지목한 장소와 네 흔적이 이어져 있는 장소가 동일하다면…….”

“철혈단은 제 발로 함정 안으로 걸어 들어가게 되겠네. 과연…….”

흑의 여인은 이해했다는 듯 고개를 끄덕였다. 그리고는 뭔가가 생각난 듯 씨익 웃었다.

“잘 됐어. 내 손으로 직접 천랑의 두 눈을 파낼 수 있게 되었으니까.”

소교주는 정색을 하며 고개를 저었다.

“그건 안 돼. 철혈단을 유인한 뒤 바로 떠나.”

“뭐야? 내가 철혈단의 손에 죽을까 봐 걱정되는 거야?”

“세상일이란 모르는 법이야. 더구나 네 전문은 암살이지, 난전이 아니잖아?”

자신을 걱정하는 소교주가 너무나도 귀여워 흑의 여인은 아쉽지만 한발 물러서기로 했다.

“알았어. 바로 도망칠게. 내가 또 도망치는 것 하나는 잘하

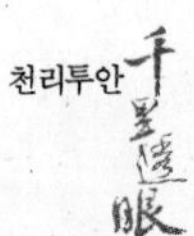

잖아? 그러니 너무 걱정하지 마."

"그래. 믿을게."

"언제 출발하면 돼?"

"빠르면 빠를수록 좋아."

"으음, 그럼 내일 출발할게. 오늘은…… 너랑 밤새 놀 거야. 그래도 되지?"

흑의 여인은 대놓고 색기를 내뿜었다. 마다할 이유가 없어 소교주는 더욱 힘껏 그녀를 끌어안았다. 다시 몇 차례의 진한 입맞춤이 이어졌고, 그 후 흑의 여인은 나직이 입을 열었다.

"너는 계속 여기 머물 거야?"

"아니. 몇 가지 사안만 더 처리한 뒤 다른 곳으로 갈 생각이야. 이곳은 수석봉공(首席奉公)에게 맡기고."

"심만구? 나는 그 땅딸보가 싫어. 여태까진 서로 이용하는 관계에 불과했는데, 소주에서 이룬 업적을 발판 삼아 본교에 입단해 버리다니! 그것도 일반 교도가 아니라 수석봉공의 자리에 올랐잖아? 그 후부턴 지가 뭐라도 되는 것처럼 갈수록 거드름을 피우고 있어. 교주님께서 왜 그 땅딸보에게 수석봉공이라는 막강한 지위를 주셨는지 나는 아직도 이해가 안 돼. 그 땅딸보가 본교의 대업에 꼭 필요한 것은 알지만, 그래도 영 꺼림칙해. 내가 이상한 걸까?"

"아니, 괜찮아. 조금만 참아. 쓸모없어지면 버릴 거니까. 교주님과 전하도 내심 그걸 바라고 계셔. 뒤처리는 네가 할래?"

“그거 좋지. 때가 되면 내게 말해. 흐흐흐흐.”

흑의 여인은 과장되게 음흉한 웃음을 터뜨렸다. 그 모습이 왠지 우스워 소교주도 덩달아 웃고 말았다.

웃음꽃은 빠르게 피었다가 졌다. 머쓱해진 흑의 여인은 은근슬쩍 소교주의 품에서 빠져 나와 한껏 기지개를 켰다.

“흐으으, 다른 곳이라면 어디를 말하는 거야?”

“북쪽.”

“원나라? 그쪽 사람들이랑 만나려고?”

“아니.”

“그럼?”

“옛 친구들을 만나 볼 생각이야.”

삽시간에 흑의 여인의 얼굴이 심각하게 굳었다. 그녀는 진한 불안을 담아 말했다.

“이제 와서 그 녀석들을 만나 뭘 어쩌려는 거니?”

소교주는 별것 아니라는 듯 어깨를 으쓱였다.

“수석봉공이 중대한 발견이라도 한 것처럼 초인들의 시체 몇 구를 내게 가져온 것을 알지?”

“……그것 때문에?”

“그래. 초인들의 시체를 살펴보니 과거에 비해 엄청난 진보를 이루었더군. 연구가 어디까지 진행되었는지, 그리고 초인들을 얼마나 많이 보유하고 있는지 파악해 두는 것이 좋다고 판단했어.”

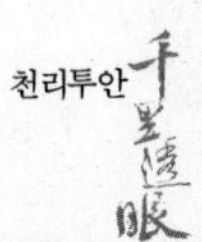

"소검아, 나는……."

소교주, 소검은 천천히 몸을 일으켜 흑의 여인에게 다가갔다. 두 손으로 그녀의 어깨를 잡으며 힘주어 말했다.

"예주야, 네가 뭘 걱정하고 있는지 알아. 내가 소무 녀석과 다시 싸울까봐 겁나는 거지?"

흑의 여인, 나예주는 얼굴을 일그러뜨리며 역정을 내었다.

"내가 어떻게 걱정을 안 해? 칠 년 전 그날, 불귀곡에서 운비의 시체가 담긴 백약통을 확인한 그날, 친구들과 우리가 헤어지게 된 바로 그날! 너와 소무는 서로를 죽일 기세로 싸웠어. 진짜 서로를 죽이려고 했어. 나는 두려워. 너희 두 사람이 다시 만나면 둘 중 하나는 죽을 것만 같아, 그게 네가 될 것만 같아 너무나도 두려워."

소검은 애처롭게 부들부들 떠는 나예주의 몸을 힘껏 껴안았다. 그는 부드러운 말투로 나예주를 달래었다.

"그런 일은 없을 거야. 그때 우리가 싸운 이유는 자신의 주장을 상대에게 힘으로라도 납득시키기 위함이었어. 이제는 달라. 소무와 나는 각자의 신념에 따라, 자신이 옳다고 믿는 길을 걸어가고 있어. 우리 두 사람이 걸어가는 길은 너무나도 다르기에 영원히 평행선만 그을 뿐, 하나로 합쳐지는 것은 불가능해. 이제는 서로를 납득시키려고 애쓸 필요가 없다는 거지."

"그래서 더 슬픈 거잖아?"

"어쩔 수 없지. 우리는 이미 선택을 했고, 그것을 돌이키기엔 너무 늦었으니까. 아무튼 걱정할 필요는 없어. 소무와 만나 몇 마디 대화만 나눈 뒤 바로 떠날 거야.”

“정말?”

“약속할게.”

“난…… 나는 가지 않을래. 너와 함께 떠날 때 앞으로 절대 친구들을 만나지 않겠다고 스스로에게 다짐했어. 그게 내 나름대로의 각오였어.”

“알아. 그래서 함께 가자고 하지 않은 거야.”

“으응.”

나예주는 소검의 가슴 깊이 얼굴을 묻었다. 소검은 그녀의 등을 토닥여주었다. 그때 나예주가 한 말이 그의 귓가를 계속 맴돌기 시작했다. 새삼 칠 년 전 그날의 일이 머릿속에 떠올라 소검은 조심스레 입을 열었다.

“한 가지 물어봐도 돼?”

“뭔데?”

“칠 년 전 그날, 나는 운비의 시체가 담긴 백약통을 내려다보며 다짐했어. 내 부모님에게 누명을 씌워 죽인 이 나라를, 운비를 이렇게 비참한 죽음으로 내몬 이 나라를 반드시 박살내고야 말겠다고.

하지만 친구들은, 심지어 너조차도 내 주장에 반대했지. 황실을 부수는 것으로 끝낼 뿐, 이 나라는 그대로 내버려두자는 소무의 편을 들어주었어. 그래서 나는 혼자 떠났지. 불귀곡을

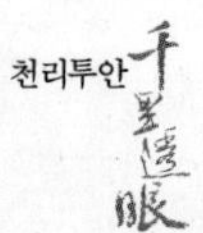

나설 때의 나는 혼자였지만, 오대산을 떠날 때의 나는 너와 함께였어. 그때 너는 왜 친구들의 곁에 남지 않고 나를 따라 나섰던 거야?"

소검의 가슴에 얼굴을 묻고 있던 나예주는 휘익 고개를 들었다. 그녀는 입을 삐죽 내민 채 톡 쏘아붙였다.

"뭐야, 너? 건망증이 왜 이렇게 심해? 여태까지 그 질문을 몇 번이나 했는지 알기나 해?"

"가끔씩 불안해지거든. 대답해 줄래?"

"너를 혼자 내버려둘 수 없어서였어."

"동정이었던 건가?"

"아니라고 몇 번을 말해! 내가 단순한 동정심 때문에 친구들을 모두 저버리고 너 한 사람을 따라 나섰을 것 같아?"

"후후, 그 말을 듣고 싶었어. 들을 때마다 힘이 샘솟거든."

"휴우…… 남자들이란!"

나예주는 정말 못 말리겠다는 듯 고개를 설레설레 저었다. 소검은 애써 활기차게 말했다.

"자 그럼, 이제 그만 나갈까? 우선 식사부터 하자."

"그러고 보니 배가 고프네. 좋아."

소검은 손을 들어 야명주를 향해 지풍을 날리려고 했다. 그러다 문득 어떤 생각이 들어 동작을 정지했다. 그는 의아한 표정으로 자신을 바라보는 나예주에게 걱정을 담아 말했다.

"이건 노파심일지도 모르지만, 행여 위지창천의 암살이 위험하다고 판단되면……."

눈을 부릅뜬 나예주는 잔뜩 인상을 찌푸렸다. 그녀는 재차 품에서 한 송이 흑화를 꺼내었다. 보란 듯이 그걸 소검의 앞에 내밀었다.

나예주의 전신에서 너무도 음산하고 꺼림칙하며 무시무시한 살기가 흘러나왔다. 차갑게 가라앉은 그녀의 두 눈은 오싹한 귀기를 내뿜었다. 실로 소름끼칠 만큼 압도적인 기도였다.

"내가 누구라고 생각하는 거야? 본교에 들어온 이후 네가 무적의 힘을 얻었듯, 나도 무적의 힘을 얻었어. 사부님의 모든 것을 물려받았지. 심지어 별호까지도. 나는 천하제일살수 제2대 흑화사신이야! 위지창천 하나 암살하는 것쯤은 손바닥을 뒤집는 것만큼이나 쉬워!"

급변한 나예주의 모습과 표독스런 말투에 기가 질린 소검은 머리를 긁적이며 사과했다.

"괜한 걱정이었던 것 같군."

"흥! 알면 됐어. 그러니 내 걱정일랑 접어두고 너나 몸조심해. 소무를 만나거든 무조건 참아. 무조건! 만약 다시 소무와 싸운다면, 나는 앞으로 네 얼굴을 두 번 다시 보지 않을 거야. 알겠어?"

"이런, 그거 정말 무섭군. 알았어. 주의할게. 그럼, 이제 가실까요?"

소검은 한 손으론 벽 쪽을 가리켰고, 다른 손으론 야명주를

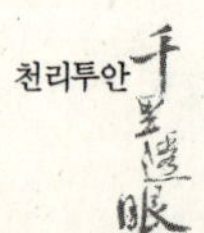

향해 지풍을 날렸다. 벽이 열리며 바깥으로 이어진 통로가 나
타났다. 소검은 통로를 바라보며 지풍을 날린 손을 옆으로 살
짝 내밀었다.

"흥!"

부끄러움이 담겨 있는 코웃음을 친 나예주는 기세를 거두었
다. 그녀는 못 이기는 척 소검이 내민 팔에 자신의 팔을 끼었
다. 그 후 두 사람은 나란히 밀실을 빠져 나갔다.

찰싹 달라붙어 화기애애하게 이야기꽃을 피우며 통로를 걸
어가는 두 남녀. 그들의 뒷모습엔 사랑의 기운이 물씬 담겨 있
었다.

그들은 적어도 지금 이 순간만큼은 평범한 연인으로 보였
다.

각자 일신에 상상조차 할 수 없을 만큼 거대한 힘을 소유하
고 있고, 천하를 상대로 도박을 벌이고 있다는 것이 도저히 믿
어지지 않을 정도였다.

제3장
중중중(重中重)

## 壹

철혈단이 아미파를 점거한 지 어느덧 사십여 일이 흘렀다.

때는 십이월 초로 겨울이 왔음을 알리기라도 하듯 이틀 전부터 함박눈이 내리고 있었다.

눈 덮인 아미파의 전경은 탄성이 절로 새어나올 만큼 아름다웠다. 폐부가 깨끗이 씻겨 내려가는 듯한 상쾌한 기분도 만끽할 수 있었다.

옥에 티가 하나 있다면 군데군데 붉은 점들이 돌아가고 있다는 것이었다. 물론 그 점들의 정체는 철혈단이었다. 대낮이건만 아미파의 여승들은 한 사람도 보이지 않았다.

이유는 간단했다. 현재 여승들 전원은 격리되어 철혈단의 보호를 받고 있었다. 말이 보호지, 실제로는 감금이나 다를 바 없었다.

철혈단은 여승들이 서로 입을 맞춰 거짓말을 할까봐 그들을 격리했다. 감금한 것은 도망치지 못하도록 하기 위해서였다.

당연하게도 이런 무례한 처사에 여승들은 크게 반발했다. 허나 철혈단은 더없이 강경한 입장을 취했다. 무력도 불사할 각오였고, 실제로 여러 번 여승들과 충돌해 서로 부상자를 내었다.

먼저 손을 든 것은 아미파였다. 철혈단과 전면전을 벌일 생각도 해보았지만, 그건 이기든 지든 피해가 막심했다. 인근 영향력이 닿는 방파들에 도움을 요청하는 것도 힘들었다. 묵견이 느끼하게 내뱉은 한마디 탓이었다.

"호오, 인근 방파들에 지원을 요청하시겠다고요? 그럼 저도 본 맹에 전서구를 보내야겠네요. 호호호."

아미파 대 천후맹의 싸움으로 번질 경우 승패는 확연했다. 청성파를 비롯해 사천육가의 나머지 네 방파마저 움직이지 못하는 것이 아미파로선 천추의 한이었다.

청성파의 입장도 아미파가 백기를 드는데 크게 한몫했다. 청성 장문 구양기는 도움을 줄 수 없을 뿐 아니라, 최대한 철혈단에게 협조하라는 친서를 보내었다.

성도에서 철혈단의 도움을 받았기 때문이리라. 철혈단이 아니었다면 청성파는 피해를 입은 정도에서 그치지 않고 아예

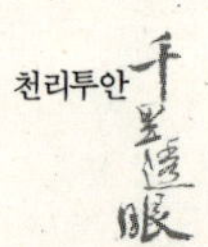

멸문해 버렸을 테니까.

사천무림의 주인인 청성파가 공식적으로 철혈단을 지지한 것이라 사천무림에 소속된 강호방파들은 아미파를 도우러 가기 힘들었다.

결국 청성파를 포함한 오가는 아미파를 도울 수 없고, 그건 다른 사천의 강호방파들도 마찬가지이며, 인근 영향력이 미치는 방파들을 부를 경우 천후맹에서도 원군이 오게 되는 상황이었다.

아미파로선 진퇴양난에 고립무원이 된 것이다.

적어도 정주사태의 후임이 정해져 새로운 구심점이 생겼더라면 이런 치욕은 겪지 않을 텐데, 장로들마저 따로따로 격리된 상태여서 후임 문제를 제대로 논의조차 하지 못했다.

명분 또한 철혈단의 편을 들어주었다.

흑화사신에게 원한이 있는 건 철혈단 역시 마찬가지였다. 자연, 그들은 아미파에 협조를 요구할 수 있었다. 흑화사신에게 청부를 한 아미파 내부의 범인을 찾으면, 흑화사신을 추적할 수 있게 되니까.

아미파에게도 도움이 되는 일이었다. 그들은 서로를 잘 알고 있어 이 사람이 범인일리 없다는 선입견을 가지고 있었다. 그러니 진정으로 범인을 잡고 싶다면 선입견이 없는 제삼자에게 범인색출을 맡기는 것이 최선이었다.

약간의 불쾌함만 참으면 된다. 장문 방장스님의 암살범을 찾는 것인데 그 정도는 참을 수 있는 것, 아니 참아야 하는 것 아니겠는가.

묵견은 계속해서 이런 말로 여승들을 설득하고 달래었다. 묵견의 말도 일리 있고, 모든 상황과 조건들이 불리하기도 해 결국 아미파는 백기를 들고 말았다.

여승들이 협조하기 시작하자 철혈단은 보다 원활하게 심문과 조사를 할 수 있게 되었다. 묵견의 지시에 따라 각 혈대 별로 흩어져 장로들부터 아래 항렬로 차근차근 내려가며 강도 높은 심문을 행했다.

근래 아미파를 방문한 적이 한 번이라도 있는 사람들과, 여승들과 한 번이라도 대화를 나눈 사람들을 모조리 찾아내 조사를 벌였다.

이렇듯 철혈단은 매일을 분주하게 보내고 있었다. 아직 이렇다 할 성과가 없긴 했지만 누구 한 사람 포기하지 않았다. 끈기 있게, 그리고 끈질기게 자신이 할 수 있는 최대한의 노력을 다했다.

그러나 소호는 달랐다.

그는 모든 일을 장대박과 7혈대원들에게 떠넘겨 버렸다. 그런 후 매일 아침 아미파 북부에 자리 잡은 은지(恩池)라는 작은 연못가를 찾아가 밤늦게까지 시간을 보내었다.

오늘도 마찬가지라 소호는 아침 일찍 처소를 나서 은지로 향했다. 여전히 폭설이 내리고 있건만 조금도 개의치 않았다.

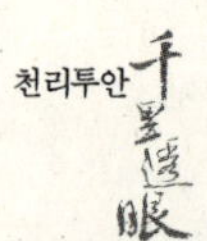

그는 손에 두 자루의 창과 보따리 하나를 들고 있었다.

한 자루는 십 척 길이를 자랑하는 시커먼 철창이었다. 무게는 무려 이백 근이나 되었고 창대는 매끈했다. 양쪽 끝을 뾰족하게 깎아 놓았을 뿐, 창두나 창영은 달려 있지 않았다.

근 십여 년 가까이 묵룡창을 사용해 온 덕분에 소호는 이런 형태의 쌍창에 익숙해질 대로 익숙해져 있었다.

나머지 한 자루의 창은 철창과 마찬가지로 십 척 길이의 여덟 근짜리 가벼운 목창이었다. 양끝에 마름모꼴의 날카로운 창두를 달아놓았고, 창영은 없었다.

소호는 창영을 다루는 법에 익숙하지 않았다. 그리고 별로 쓰고 싶지도 않았다. 역시 묵룡창의 영향이었다.

눈을 맞으며 은지에 도착한 소호는 목창과 보따리를 한편에 내려놓았다. 한 번 심호흡을 한 뒤 철창을 쥔 채 자세를 잡았다. 그러기 무섭게 창을 번개같이 찌르고 매섭게 휘둘렀다.

종아리 부근까지 쌓인 눈 때문에 움직이기 불편했다. 내리는 눈으로 인해 시야 확보마저 어려웠다. 얇은 홑옷만 걸쳐 무척이나 춥기도 했다. 그러나 소호는 지극히 진지한 얼굴로 계속해서 창을 놀렸다.

소호의 손에서 화려함을 자랑하는 천가창법의 진수가 펼쳐졌다. 놀랍게도 소호는 무려 이백 근이나 나가는 철창을 자유자재로 휘두르고 있었다.

허나 시간이 흐를수록 상황이 변해 갔다. 소호의 숨소리가 점점 거칠어지더니, 이내 어깨로 숨을 쉬기 시작했다. 두 시진 쯤 지나자 완전히 녹초가 되어 나자빠졌다. 땀이 식어 기화되며 전신에서 뿌연 김이 무럭무럭 피어올랐다.

창을 지팡이 삼아 비틀비틀 몸을 일으킨 소호는 속옷 하나만 남겨두고 나머지 옷을 모두 벗었다. 창끝으로 얼어붙은 은지의 수면을 깨뜨렸다.

소호는 몇 번 심호흡을 해 마음을 다잡은 후 천천히 연못 속으로 들어갔다. 피부가 따끔거리다 못해 간지럽고, 번개에 맞은 것처럼 쩌릿쩌릿했지만 꾸욱 참고 목까지 몸을 담갔다.

이를 앙다문 그는 춥지 않다고 끊임없이 스스로를 다잡았다. 독기를 품은 눈으로 전면, 연못가에 꽂아놓은 철창을 노려보았다.

'보름이나 지났건만 여전히 버겁군. 한 번에 너무 많이 무게를 늘린 걸까? 아니! 노력이 부족한 것뿐이다! 더 노력해야 해!'

사십여 일 전 철혈단이 아미산 하부에 도착했을 때, 소호는 근처 마을의 병기점에 들러 백 근짜리 철창을 주문했다. 그것을 들고 아미파로 들어가 보름 전까지 하루 종일 휘둘렀다.

어느 정도 창의 무게에 익숙해지자 소호는 다시 마을의 병기점으로 내려가 이백 근짜리 창을 들고 돌아왔다. 미리 주문을 해두어 창이 완성될 때까지 기다리지 않아도 되었다.

그리고 지금, 이렇게 보름 동안 이백 근짜리 철창을 휘두르고 있는 것이었다.

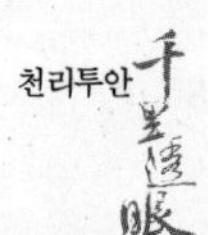

이미 병기점에 삼백 근짜리 철창도 주문해 둔 상태였다. 이 이백 근짜리 창에 익숙해지는 대로 바로 교환할 작정이었다.

소호가 임무도 마다하고 이렇게 추위와 싸우며 혹독한 수련을 감행하고 있는 이유는 복합적이었다.

철혈단에 입단한 이후부터 그는 매일같이 악몽에 시달렸다. 조금이라도 방심하면 천가장을 향한 미련과 안타까움, 복잡하게 꼬여 버린 미래가 머릿속을 헤집어놓았다. 그것은 도저히 견딜 수 없는 고통이었고, 괴로움이었다.

미쳐 버리지 않기 위해선 묵견의 말대로 바쁘게 살아야 했다. 다른 생각은 일절 못할 만큼 몸과 마음을 한계점까지 밀어붙일 필요가 있었다.

애석하게도 임무는 그게 불가능했다. 자신이 모든 일을 맡은 것이 아니라, 삼백 명이 넘는 철혈단원들과 분담해서 하고 있었으니까.

더구나 임무를 총지휘하는 것은 묵견이었다. 그는 소호에게 매달리지 않아도 될 정도의 뛰어난 지혜를 소유하고 있었다.

그래서 소호는 무공수련을 택했다.

그 선택의 이면엔 지금보다 더욱 강해지고 싶다는 열망도 포함되어 있었다.

보다 빨리, 세상 그 누구보다 강해지고 싶다는 끝없는 열망!

소호는 유령마제 일당과의 싸움으로 자신의 무력함을 새삼 실감했다. 자신보다 강한 사람은 세상에 널리고 널렸다는 것

을, 머리가 아무리 좋아봤자 결국 중요한 순간에 믿을 수 있는
건 자기 자신의 무력뿐이란 것을 뼈저리게 깨달았다.

유령마제와는 곧 다시 싸우게 된다. 소호는 그렇게 되리란
걸 직감하고 있었다.

그때 또다시 무력감을 느끼고 싶지는 않았다. 그러기 위해
선 유령마제와 재회하기 전에 최대한 빨리, 그리고 최대한 많
이 실력을 길러두어야 했다.

흑화사신과 싸울 때에도 도움이 될 것이다. 흑화사신은 명
색이 천하제일살수였고, 철혈단은 그의 제거가 아닌 생포를
계획하고 있었다. 자연, 적지 않은 사상자가 생길 가능성이 농
후했다.

허나 소호가 흑화사신과 대적할 수 있을 만큼 강해진다면,
철혈단의 희생을 최소한으로 줄일 수 있다.

소호는 이제 눈앞에서 사람들이 죽어 가는 광경을 지켜보고
싶지 않았다. 아무것도 하지 못한 채 그저 바라만 보고 있기는
죽기보다 싫었다.

그러기 위해서라도 강해져야만 했다. 그리고 그가 강해지기
위해 매달릴 수 있는 건 오직 창뿐이었다.

소호는 역시 유령마제 일당과의 싸움으로 묵룡창같이 무거
운 철창을 쓰다가 가벼운 목창으로 바꿔 쓸 경우, 훨씬 더 쾌
속하고 강맹하게 초식을 전개할 수 있다는 것을 알아내었다.

그것에 주목한 그는 이렇게 창의 무게를 늘려가며 수련을

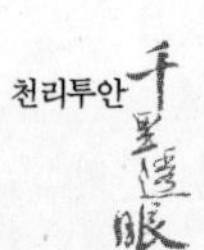

하고 있는 것이었다. 더 무거운 창을 쓸수록, 그 창에 익숙해 질수록 강해질 테니까.

물론 실전에선 저기 있는 가벼운 목창을 써야 한다. 그가 찾아낸 방법은 연습용 창과 실전용 창을 분리하고, 서로의 무게 차를 늘려가는 것이었다.

그래서 소호는 하루 수련의 마무리로 목창을 반 시진 정도 휘둘러 실전감각을 유지하고 있었다.

조금 더 철창을 노려보던 소호는 연못의 가장자리로 이동해 가부좌를 틀고 앉았다. 가장자리는 깊이가 얕아 앉아도 얼굴이 물에 잠기지 않았다.

두 눈을 질끈 감은 그는 혼원여의공을 운공했다. 추위를 이겨내고 지친 몸에 활력을 불어넣는 한편, 단전의 크기를 키우기 위해서였다.

시간이 얼마나 흘렀을까?

소호의 귓가에 사박사박 누군가가 눈을 밟는 소리가 들려왔다. 이쪽으로 곧장 다가오고 있었는데, 낯익은 기척이라 소호는 별다른 경계심 없이 천천히 전신에 퍼뜨린 내력을 단전으로 회수했다.

"에잉, 이 친구 오늘도 어김없이 여기 처박혀 자학하고 있네그려."

연못가에 선 장대박은 혀를 끌끌 찼다.

내력이 단전으로 모두 모여들자 눈을 뜬 소호는 장대박을 바라보았다. 그는 싱긋 웃으며 말했다.

"자학이 아니라 수련입니다."

장대박은 삿대질을 하며 버럭 고함을 내질렀다.

"그거야 자네 생각이고! 애들 모두 자네가 미친 거 아니냐고 걱정한단 말씀이야. 흐허험험, 하루 이틀도 아니고 이게 대체 뭔가?"

소호는 자세히 설명하는 대신 은근슬쩍 화제를 바꾸었다.

"무슨 일로 오신 겁니까?"

눈살을 찌푸린 장대박은 퉁명스레 내뱉었다.

"왜 오기는? 자네가 걱정돼서 왔지! 정말 계속 여기 틀어박혀 있기만 할 건가? 다른 놈들 모두 범인을 잡으려고 쌔빠지게 노력하고 있어! 헌데 명색이 대주란 작자가 일개 단원인 나한테 일을 다 떠넘겨 버리곤……. 니미럴!"

"후후, 슬쩍 일개 단원이란 부분을 강조하시는군요."

"흐허허험! 아니 뭐 자네가 대주가 된 것에 불만이 있는 건 아니고, 애들도 다 자네를 대주로 인정하고 있고, 자네야 뭐 워낙 잘난 친구니……. 아무튼 그러니까!"

"예. 대원들이 저를 인정했듯, 저도 대원들의 능력을 인정하고 있습니다. 대박 씨를 포함해서 말이지요. 그래서 믿고 맡긴 겁니다."

장대박은 어깨를 추욱 늘어뜨렸다.

"씨벌, 또 본전도 못 건졌네."

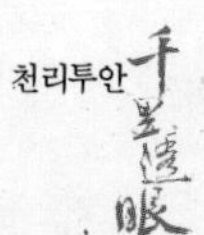

소호는 빙그레 웃었다.

"대박 씨께는 죄송하지만 말로 저를 이기는 건 힘들답니다."

"니미럴! 잘났수다! 아주 잘나셨어! 앙!"

말투는 거칠었지만 악의는 담겨 있지 않았다. 그래서 소호는 그저 웃기만 했다.

대화가 끊겨 분위기가 어색해졌다. 머쓱해진 장대박은 뜬금없이 눈앞에 꽂혀 있는 철창을 붙잡았다. 그것을 뽑아들자마자 무시무시한 무게감이 전신에 와 닿았다. 팔이 저리고 다리가 후들거렸다.

장대박은 얼른 철창을 내려놓았다. 그리고는 철창과 소호를 번갈아 바라보며 혀를 내둘렀다.

"니미럴! 이거 이백 근이나 나간다더니 진짜일세! 정말 더럽게 무거워! 그냥 들고 있는 것만 해도 버거운데, 자네 정말 이걸 휘두르며 이거, 이걸 다 만든 건가?"

그는 손짓으로 주변을 가리켰다. 눈이 내리고 있긴 하나, 아직은 주변에 소호가 초식을 전개하며 만든 광범위한 흔적이 고스란히 남아 있었다.

소호는 씁쓸하게 웃으며 설레설레 고개를 저었다.

"아직 멀었습니다. 그 무게에 쉽게 적응이 되지 않는군요."

"그럴 수밖에 없지. 이백 근이라구! 무려 이백 근! 백 근짜리 철창을 쓴 지 얼마나 되었다고 벌써 이백 근으로 늘린단 말인가? 아니, 백 근도 무리지. 아암, 그렇고말고!

차라리 그 뭐시냐, 묵? 묵룡? 맞다! 묵룡창! 그것도 오십 근이나 나간다고 했지? 이백 근짜리를 쓸 바에야 오십 근짜리를 쓰는 게 백만 배 더 나아! 왜 천가장에서 묵룡창을 가지고 오지 않은 건가? 천가장주의 눈치를 보아하니 자네에게 돌려주려고 하던 것 같았는데 말씀이야."

소호의 얼굴에 그늘이 만들어졌다. 그는 자조적인 미소를 머금었다.

"저는 아직 그 녀석의 주인이 될 자격이 없습니다."

"쳇! 무기 따위에 자격 같은 걸 왜 따져? 그냥 쓰면 되는 거지."

장대박은 뚱한 표정으로 투덜거렸다. 소호는 나직이 설명해 주었다.

"묵룡창은 제게 있어 특별합니다. 평생을 함께하겠다고 마음먹은 인생의 동반자지요. 헌데……."

"헌데?"

소호는 피식 웃었다.

"후후, 묵룡창보다 훨씬 가벼운 창을 써보니, 간사하게도 이게 더 낫다는 생각이 들더군요. 결국 제 실력은 무기의 무게에 구애받을 만큼 형편없었던 겁니다."

"뭐? 형편없어? 자네 실력이 형편없는 거면 나는 접시 물에 코 박고 죽어야겠구만. 니미럴!"

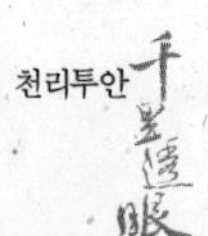

"하하하, 강함이란 상대적인 거니까요. 제 목표가 너무 높은 것뿐입니다. 너무 상심하지 마십시오."

"쩝, 더 파고들어봤자 나만 배 아플 뿐이겠지……. 그래서 형편없어서 뭐?"

"지금도 저는 무기의 무게에 구애받고 있습니다. 겨우 이백 근의 무게에 쩔쩔매고 있지요. 실전에서는 가벼운 창을 써야 실력을 최대한 발휘할 수 있고요."

장대박은 힐끔 목창을 살폈다.

"실전에선 저걸 쓸 거란 말인가? 그건 몰랐구만. 허면, 그 묵룡창은 완전히 포기한 건가? 인생의 동반자라느니 어쩌느니 했지 않은가?"

소호는 스스로에게 다짐하듯 다부지게 말했다.

"처음엔 완전히 포기할 생각이었습니다만, 사람 마음이란 것이 그리 쉽지가 않더군요. 언젠가 제가 이백 근이 아니라 삼백 근, 사백 근, 그 이상 나가는 무게의 창도 자유자재로 휘두를 수 있게 되면, 나아가 무게에 구애받지 않고 어떤 창을 쓰던지 간에 실력을 최대한으로 발휘할 수 있는 경지에 다다르면, 그때 묵룡창을 되찾으러갈 겁니다. 그전까진 욕심내지 않기로 결심했습니다."

장대박은 머리를 긁적였다.

"자세히는 모르겠지만 왠지 자네가 새삼 더 대단하게 보이는구만. 아무리 그래도 그렇지, 백 근에서 이백 근으로 껑충

늘리다니……. 열 근씩 늘려가도 되지 않나? 한 번에 백 근씩 늘려 버리면, 무게에 익숙해지기도 전에 근육이 박살나고 말 거야.”

소호는 물속에 잠겨 있는 오른팔을 꺼내 주먹을 불끈 쥐어 보였다.

“보시는 대로 무사합니다.”

“니미럴! 지금이야 괜찮다지만, 앞으로도 그럴 거라고 는…….”

그때 장대박의 등 뒤에서 확신에 찬 목소리가 들려왔다.

“앞으로도 괜찮을 거예요. 분명히요.”

소호는 이미 눈치채고 있어 별로 놀라지 않았지만, 장대박은 달랐다. 그는 황급히 뒤를 돌아보았다. 쟁반에 음식을 한 아름 가득 들고 이쪽을 향해 빠르게 다가오고 있는 한 사람이 보였다. 그는 다름 아닌 묵견이었다.


## 貳


연못가에 도착한 묵견은 등에 메고 있던 두툼한 융단을 바닥에 깔았다. 쟁반을 그 위에 올려놓은 뒤 자신도 앉았다.

“흐헤헤, 그러고 보니 벌써 점심때가 되었구만.”

황홀한 음식 냄새가 코끝을 찌르자 장대박은 군침을 삼켰

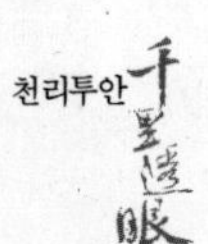

다. 먹이를 노리는 짐승처럼 냉큼 융단위로 올라갔다. 묵견은 탐탁지 않았지만, 장대박이 넉살 좋게 웃어 그냥 넘어가기로 했다.

소호는 연못에서 천천히 밖으로 나왔다. 자신이 가지고 왔던 보자기 쪽으로 다가갔다. 보자기를 풀어 그 안에서 수건을 꺼내었다. 먼저 머리와 상체의 물기를 말끔히 닦아낸 후 속옷을 벗었다.

그러자마자 묵견의 두 눈이 무서우리만큼 반짝였다. 입을 헤벌쭉 벌린 그는 황홀경에 빠진 표정으로 소호의 적나라한 나체에서 한시도 눈을 떼지 않았다.

그는 연신 꿀꺽 마른침을 삼켰는데, 보다 못한 장대박은 인상을 팍 쓰며 재빨리 그의 두 눈을 가려 버렸다. 당연하게도 묵견은 몸부림을 쳤다.

"대박 씨! 이게 뭐하는 짓이에요?"

"뭐하는 짓이긴! 제발 작작 좀 해, 이 양반아! 작작 좀!"

"이거 놓으세요! 제 하루의 유일한 낙을 이렇게 빼앗아도 되는 건가요?"

"뭣이? 당신 설마 매일 이곳에 온 거요? 우리 중 제일 바쁘게 일하는 양반이?"

"그건……."

"후우, 환장하겠구만! 왜 매일같이 들르는지 알 만하다, 알 만해!"

“아, 놓으라니까요!”

“절대 못 놔! 호 대주도 그래. 그렇게 옷을 훌렁훌렁 벗어젖히면 어쩌자는 건가? 이 양반 취향이 어떤지 잘 알면서.”

철혈단 내에서 소호를 부르는 정식 호칭은 소호 7혈대주, 줄여서 호 대주었다. 뭐 ‘어이’, ‘당신’, ‘자네’, ‘소호 씨’라고 부르는 경우가 더 많긴 하지만, 아무튼 정식 호칭은 그랬다.

소호는 부지런히 몸을 닦으며 별것 아니란 투로 대답했다.

“젖은 속옷을 그대로 입고 있을 수는 없지 않습니까?”

“아니 그래도!”

장대박은 누가 그걸 모르냐면서 역정을 내었다. 소호는 어깨를 으쓱였다.

“언젠가 제게 말씀하신 적이 있지요? 부단주님과 관련된 일은 그러려니 하고 넘어가는 게 상책이라고요.”

“억! 설마…… 그래서?”

소호는 엷게 미소 지었다.

“네. 과연 그렇게 마음먹으니까 편해지더군요. 그뿐입니다.”

“에휴, 쩝.”

더 할 말이 없어진 장대박은 그저 안타까운 한숨만 내쉬었다. 그래도 그는 절대 묵견을 놓아주지 않았다. 묵견은 계속해서 몸부림쳤고, 그사이 몸을 다 닦은 소호는 보자기에서 꺼낸 깨끗한 속옷과 홑옷으로 몸을 가렸다.

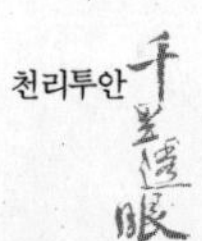

장대박은 그제야 묵견을 놓아주었다. 옷을 다 입고 음식 앞에 앉은 소호를 확인한 묵견은 노골적인 실망감을 드러내었다. 입을 한사발이나 내민 그는 장대박을 책망했다.

"대박 씨! 오늘 일은 절대 잊지 않겠어요!"

닭다리 하나를 들어 우적우적 씹으며 장대박은 약 올리듯 낄낄 웃었다.

"맘대로 하슈. 어이구, 이거 맛있구만 그래."

"흥!"

잔뜩 화가 난 코웃음을 친 묵견은 소호를 힐끔 보았다. 그는 재빨리 화사하게 웃으며 쟁반의 한편을 차지하고 있는 큼지막한 단지를 집어 뚜껑을 조금 열었다. 진하고 역한 약 향기가 흘러나왔다.

"잔을 드세요, 소호님. 오늘도 이걸 다 마셔야 해요."

시키는 대로 잔을 앞으로 내민 소호는 살짝 고개를 꾸벅였다.

"매번 감사합니다."

"호호, 뭘요? 별것 아니에요."

거무칙칙한 약이 소호의 잔에 가득 부어지는 것을 보며 장대박은 호기심을 느꼈다. 그는 얼른 묵견에게 물었다.

"그거 뭐요? 보약인 거요?"

앙심이 남아 있는지 묵견은 차갑게 쏘아붙였다.

"그렇다면 어쩔 건가요?"

“흐헤헤, 아니 뭐…… 보약이라면 나도 한 그릇…….”

“절대 안 돼요! 대박 씨는 저기 국이나 마시세요.”

“씨벌! 뭐가 이래? 이거 사람 너무 차별하는 거 아뇨?”

그 말이 도화선이 된 걸까? 묵견은 전신은 부르르 떨더니 이내 황홀경에 빠져 들었다.

“차별! 아아, 맞아요! 저는 차별하고 있어요! 차별하고 있다 구요!”

“…….”

말문이 막힌 장대박은 어깨를 추욱 늘어뜨렸다. 그는 신경 질적으로 묵견이 가리킨 국그릇을 낚아채었다. 적당히 식어 있어 마치 물 마시듯 들이켰다.

소호는 보약과 음식을 번갈아가며 먹었다. 잔이 빌 때마다 묵견은 보약을 다시 가득 따라주었다.

단지가 절반쯤 비고, 음식이 삼분지 일쯤 줄어들었을 때, 장 대박은 재차 보약에 관심을 드러내었다. 그는 묵견을 바라보 며 말했다.

“저 단지 하나 전부를 매일같이 호 대주에게 먹이고 있는 거요?”

“그런데요?”

“그 약 덕분에 호 대주가 이렇게 무리한 수련도 버틸 수 있 는 건가? 아까 당신이 호 대주의 근육이 박살나는 일은 앞으 로도 절대 없을 거라고 호언장담을 했지 않소?”

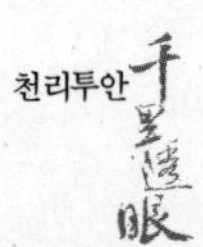

묵견은 대답대신 소호에게 물었다.

"소호님은 어떻게 생각하세요?"

소호는 사실대로 대답했다.

"상당한 도움이 되고 있습니다. 아무런 부탁도 하지 않았는데 매일 가져와주셔서 송구스러울 정도입니다."

"호호, 별거 아니라니까요."

몸을 배배꼬며 기뻐한 묵견은 장대박을 향해 툭 내뱉었다. 정말이지 말투마저도 차별이 극심했다.

"그렇다고 하시네요."

고개를 끄덕거린 장대박은 재차 의문을 던졌다.

"상당히 좋은 약재를 썼나 보구만. 어떤 약재를 쓴 거요?"

묵견은 싱긋 웃었다.

"비밀이에요."

왠지 의미심장하게 들리는 말이었다. 고개를 갸웃거린 장대박은 소호를 돌아보았다.

"자네도 내용물을 모르는 건가? 모르면서 매일 마시고 있는 거야?"

소호는 잔에 반쯤 남은 보약을 끝까지 들이켰다.

"네. 저한테도 가르쳐주시지 않았거든요. 뭐, 모르는 게 약이라고 하지 않습니까? 솔직히 말해 비밀이라고 말하며 웃는 부단주님의 얼굴을 본 다음부턴 더 깊이 캐묻는 것이 두려워졌습니다. 이 약을 마시고나면 체력이 회복될 뿐 아니라 알 수 없는 힘마저 무럭무럭 샘솟거든요."

왠지 모르게 이해가 된 장대박은 수긍하는 빛을 보였다.

"……두려울 만도 하군. 나 같아도 차라리 모르는 게 낫다고 치부해 버렸겠어. 정말 여러모로 골치 아픈 양반이야. 쩝."

묵견은 그저 은근하게 웃기만 했다. 그때 불현듯 어떤 생각이 떠올라 장대박은 묵견을 바라보았다.

"가만, 저 정도 양을 매일 같이 만들려면 약재가 뭐든 간에 엄청나게 소비될 텐데, 그건 다 어디서 구한 거요?"

묵견은 별것 아니란 듯 순순히 대답해 주었다.

"아미파의 약고를 빌렸답니다."

"그거…… 허락은 받은 거요?"

움찔한 장대박은 설마 하며 물었다. 묵견은 가볍게 어깨를 으쓱였다.

"물론 안 받았지요. 아미파가 허락해 줄 리 만무하잖아요?"

입을 쩍 벌린 장대박은 두 손을 번쩍 들었다. 졌다는 뜻이었다.

세 사람은 간단간단한 대화를 나누며 식사를 계속했다. 묵견은 원래 소식을 하는 편이라 별로 먹지 않았고, 장대박은 걸신이 들린 것처럼 먹어치웠다.

음식이 사분지 일로 줄어들자 장대박은 배가 빵빵해졌다. 헌데, 그보다 훨씬 더 많이 먹은 소호는 여전히 음식을 입속으로 꾸역꾸역 밀어 넣었다.

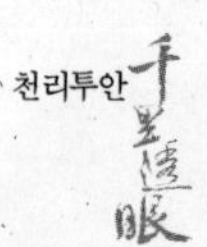

소호가 보이는 의외의 모습에 장대박은 호기심을 드러내었다.

"자네가 이 정도의 대식가일 줄은 미처 몰랐군."

대답한 것은 묵견이었다. 두 눈이 휘둥그레질 만한 말이 아무렇지도 않게 흘러나왔다.

"원래 소호님은 대박 씨 몫까지 다 드세요. 오늘은 양이 적은 거라구요."

"내 몫까지? 참, 그러고 보니 나는 끼어든 거였지. 세상에! 이걸 전부 혼자 다 먹는다니! 이상할 정도로 많이 먹잖아? 자네, 무슨 이유라도 있는 건가?"

소호는 여전히 음식을 먹고, 조금밖에 남지 않은 보약을 마저 마시면서 말했다.

"과거 잠시 동안 본 장의 적면창 천패악 사숙님께 가르침을 받은 적이 있습니다. 그분께선 싫다고 하는 제게 억지로 어마어마한 양의 음식을 먹이셨지요. 사람은 먹은 만큼 힘을 내는 법이라며 말입니다. 그리고 지금 저는 조금이라도 더 많은 힘이 필요합니다. 그래서 가능한 한 많이 먹어두려고 하는 겁니다."

"그렇군. 그거 말이 되긴 하네. 어디 나도 조금 더 먹어 볼까나? 흐헤헤헤."

소호의 말에 자극을 받은 장대박은 배가 완전히 찼음에도 불구하고 입속에 음식을 쑤셔 넣었다.

잠시 후 쟁반이 완전히 비었다. 보약이 든 단지도 바닥을 드러내었다.

세 사람은 융단 위에서 내려왔다.

융단에 쌓인 눈을 탈탈 털어낸 묵견은 그것을 돌돌 말아 장대박에게 넘겼다. 소호의 수련에 방해되지 않도록 함께 이곳을 떠나자는 뜻이었다.

장대박은 융단을 품에 안았고, 묵견은 쟁반을 들었으며, 소호는 철창을 붙잡았다. 소호와 간단히 작별인사를 나눈 묵견과 장대박은 천천히 장내를 떠났다.

얼추 은지에서 멀어졌을 무렵, 장대박은 슬쩍 뒤를 돌아보았다. 소호는 벌써 창무 삼매경에 빠져 있었다. 흩날리는 눈 속을 물고기처럼 유영하며 때론 부드럽게, 때론 강맹하게 춤을·추었다. 정말이지 넋이 나가 버릴 것만 같은 환상적인 광경이었다.

"기가 막히는군. 이백 근짜리 철창으로 저런 움직임이 가능하다니! 저 친구는 대체 어디까지 성장할 셈인 거지?"

장대박은 순수한 감탄사를 터뜨렸다. 성도에서 소호의 실력을 목격한 뒤 겨우 사십여 일이 흘렀을 뿐이다. 헌데 그때의 소호와 지금의 소호는 크게 달라져 있었다. 저 창무를 보는 것만으로도 그 차이점을 확연히 알게 되었다. 그만큼 압도적이었다.

소호를 응시하는 묵견의 두 눈은 꿈속을 거닐듯 몽롱했다. 온몸에서 멈출 수 없는 연모의 감정이 흘러나왔다.

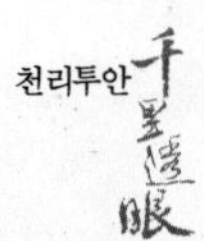

"끝없이 성장하실 거예요. 소호님의 잠재력은 무한하니까요."

"그래서 저 친구를 그냥 내버려두는 거요? 아니 보약까지 먹여 가며 돕는 거요?"

"무슨 문제라도 있나요?"

"험험, 우린 여기 놀러온 게 아니지 않소? 저 친구는 명색이 우리 7혈대의 대주고 말이오."

"괜찮아요. 소호님께선 총명하신 분이니까요. 고심 끝에 지금 자신이 할 일은 무공수련이라고 판단하신 거예요. 저도 소호님께서 옳은 선택을 했다고 생각해요."

"씨벌! 당최 무슨 소리인지 모르겠구만."

장대박은 신경질적으로 머리를 긁적였다. 묵견은 부연설명 대신 질문을 던졌다.

"대박 씨, 우린 여기 뭐하러 온 거지요?"

"그야 흑화사신에게 청부를 한 빌어먹을 년을 찾아내려고 왔지. 니미럴, 알면서 왜 묻는 거요?"

"그 여승을 찾아낸 후에는요?"

"당연히 흑화사신을 쫓아 붙잡은 다음 주리를 틀어야지! 누가 단주님의 암살을 청부했는지 이실직고할 때까지 말이오!"

"흑화사신을 붙잡는 것이 쉬울까요? 그리고…… 청부자가 만만한 대상일까요?"

그제야 뭔가 감을 잡은 장대박은 힘껏 박수를 쳤다.

"과연! 간 크게도 단주님의 암살을 청부한 놈이니 거물이겠지. 그래서인 거요? 흑화사신을 잡을 때, 그리고 청부자와 싸울 때 저 친구의 힘이 필요해서?”

묵견은 빙그레 웃었다.

“물론이에요. 흑화사신도 그렇고, 청부자 역시 어느 정도 거물인지 모르는 이상 우린 힘이 조금이라도 더 많이 필요해요. 그러니 소호님을 방해하지 마세요. 절대 방해해선 안 돼요. 아시겠죠?”

앞으로 지금처럼 소호를 찾아가지 말라는 뜻이었다. 장대박은 알았다는 뜻으로 고개를 끄덕였다. 그러다 문득 이참에 분명히 해두고 싶어 조심스레 물었다.

“당신, 청부자가 누구든지 간에 끝장을 볼 거지?”

“대박 씨는 아니라는 건가요?”

묵견의 눈에서 의혹과 분노를 발견한 장대박은 급히 손사래를 쳤다. 그는 더없이 진지하게 외쳤다.

“나도 이미 각오를 단단히 한 상태야! 설사 팽가가 관여되어 있다고 해도 상관없어! 단주님께서 내게 얼마나 따뜻하게 대해 주셨는데? 아주 개박살을 내버리고 말 거라구!”

장대박은 팽가에서 무려 삼십육 년 동안이나 노비로 살았다. 그래서인지 노비근성이 남아 있어, 아직도 팽가의 문도들과는 눈을 제대로 마주치지 못했다. 그런 그가 이런 발언을 했다는 건, 그의 각오가 얼마만큼 대단한지를 단적으로 보여주는 것이었다.

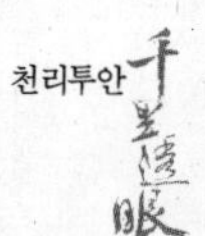

그것을 안 묵견은 노기를 풀었다.

"저 역시 마찬가지예요. 요즘 세상이 어지럽다는 것 정도는 알고 계시지요?"

"알다마다. 이곳저곳에서 지랄발광을 하고 있다더만."

"저는 그것 이상으로 이 세상을 뒤집어엎을 각오마저 되어 있어요."

묵견의 두 눈은 무서우리만큼 번쩍이고 있었다.

장대박은 소름이 오싹 돋았다. 그런 한편으론 더없이 유쾌했다. 그는 껄껄 웃었다.

"으하하하! 당연히 그래야지! 어서 갑시다 그려. 이 융단 제자리에 갖다 놓고 일해야지, 일! 할 일이 엄청나게 많단 말씀이야!"

"좋아요. 어서 가자구요!"

힘차게 외친 두 사람은 활기차게 걸음을 옮겼다.

參

그 무렵, 천후맹에선 수뇌회의에 소속된 수뇌들이 속속 모여들고 있었다.

예로부터 회원이 될 자격을 갖춘 건 천후맹의 최상층부에 앉아 있는 몇 명과 한 성을 대표하는 명망 높은 거대방파의 주인들뿐이었다. 자연, 모두 합쳐봤자 머릿수는 그리 많지 않았다.

허나 그 소수의 사람들이 천후맹을 중심으로 전 강호를 이끌어가고 있는 것은 주지의 사실이었다.

먼저 숭산이 위치한 하남성의 무림을 대표하는 하남삼성(河南三星), 소림사, 서문세가, 신검회의 주인들이 도착했다. 뒤이어 섬서무림의 대표인 섬서삼검문(陝西三劍門), 화산파, 하검장, 태백교검문이 도착했다.

하북무림을 대표하는 하북이패(河北二覇)이자 오대세가의 두 자리를 차지하고 있는 팽씨세가와 남궁세가도 각각 모습을 드러내었다.

그 외에도 각 성의 무림을 대표하는 명망 높은 거대방파의 주인들이 약간의 시간차를 두고 계속해서 모여들었다.

그러나 사천육가는 아무도 오지 않았다. 그들도 천후맹을 인정하고 있어 수뇌회의에 이름을 올려두고 있긴 했지만, 그것은 어디까지나 형식적인 것일 뿐이었다. 그들은 여태까지 단 한 번도 수뇌회의에 참석하지 않았고, 이번에도 그 전통을 지켰다.

천후맹에 사천육가를 제외한 나머지 수뇌들 전원이 모인 것은 12월 11일이었다.

다음날 정오, 천후맹주 절대검황 위지태무는 정식으로 수뇌회의를 개최했다.

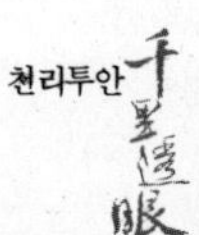

천뇌각주 종리세연은 수뇌들에게 소집한 이유를 설명해 주
었다. 사태가 심각함을 깨달은 수뇌들은 더없이 진지하게 열
띤 토론을 벌였다.

평상시의 수뇌회의는 우파와 좌파간의 알력다툼이 대부분이
었지만, 이번일은 천후맹의 미래와 관련된 것이었다. 자연, 수
뇌들은 이번만은 우파와 좌파를 떠나 대승적 견지를 고수했다.

토론의 핵심주제는 한 가지였다.

심만구는 그저 적일 뿐인가? 아니면 동맹의 가능성을 염두
에 두어야 하는가?

답은 예상외로 빨리 나왔다.

회의 이틀째 날, 무려 팔 할 이상의 수뇌들이 심만구와는 절
대 손을 잡을 수 없다고 의견을 일치했다. 그는 쳐부숴야 하는
적일 뿐이었다. 절대 손을 잡아서도, 황제가 되게 내버려둘 수
도 없었다.

특히 해적들에게 직접적으로 피해를 입은 광서, 광동, 복건
의 수뇌들과 낭인들에게 피해를 입은 감숙, 청해의 수뇌들, 그
리고 원의 잔당들에게 피해를 입은 하북의 수뇌들이 가장 강
경한 태세로 나왔다.

그들은 어떻게 심만구와 손을 잡을 생각을 다 한 거냐며 수
뇌회의를 개최한 종리세연을 윽박지르기까지 했다. 종리세연
의 요청을 수락한 위지태무에게도 못마땅한 기색을 감추지 않
았다.

　난처해진 종리세연은 그동안 긁어모은 광대한 자료들과 불안한 황실의 미래, 그리고 망국의 징조인 메뚜기 떼까지 들먹이며 수뇌회의의 필요성을 강조했다. 수뇌회의를 열어야만 했다고 주장한 것이다.

　허나 애석하게도 불만은 사그라지지 않았다.

　좌파의 수뇌들이 물 만난 물고기처럼 종리세연을 물어뜯기 시작한 것은 회의 사흘째 되던 날부터였다. 그들은 종리세연이 동방세가에 황실능멸죄를 뒤집어씌우려 했던 문제까지 끄집어내었다.

　보다 못한 우파의 수뇌들은 지금은 그런 문제로 왈가왈부할 때가 아니라 심만구와 그와 손잡은 무리들을 발본색원하는데 전념해야 할 때라고 소리 높였다.

　우파와 좌파는 팽팽하게 맞섰다. 제 버릇 개 못준다고 결국 그들은 이번에도 파벌싸움을 시작한 것이다!

　큰 줄기가 결정되어 사흘째 날부터 수뇌회의는 세부적인 논의로 접어들었는데, 파벌 싸움 탓에 진척이 무척이나 더뎠다.

　그 때문에 세부적인 사항까지 결정되는데 무려 일주일이란 시간이 허비되었다.

　위지태무는 얼추 결론이 내려지자마자 끝없이 언쟁을 하는 수뇌들에게 진저리가 쳐져 얼른 폐회를 선언해 버렸다. 그리고는 즉시 수뇌들을 자파로 돌려보내었다.

　자파를 오래 비워둘 수도 없고, 맡은 일들도 있어 수뇌들은

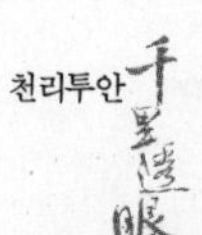

못 이기는 척 짐을 싸서 천후맹을 떠났다.

수뇌회의가 끝난 지 이틀째 되던 날, 동방무도 동방세가로 돌아갈 채비를 갖추었다. 그는 마지막으로 딸아이와 식사를 하는 자리를 마련했다.

미시(未時; 오후 1시~3시) 초 무렵, 식사를 마친 동방무와 동방하연은 차를 마시며 진지한 대화를 나누었다. 동방무는 비릿하게 웃으며 동방하연을 칭찬했다.

"이번 일로 종리세연의 입지는 크게 위태롭게 되었다. 우파의 놈들마저 종리세연이 큰 실수를 한 거라고 공공연히 떠들고 있어. 네가 그 아이를 제대로 흔들고 있다는 거겠지. 수고했다."

동방하연은 두 눈을 사악하게 빛내었다.

"원래 사소한 문제들이 더 신경 쓰이는 법이에요. 저는 앞으로도 계속해서 그년을 작고 사소한 문제들로 괴롭혀줄 거예요. 그런 것들이 쌓여 가면⋯⋯."

"스스로 자멸해 버리겠지. 이번처럼!"

차를 한 모금 홀짝인 동방무는 피식 웃으며 말을 이었다.

"후후, 고작 메뚜기 떼 따위에 벌벌 떨다니! 명황조가 멸망하고 심만구가 새로운 황제가 될 가능성이 있다? 메뚜기 떼가 그 증거다? 심만구가 준비를 철저하게 했다는 것은 인정하지만, 명황실과 본 맹이 있는 이상 놈의 반란은 실패로 돌아갈 수밖에 없어! 메뚜기 떼는 그저 우연히 시기가 겹친 것뿐이야."

동방하연은 얼른 맞장구를 쳤다.

"그렇지요. 메뚜기 떼는 나라가 망할 때만 출현하지 않아요. 시도 때도 없이 나타나곤 하니까요. 그것을 이렇게 심각하게 받아들이다니, 우스워 죽는 줄만 알았어요. 호호."

얼굴을 딱딱하게 굳힌 동방무는 두 눈을 진지하게 빛내었다.

"하연아, 계속 종리세연을 흔들어라. 그 아이가 실수를 하게 만들어. 앞으로 몇 번만 더 큰 실수를 저지른다면!"

뒷말은 동방하연이 받았다.

"저는 그년을 각주의 자리에서 끌어내릴 수 있게 되지요. 반드시 해내고 말 거예요. 합의를 했다지만 그년이 저를 죽이고, 본 세가를 멸문시키려고 했던 건 주지의 사실이니까요. 절대 용서할 수 없어요!"

"그렇지. 그렇고말고!"

동방무는 탁자를 거칠게 내려치며 사납게 부르짖었다.

대화가 잠시 중단되었다. 덕분에 흥분하고 있던 동방무와 동방하연도 평정을 회복했다. 먼저 대화를 재개한 것은 동방하연 쪽이었다.

"아버님께선 천랑을 어떻게 생각하세요?"

급변한 화제에 멈칫한 동방무는 반문을 던졌다.

"뜬금없이 그 녀석은 왜 거론하는 게냐?"

"여태까진 아버님께서 수뇌회의에 전념하시도록 말씀드리

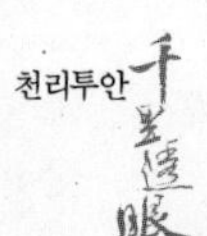

지 않았어요. 허나, 이제는 말씀드려도 되겠지요.”

“무얼 말이냐? 그 녀석이 사천에서 크게 활약했다는 건 이미 알고 있다. 독수공을 익힌 유령마제와 그의 부하들을 물리치는데 결정적인 역할을 했다고 하더구나. 그것 외에 내가 모르는 다른 무언가가 있단 말이더냐?”

“그 후의 일이에요.”

동방하연의 표정은 지극히 심각했다. 동방무도 얼굴을 딱딱하게 굳혔다.

“말해 보아라.”

“천랑은 유령마제를 물리친 후 철혈단에 입단했어요. 제7혈대주가 되었지요.”

동방무는 두 눈을 부릅떴다. 그는 말도 안 된다는 듯 손사래를 쳤다.

“뭐라? 철혈단? 성창이 그것을 허락했을 리 없다. 천가는 대대로 문하제자를 본 맹에 들여보내지 않았어! 본 맹에 투신한 자는 예외 없이 파문해 버렸고. 헌데 어떻게 성창의 제자인 그 녀석이 철혈단에 입단할 수 있었단 말이더냐?”

“그게 조금 애매해요. 성창은 천랑을 파문하지 않았어요. 여전히 자신의 제자로 인정하고 있지요. 그렇다고 천랑이 천가장의 문도로서 철혈단에 입단한 것도 아니에요.”

“그 녀석은 성창과 사제관계는 유지하고 있지만, 더는 천가장의 문도가 아니다? 그런 말이냐?”

“네, 그래요.”

“거참, 이상하구나. 더 자세히 조사해 보지 않은 게냐?”

“거기에 인력을 투입할 수 있는 상황이 아니잖아요?”

“하긴…….”

“제 추측으론 성창과 천랑, 철혈단 묵견 부단주, 이 세 명이 모종의 거래를 한 것 같아요. 자세한 것은 철혈단이 본 맹으로 돌아오면 알 수 있겠지요.”

고개를 끄덕인 동방무는 확신에 찬 어조로 말했다.

“내가 아는 한, 소호 그 녀석은 절대 이유 없이 움직이지 않는다. 그러니 철혈단에 입단한 것도 필시 어떤 이유가 있어. 어쩌면 녀석이 드디어 감추고 있던 야심을 드러낸 건지도 몰라. 그래서 야망을 가장 크게 펼칠 수 있는 권력의 중추인 본 맹에 투신한 게야. 녀석의 입장에선 철혈단이 최선의 선택이었을 터!”

뒷말은 동방하연이 받았다. 그녀도 이미 동방무와 같은 결론을 내려놓은 상태였다.

“그렇지요. 철혈단은 그와 마찬가지로 노비 출신들로 이루어진 단체니까요. 가장 빠르고 원활하게 자리를 잡을 수 있는 거예요. 더구나 사대무력단체들 중 유일하게 단주 자리가 공석으로 남아 있기도 하고요.”

“단주?”

동방무는 반사적으로 탄성에 가까운 외침을 터뜨렸다. 동그

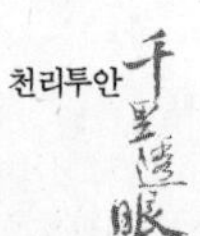

랗게 떠진 그의 두 눈엔 놀람과 함께 탐욕이 자리잡았다.

소호의 능력이라면 철혈단주의 자리도 무리는 아니었다. 어쩌면 소호는 현재 단주의 자리가 공석이란 것까지 염두에 두고 철혈단을 선택한 것일지도 모른다. 그놈이라면 충분히 가능한 일이었다.

여기까지 생각한 동방무는 새삼 소호의 무서움을 실감했다. 소주에서 결심했던 대로 반드시 소호를 자신의 사람으로 만들고 싶었다. 이제 소호를 손에 넣으면, 막강한 무력을 자랑하는 철혈단마저 자신의 손안으로 들어오게 되는 거니까 말이다.

동방무의 속내를 읽은 동방하연은 본론을 꺼낼 때라고 판단했다. 그녀는 종전보다 더욱 진지한 어조로 말했다.

"천랑은 충분히 철혈단주가 될 능력이 있어요. 제가 돕는다면, 가능성은 훨씬 더 높아지게 되겠지요. 그래서 아버님께 천랑을 어떻게 생각하시냐고 여쭌 거예요."

말 속에 내포되어 있는 의미를 파악한 동방무는 실눈을 떴다.

"내 대답 여하에 따라 그 녀석을 도울 건지 말건지 결정하겠다는 뜻이더냐?"

동방하연은 가만히 찻잔을 들어 살짝 입을 축였다. 찻잔을 내려놓으며 그녀는 두 눈을 차갑게 빛내었다.

"제가 언니를 어떻게 생각하는지 아버님도 잘 아시잖아요. 언니의 남편이 될 사람을 도울 생각은 눈곱만큼도 없어요."

동방무는 다른 쪽으로 호기심을 느꼈다.

"언니? 언제부터 수연이를 언니라고 부르기 시작한 거냐?"

동방하연이 동방무의 앞에서 동방수연을 언니라고 부른 적은 단 한 번도 없었다. 언제나 '그녀'라고만 불렀다. 그러니 동방무로선 의아하게 여길 수밖에 없었다. 동방하연은 가볍게 어깨를 으쓱였다.

"계속 그녀라고 부를 수는 없잖아요? 언니가 살아 있다는 것을 세상 모두가 알아 버렸으니 말이에요."

그럴듯한 말이라 동방무는 씁쓸한 입맛을 다시며 고개를 끄덕였다.

"쯥, 그건 그렇구나. 아무튼 네가 솔직하게 말했으니, 아비도 솔직하게 말하마."

"그래주세요."

"이 아비는 녀석이 탐난다. 너무나도 탐이 나. 허나! 수연이와 혼인시키지는 않을 게다. 수연이만은 절대로 안 돼! 너만 좋다면, 아비는 그 녀석을 너와 맺어주고 싶구나. 나이차도 한 살밖에 나지 않고, 둘 다 머리가 좋다는 공통점이 있지 않느냐? 문제는 그 녀석이 천한 노비 출신이란 것과 네가 이미 남궁가의 아이와 약혼을 한 상태라는 것인데……."

대답이 만족스러운지 동방하연은 굳은 표정을 풀었다. 그녀는 빙그레 환한 미소를 머금었다.

"그건 별로 문제가 되지 않아요. 천랑은 출신을 무시해도

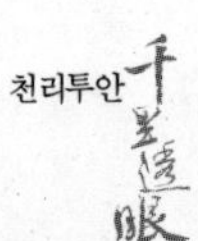

좋을 만한 역량을 갖추고 있으니까요. 그리고 제가 남궁신 공자와 파혼을 해도, 본 세가와 남궁세가의 관계는 변함이 없을 거예요."

"응? 그렇게 확신하는 이유라도 있느냐? 남궁세가주 남궁도(南宮搗), 그 녀석도 한 성깔 하는데 말이다."

"제가 남궁신 공자와 약혼한 지도 어느덧 칠 년이 넘었어요. 그 시간을 못 기다려 남궁신 공자는 첩을 세 명이나 들였지요. 벌써 아이도 둘이나 되고요. 첩이 세 명이나 되고, 그 첩들에게서 자식마저 얻은 사내에게 시집가는 건 제 자존심이 허락하지 않는다고 파혼 사유가 남궁신 공자에게 있음을 강조하면 되요. 사과해야 할 건 본 세가가 아니라 남궁세가라는 거예요."

동방무는 주먹으로 손바닥을 내리쳤다.

"과연! 내가 파혼 사유가 남궁신에게 있지만, 본 세가와 남궁세가의 우정은 변함이 없을 거라고 남궁도에게 자비를 베풀 듯 말하면……."

"남궁세가주는 감지덕지하겠지요."

"후후후, 후하하하!"

남궁도가 굽실거리는 모습을 상상하자 너무도 기분이 좋아 동방무는 호탕하게 웃어젖혔다. 그는 여전히 웃는 얼굴로 동방하연을 향해 게슴츠레한 시선을 던졌다.

"너도 소호 녀석에게 조금은 마음이 있는 거지? 그래서 남궁가와 파혼했을 때의 대비책을 세워둔 게야. 그렇지 않느냐?"

정곡을 찌른 듯 동방하연의 볼이 약간 발갛게 상기되었다. 그녀는 슬그머니 동방무의 눈길을 회피했다.

"제가 남궁신 공자와의 혼담을 받아들인 건 남궁세가 때문이었지, 남궁신 공자에게 매력을 느껴서는 아니었어요. 지금까지 차일피일 혼인을 미룬 것도 그 때문이었고요. 언젠가는 혼인을 해야 하지만, 그 시기를 조금이라도 늦추고 싶었거든요."

동방하연의 목소리엔 슬픔이 묻어 있었다. 그 탓에 혼담을 추진한 당사자인 동방무는 난처한 입장에 놓였다. 그는 어깨를 추욱 늘어뜨리며 힘없는 어조로 말했다.

"그랬구나. 그것도 모르고……. 아비는 그저 네가 바쁘기 때문이라고만 생각했었다."

"괜찮아요. 혼담을 받아들인 건 저니까요. 그땐 그게 최선의 선택이었고요. 아버님께서 미안해하실 이유는 없어요."

동방하연은 애써 활기차게 말했다. 허나 마음이 편치 않는지 동방무의 얼굴엔 여전히 그늘이 드리워져 있었다. 계속 위로하는 것보단 대화를 진행하는 게 더 효과 있다고 판단한 동방하연은 바로 말을 이었다.

"칠 년 전엔 한 가지 선택지뿐이었지만, 이제는 아니에요. 천랑의 능력은 더없이 매력적이니까요. 철혈단주가 된다면 그는 남궁세가에 버금가는 무력과 권력마저 소유하게 되고요."

그녀의 예상은 적중해 동방무는 정신을 차렸다. 그는 확실히 해두려는 듯 단도직입적으로 물었다.

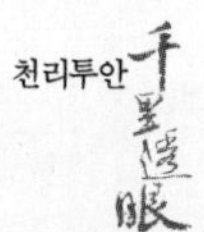

"하연아, 너는 정말 소호를 손에 넣고 싶으냐? 그 녀석과 부부의 연을 맺을 각오까지 되어 있느냐?"

"네."

동방하연은 주저 없이 대답했다.

아무리 생각해도 소호는 가문의 후광밖에 내세울 게 없는 남궁신보다 몇 배나 더 멋진 남자였다.

게다가 소호는 그녀의 언니인 동방수연의 애인이었다.

사실 그녀가 소호를 손에 넣기로 마음먹은 이유는 이 부분이 가장 컸다.

언니의 애인을 빼앗는다!

이것은 정말이지 그녀에게 있어 세상 최고로 짜릿한 일이었다. 벌써부터 소호를 빼앗긴 동방수연이 어떤 얼굴을 할지 기대되어 미칠 지경이었다.

애석하게도 동방무는 그런 동방하연의 속내까지 파악하지는 못했다. 그래서 그는 그저 신중한 표정을 지었다.

"좋다. 일단 파혼 건은 보류해 두자꾸나. 네가 소호를 완전히 손에 넣고 나면 그때 거론하는 것이 좋겠다."

"물론, 그래야지요."

"네가 알아서 잘하리라 믿어 의심치 않는다만, 그래도 혹 아비의 도움이 필요한 일이 있다면……."

말이 끝나기 무섭게 동방하연은 얼른 입을 열었다. 그녀의 두 눈은 소름끼칠 만큼 빛나고 있었다.

"뭐든지 해주실 수 있나요? 뭐든지요."

동방무는 동방하연이 중대한 부탁을 하리라는 걸 직감했다. 각오를 다진 동방무는 단호하게 말했다.

"말해 보아라. 아비가 할 수 있는 일이라면 뭐든지 다 해주겠다."

동방하연은 두 손으로 탁자를 짚었다. 상체를 앞으로 내밀며 한 자 한 자 힘주어 말했다.

"언니가 거치적거려요."

동방무는 저도 모르게 꿀꺽 마른침을 삼켰다.

"하연아, 너 설마……?"

동방하연은 피식 웃으며 설레설레 고개를 저었다.

"그게 아니에요. 그저 언니가 천랑과 저의 눈앞에서 사라져주길 바랄 뿐이에요. 그리고 누구와도 혼인을 하지 못하는 상태가 되길 바라요. 그 정도면 충분해요."

내심 안도의 한숨을 내쉰 동방무는 구체적인 설명을 요구했다.

"어떻게 말이냐? 생각해 둔 거라도 있느냐?"

"물론, 있어요."

동방하연은 씨익 잔인한 미소를 머금었다.

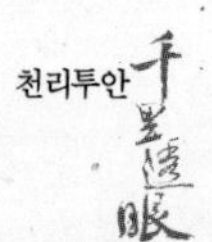

제4장
유인(誘引)

# 壹

어느덧 새해가 이레 앞으로 다가왔다.

오늘도 소호는 부단히 무공을 수련하고 있었다. 눈 덮인 연 못가에서 땀을 뻘뻘 흘리며 삼백 근짜리 철창을 휘둘렀다.

사흘 전, 이백 근짜리 철창을 하루 종일 휘두를 수 있게 되 자 그는 바로 창의 무게를 늘렸다. 정말이지 자신이 생각하기 에도 놀라운 성장속도였다.

단단히 다진 각오 덕분인지, 아니면 혹한 속에 심신을 단련 하고 있기 때문인지, 그것도 아니면 묵견이 매일 가져다주고 있는 보약 때문인지 모르지만 아무튼 소호는 하루하루 부쩍 성장하고 있는 자신이 너무도 뿌듯했다.

　물론 그는 여기서 만족하면 안 된다고 스스로를 채찍질하며 계속해서 수련에 박차를 가했다.

　겨우 백 근이 늘어났을 뿐이건만, 삼백 근짜리 철창은 이백 근짜리 철창과는 비교조차 할 수 없는 괴물이었다.

　이 때문에 소호는 삼백 근짜리 철창을 사용한 첫째 날 만신창이가 되다시피 했다. 몇 번이나 운기를 해서 체력을 회복했는지 기억조차 나지 않았다.

　식사도 무려 하루에 다섯 번이나 했고, 보약도 점심과 저녁, 두 단지나 먹었다. 그 정도 영양보급이 되어야 겨우 버틸 수 있었다.

　이제 사흘이 지났을 뿐이라 소호는 삼백 근짜리 철창에 조금도 익숙해지지 않았다. 정오가 되려면 아직 멀었는데 벌써 두 번이나 연못 속에 들어가 운기를 하고 나왔다.

　창을 휘두르면 휘두를수록 몸이 천근 같이 무거워졌고, 팔에 감각이 없어져 갔다. 전신에선 짙고 뿌연 수증기가 피어올랐다. 입에서도 거친 신음소리와 함께 연신 김이 토해졌다.

　소호를 녹초로 만들고 있는 철창의 형태는 상당히 특이했다. 양끝이 뾰족하게 깎여 있지 않고 대신 어린아이 머리통만큼 크고 둥근 구체가 달려 있었다.

　삼백 근이란 무게를 맞추기 위해선 묵룡창과 비슷한 형태를 유지할 수 없었기 때문이었다. 소호로선 약간 아쉬웠지만 무게를 맞추는 것이 우선이니 어쩔 수 없는 일이었다.

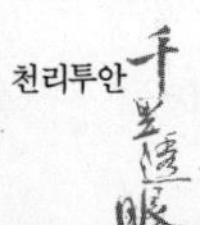

필사적으로 창을 휘두르며 소호는 힐끗 하늘을 보았다. 해의 기울기를 보니 얼추 사시(巳時; 오전 9시~11시) 중반쯤 된 것 같았다.

'두 번째 아침식사가 도착할 때가 다 되었군. 그때까지만 버티면 쉴 수……. 이런! 안 돼! 나약해져선 안 돼!'

수련이 중단되는 걸 아쉬워하지 않고 기뻐하다니!

스스로를 책망한 소호는 고개를 세차게 흔들며 마음을 다잡았다. 이를 앙다문 그는 두 눈에 힘을 준 채 창을 휘두르고 또 휘둘렀다.

그렇게 일각쯤 지났을 무렵, 소호는 저 멀리서 다가오는 하나의 낯익은 기척을 느꼈다. 몸은 피곤했지만 감각은 더없이 예민한 상태라 바로 포착할 수 있었다.

식사라고 판단한 소호는 천천히 신형을 멈추었다. 창을 던지듯 바닥에 내려놓은 후 자신도 그대로 털썩 주저앉았다. 팔다리를 주물럭거리며 기척의 주인을 바라보았다. 그는 묵견이 아니라 장대박의 아들인 장봉수였다.

묵견은 하루에 다섯 번이나 올 여유가 없어 점심식사 때만 찾아왔다. 나머지 네 끼의 식사는 7혈대원들이 돌아가며 가져다주고 있었다.

아마도 이번은 장봉수의 차례인 것 같았다.

소호의 눈이 이채를 띤 것은 그때였다. 장봉수는 손에 음식을 들고 있지 않았다. 그뿐 아니라 경공을 전개해 빠른 속도로 달려오고 있었다. 그런 그의 얼굴은 초조한 기색이 역력했다.

"어이! 이봐! 대주!"

장봉수는 고함을 지르며 어서 이쪽으로 오라고 손을 휘저었다.

불길한 예감을 느낀 소호는 벌떡 몸을 일으켰다. 장봉수는 7혈대 내에서 발이 가장 빨랐다. 그 말은 가장 빨리 소식을 전달할 수 있다는 뜻이었다.

소호는 반사적으로 목창을 찾아 들었다. 그는 얼른 장봉수에게 달려갔다. 지쳐 있는 상태였지만 무거운 철창에서 해방된 덕분에 상당히 쾌속했다.

장봉수는 신형을 정지했다. 발을 동동 구르며 소호가 자신의 코앞에 다다를 때까지 기다린 후, 재빨리 몸을 돌려 왔던 방향으로 질주했다.

장봉수의 옆에 붙어 달리며 소호는 질문을 던졌다.

"무슨, 무슨 일, 일이지?"

호흡이 거칠어 말이 부드럽게 이어지지 않았다. 눈살을 찌푸린 소호는 신경 써서 숨을 들이쉬고 내쉬었다.

호흡이 안정을 찾으면 체력회복이 가능해진다. 무슨 일이 벌어졌는지 모르는 이상 조금이라도 체력을 회복시켜놓을 필요가 있었다.

장봉수는 소호를 못마땅한 시선으로 쳐다보았다. 소호의 상태가 마음에 들지 않았기 때문이다.

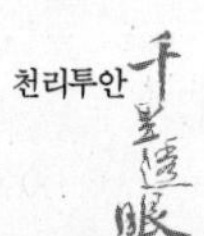

“씨발! 아침부터 녹초가 되셨구만. 그러게 수련 좀 작작하라니까.”

“그건, 대답이, 아닌데?”

소호는 여전히 말을 끊어서 내뱉으며 장봉수를 쓱 노려보았다.

크게 움찔한 장봉수는 반사적으로 소호의 시선을 회피했다.

‘빌어먹을!’

지쳐 있는 인간의 눈빛 한 방에 겁먹고 주눅들어 버린 스스로가 한심해져 장봉수는 분통을 터뜨렸다. 그는 의식적으로 퉁명스레 외쳤다.

“드디어 찾아냈어! 그 씨발년들을 찾아냈다구!”

당연하게도 소호는 두 눈을 부릅떴다.

“뭐, 뭐라고? 들? 하나가, 아니었단, 말이냐?”

“그래! 세 명이야. 부단주가 대주들 전원을 소집했어. 최대한 빨리 오래.”

“그렇군. 알았다.”

대화는 거기서 끊겼다.

두 사람은 부지런히 신형을 날렸다.


장봉수가 소호를 데려간 곳은 아미파 북서부의 대불암(大佛庵)이었다. 면벽수행을 위해 만들어진 인위적인 석굴로 내부에 몇 개의 방이 마련되어 있었다.

출구는 하나뿐이었고 주변은 탁 트인 평지였다. 철혈단이
경비만 제대로 서면 여승들이 몸을 숨기거나 도망치기 힘들었
다. 그래서 묵견은 이곳을 심문 장소로 선택했다.

대불암에 가까워지자 병장기소리와 고함소리가 들려왔다.
소호와 장봉수는 흠칫하며 서로를 바라보았다.

소호의 눈은 '왜 이런 소리가 들려오는 거지?' 라고 묻고 있
었고, 장봉수의 눈은 '그걸 내가 어떻게 알아?' 라고 투덜거리
고 있었다.

전신을 긴장시킨 두 사람은 더욱 빨리 달렸다. 소호는 목창
을 고쳐 잡았으며, 장봉수도 품에서 애병인 흑위갑을 꺼내 손
에 꼈다.

잠시 후 두 사람은 대불암 앞의 평지에 도착했다.

소호는 재빨리 전면을 훑었다. 수십 명의 철혈단원들이 원
형의 커다란 포위망을 구축한 상태였다.

포위망 내부에는 여섯 명이 한데 뒤엉켜 혈전을 벌이고 있
었다. 세 명은 핏빛 적의를 입은 철혈단원들이었고, 나머지 세
명은 여승들이었다.

포위망을 구축하고 있는 철혈단원들은 몸을 들썩이며 어느
한쪽을 불만 가득한 눈으로 바라보았다. 왜 우리는 이렇게 구
경만 하고 있어야 하냐며 따지고 있었다.

그들의 시선이 집중된 곳, 포위망의 뒤편엔 묵견이 서 있었
다. 그는 심각한 표정으로 모두의 시선을 무시한 채 전황을 주

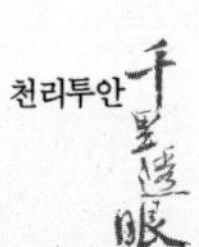

시했다.

묵견의 주변엔 여섯 명의 철혈단원들이 바닥에 드러누워 끙끙대었다. 역시 여섯 명의 철혈단원들이 그들을 돌보았다.

혈전을 벌이고 있는 세 철혈단원들은 소호도 아는 사람들이었다. 2혈대주 박교와 4혈대주 섬전비상표(閃電飛上鏢) 마길(摩吉), 그리고 장대박이었다.

여승들은 누군지 몰랐다. 오십대 중반의 여승과 그보다 두어 살 정도 어려 보이는 여승, 그리고 이십대 중반의 여승이었다.

두 노승은 불진(拂塵)을 휘둘렀고, 젊은 여승은 검을 사용했다. 그녀들은 한데 뭉쳐 서로가 서로를 보완해 주며 싸웠다. 내력을 아낌없이 끌어올렸으며 살초도 주저 없이 펼쳤다.

그런 그녀들과 달리 박교는 쌍검의 날이 아닌 면을 사용했다. 마길은 주무기인 표창을 쓰는 대신 주먹을 썼고, 장대박은 칼날이 아닌 칼등만 휘둘렀다. 더구나 세 사람 모두 살초는 일절 쓰지 않았다.

그 탓에 개개인의 실력은 철혈단원들이 위였으나 전투는 팽팽하게 전개되었다.

소호는 이 모든 사정과 상황을 한순간에 파악했다. 그는 정면으로 곧게 질주하며 생각을 정리했다.

'수십 명이 뒤엉켜 난전을 벌이면 누군가의 눈먼 칼에 여승들이 죽을 가능성이 생긴다. 여승들이 강하기도 해 부상자가 여럿 나오겠지. 최소한의 희생으로 여승들을 생포하기 위해선 소수의 고수들을 투입하는 것이 최선이다. 그래서 부단주는 대주들이 도착하자 대원들에게 포위만 할 뿐 직접 싸우지는 말라고 지시한 거다.

여섯 명이 부상당한 것은 대주들이 도착하기 전이었겠군. 겨우 두 명만 도착한 상태야. 머릿수를 맞추기 위해 대박 씨가 투입되었으니까. 다들 죽이는 건 잘하지만 생포하는 건 서툴러 보이는군. 그래서 아직까지 결론이 나지 않은 거야. 그래도 내가 지금 도착했듯, 나머지 대주들도 속속 도착할 거다. 그때까지 시간만 끌면 돼. 허나, 그럴 필요는 없겠지!'

소호의 두 눈에 기광이 번쩍였다가 사라졌다. 포위망의 바깥 테두리에 다다른 그는 허공으로 신형을 날렸다. 철혈단원들의 머리를 뛰어넘어 포위망 안쪽에 착지했다.

그제야 소호를 발견한 묵견은 고함을 내질렀다.

"소호님!"

소호의 눈과 묵견의 눈이 허공에서 부딪쳤다.

묵견의 눈엔 걱정이 가득했다. 지쳐 보이는 소호가 다칠까 봐 걱정된 것인지, 소호가 여승들을 죽일까 봐 걱정된 것인지, 아니면 둘 다인지 모를 일이었다.

소호는 그저 씨익 웃어주었다. 그 직후 전투에 끼어들었다.

"으하하! 왔다! 왔어! 먼저 온 것은 우리 7혈대라구!"

장대박은 신이 나서 외쳤다. 그는 원군이 왔다는 것보다도,

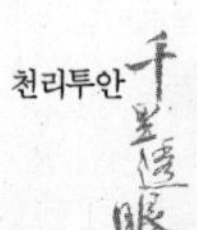

그 원군의 정체가 소호라는 것에 더 기뻐하고 있었다.

"노옴!"

두 노승 중 하나가 분기탱천한 기합을 터뜨리며 소호에게 불진을 휘둘렀다. 셋을 상대하는 것만 해도 벅찬데 하나가 더 끼어들었으니 화가 날만도 한 일이었다.

소호의 왼쪽 눈이 빛나며 투시안이 전개되었다. 불진의 속도와 궤도를 완벽하게 파악한 그는 창을 일직선으로 꽂았다. 창은 너무도 수월하게 불진의 막대 부분을 잘라 버렸다.

무기가 잘린 노승의 몸이 크게 움찔거렸다. 그녀의 눈엔 창이 한순간 사라진 것처럼 보였기 때문이다. 어떻게 된 일인지 상황파악이 전혀 되지 않았다.

그런 노승의 턱에 4혈대주 마길의 주먹이 꽂혔다. 둔탁한 파육음과 함께 노승은 외마디 비명을 내지르곤 그대로 바닥에 엎어졌다.

그사이 소호는 이미 다른 노승의 측면으로 이동해 있었다. 노승은 반사적으로 불진을 매섭게 휘저었다. 소호의 창도 허공을 어지럽게 수놓았다.

불진의 끝에 달린 길쭉하고 수북한 털들이 산산이 잘려 흩날렸다. 소호는 창대로 노승의 손목을 쳐올렸다.

"억!"

노승의 손이 위로 튀어 올랐다. 불진은 그녀의 손을 떠나 하늘을 날고 있었다. 그녀의 몸이 휘청거렸고, 장대박은 그 기회를 놓치지 않았다. 그는 칼등으로 노승의 뒷목을 강타했다.

노승이 바닥에 꼬꾸라지자 젊은 여승이 비명을 내질렀다.

"사부님! 이이! 이익!"

독기를 품은 젊은 여승은 장대박이 아닌 소호를 향해 달려들었다. 그녀의 사부가 당한 원인은 소호에게 있었으니까.

젊은 여승의 검이 소호의 미간에 꽂혀들었다. 소호는 검이 미간에 다다를 때까지 기다렸다가 잽싸게 자세를 낮추었다. 그러며 빙글 몸을 회전했다. 몸을 따라 창이 바닥과 수평으로 그어졌다. 젊은 여승의 오른쪽 무릎이 창대에 걸렸다.

"꺄아악!"

막 검을 내지른 상태였고, 창의 속도가 믿어지지 않을 만큼 빨라 젊은 여승은 무릎 뼈에 금이 가고 말았다. 그뿐 아니라 몸이 수레바퀴처럼 크게 돌아 얼굴부터 바닥에 처박혔다.

젊은 여승은 필사적으로 몸을 일으키려 했는데, 박교가 발로 검을 쥔 그녀의 손을 밟았다. 그는 자신의 검을 젊은 여승의 목젖 바로 앞에 갖다 대며 눈을 차갑게 빛내었다.

"끝났다. 포기해라."

"이! 이이! 흐으……."

독기가 가득하던 젊은 여승의 두 눈이 흐려졌다. 이내 그녀는 몸을 추욱 늘어뜨리고 말았다.

상황이 종료되자 묵견은 빠르게 지시를 내렸다. 철혈단원들이 우르르 달려들어 여승들을 우악스럽게 포박했다. 그들은

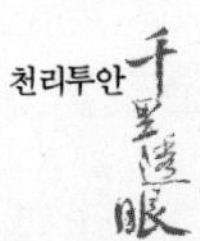

하나같이 소호를 놀랍다는 눈으로 쳐다보았다.

장대박은 소호의 어깨를 탁탁 치며 모두 들으라는 듯 웃어젖혔다.

"우하하하! 봤냐? 봤어? 끝내주게 강하지? 이게 바로 우리 7혈대의 대주라구! 더 놀라운 건 지금 몸 상태가 정상이 아니라는 거야. 지친 몸으로 이런 활약을 했다구! 와하하핫!"

어느새 다가온 장봉수가 핀잔을 던졌다.

"쳇! 잘난 건 대주인데, 왜 아저씨가 난리법석이야? 꼴사나워. 아저씨, 지금 진짜 꼴불견이야."

"이 자식을 확! 대주의 일이 곧 나의 일! 대주의 업적이 곧 나의 업적! 이 간단한 것도 몰라, 자식아!"

"아유, 진짜! 아저씨, 어디 가서 나 안다고 하지 마. 부탁할게. 응?"

"봉수야."

"왜?"

"이리 와라. 몇 대만 맞자. 아니, 아버지라고 부를 때까지 계속 맞자. 응?"

"헹! 웃기시네!"

장봉수는 코웃음을 쳤다. 장대박의 얼굴이 시뻘겋게 달아올랐다. 그는 괴성을 지르며 미친 소처럼 장봉수에게 달려갔다. 장봉수는 계속 장대박을 놀리며 이리저리 도망 다녔다.

철혈단원들은 저 부자의 드잡이질을 수없이 보아왔지만, 볼 때마다 재미있어 이번에도 낄낄 웃으며 즐겁게 구경했다.

그사이 철혈단원 몇몇은 묵견의 지시하에 여승들을 끌고 대불암의 입구로 걸어갔다. 그들의 뒤를 묵견과 그의 눈짓을 받은 혈대주 세 명이 따랐다. 물론 세 명의 혈대주 중엔 소호도 포함되어 있었다.


# 貳


소호는 대불암 내부의 좁은 통로를 걸으며 묵견을 바라보았다. 그에게 묻고 싶은 것들이 많았다.

그때, 피부가 따끔해져 슬쩍 옆으로 고개를 돌렸다. 4혈대주 마길이 대놓고 그를 노려보고 있었다. 소호가 영문을 몰라 할 때, 마길이 냉소를 터뜨렸다.

"흥! 우리만으로 충분했어."

마길이 어떤 생각을 하고 있는지 눈치챈 소호는 옅게 웃었다.

"저도 그렇게 생각합니다."

비아냥거림이라고 여긴 걸까? 마길의 눈이 살기를 띠었다.

"너 지금, 날 조롱한 거냐?"

장내의 공기가 차갑게 식었다. 모두들 말없이 마길과 소호를 주시했다. 소호는 여유 있는 어조로 대답했다.

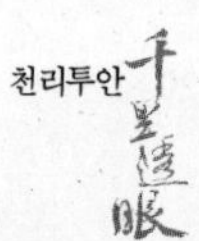

“사실을 말했을 뿐입니다만.”

“이 새끼가! 앞뒤가 안 맞잖아? 그렇다면 왜 나선 거냐? 우리만으로 충분했다고 생각했으면서 왜 나선 거냐고!”

마길의 이글거리는 눈과 소호의 차분하게 가라앉은 눈이 허공에서 격렬하게 부딪쳤다.

“이상하군요. 동료를 돕는데 이유가 필요한 겁니까?”

“……”

마길은 입을 들썩였다. 허나 그뿐, 아무런 말도 하지 못했다. 그의 얼굴이 울긋불긋해졌다. 눈썹을 꿈틀거리며 주먹을 부르르 떨었다.

몸을 배배꼬다가 끝내 앓는 소리를 내며 어깨를 추욱 늘어뜨렸다. 그는 기가 완전히 꺾인 어조로 말했다.

“끄응, 대박 형 말대로군. 말로는 도저히 못 이기겠어. 미안하다. 내가 잘못한 것으로 하고, 그냥 넘어가자.”

소호는 문제를 크게 만들고 싶지 않아 흔쾌히 수락했다.

“그러지요.”

차갑던 장내의 공기는 누그러졌지만, 어색한 분위기는 계속되었다. 박교가 입을 연 것은 그때였다.

“왜 우리만으로 끝내지 못한 거지? 너는 그 이유가 뭐라고 생각하느냐?”

그는 진지한 눈으로 소호를 바라보았다. 장내의 분위기를 바꾸려는 게 아니라 정말 궁금했기 때문이었다.

　박교는 혼자서도 여승 세 명을 처리할 실력을 가지고 있었다. 헌데 마길과 장대박까지 가세했건만, 소호가 나타나기 전까지 여승들을 제압하지 못했다. 마길도 이유를 모르기는 마찬가지라 곁눈질로 소호를 주시했다.

　소호는 비교적 간단하게 설명해 주었다.

　"생포한다는 건 상처 하나 입혀서도 안 된다는 뜻이 아닙니다. 죽이지만 않으면 된다는 뜻이지요."

　박교의 전신을 한차례 충격이 휩쓸고 지나갔다. 그는 얼빠진 표정으로 전면의 여승들을 보았다. 소호가 나타나기 전까지 그녀들은 상처 하나 입지 않았었다.

　박교는 너털웃음을 터뜨렸다.

　"허허, 이거야 원……. 너무 신중했군."

　"중요한 증인이니 무리도 아닙니다."

　박교는 말없이 설레설레 고개를 젓기만 했다. 마길이 박교의 심정을 대신해 말했다.

　"흐으, 전혀 위로가 안 되는구만."

　마길과 박교는 서로를 바라보며 재차 헛웃음을 터뜨렸다.

　묵견은 흐뭇한 표정을 감추지 못했다. 2혈대주와 4혈대주에게 충고를 하는 소호가 너무나도 멋있었다. 벌써 소호가 철혈단주가 된 것 같은 착각마저 느꼈다.

　소호의 목소리가 묵견을 상념에서 일깨웠다.

　"헌데, 어떻게 된 일입니까? 범인을 찾았다는 말만 들었을

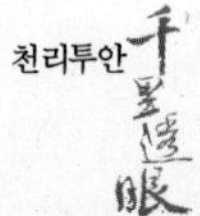

뿐, 다른 것은 전혀 모릅니다.”

마길도 아차 하는 표정을 지으며 얼른 맞장구를 쳤다. 가장 먼저 했어야 할 질문인데 왜 이걸 놓쳤는지 어이가 다 없을 지경이었다.

“맞아! 일을 어떤 식으로 처리했기에 저년들이 난동을 부릴 수 있었던 거요?”

묵견은 은근하게 웃으며 박교를 응시했다. 기분이 찜찜해져 박교는 퉁명스레 물었다.

“왜 그런 눈으로 나를 보는 거지?”

“저 세 명을 한 번 더 얘기를 해보자고 꼬여 이곳으로 데려왔어요. 저들은 켕기는 게 없다며 순순히 따라 나섰지요. 헌데…….”

“헌데?”

“이곳의 입구 근처까지 도착했을 때 누군가가 이렇게 말했답니다. ‘전부 다 불 때까지 철저하게 고문을 해주지!’ 라고요. 저들은 고문이란 단어에 민감하게 반응하더군요. ‘감히!’ 라고 외치며……, 뭐 그 후부턴 아시지요?”

“함부로 입을 놀린 게 내 밑의 아이였단 건가?”

묵견은 대답대신 어깨를 으쓱였다. 얼굴을 무참하게 일그러뜨린 박교는 씹듯이 내뱉었다.

“내 단단히 주의를 주겠네. 앞으로 두 번 다시 이런 일이 생기지 않도록 말일세.”

박교의 사나운 눈빛으로 보아 조만간 2혈대 전원이 무시무시한 기합을 받을 것 같았다. 묵견은 박교를 만류하지 않고 오히려 부추겼다.

"그래주시면 고맙겠어요."

대화가 끊긴 틈을 타 소호는 얼른 끼어들었다.

"허면 아직 저들에게서 자백을 받은 것이 아니라는 거군요. 어떤 증거가 저들을 범인으로 지목했다는 뜻이 됩니다. 맞습니까?"

묵견은 달짝지근한 비음을 흘리며 전신을 부르르 떨었다. 소호의 넘치는 재능과 마주할 때마다 그는 황홀경에 빠져 들었기 때문이다.

"아아, 그래요. 그렇답니다."

소호는 그러려니 하고 넘어가며 다음 질문을 던졌다.

"어떤 증거를 찾은 겁니까?"

그사이 일행은 한 석실에 당도했다. 대불암 내부의 석실 중 가장 큰 곳으로 오십 평이 넘었다. 전면의 벽 전체엔 거대한 본존상(本尊像)이 양각으로 새겨져 있었다. 사면의 벽 군데군데에서 횃불이 타오르며 내부를 밝혀주었다.

본존상 앞에는 작은 제단과 몇 개의 의자가 놓여 있었다. 일반대원들은 그 의자들 중 세 개를 일렬로 나란히 세웠다. 그런 후 여승들을 왼쪽부터 오른쪽으로, 나이 어린 순서대로 앉혔다.

묵견은 그녀들에게 다가가 아혈과 마혈을 짚었다. 독문점혈법이라 묵견 외에는 누구도 해혈할 수 없었다.

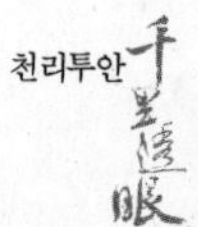
천리투안

여승들의 몸이 마비되자 일반대원들은 그녀들의 포박을 풀었다. 그런 후 제단을 여승들의 근처로 옮겼다.

일반대원들 중 한 명이 등에 가죽으로 만든 두루마리를 메고 있었는데, 그는 제단 위에 두루마리를 펼쳤다. 두루마리 속에 감춰져 있던 수십 개의 섬뜩한 고문도구들이 모습을 드러내었다.

여승들은 두 눈을 부릅떴을 뿐 고함을 지르지도, 움직이지도 못했다.

할 일을 끝낸 일반대원들은 아쉬움을 뒤로하고 석실 밖으로 나갔다. 고문은 묵견이 직접 할 예정이었고, 여승들에게서 얻어낸 정보는 기밀유지를 위해 대주급 이상만 알고 있는 것이 좋았으니까.

일반대원들이 모두 사라지자 이제 석실 안엔 여승 세 명과 묵견, 그리고 혈대주 세 명만 남게 되었다.

이제 소호에게 대답을 해주어도 될 텐데 묵견은 주저하는 빛을 보였다. 그는 눈으로 소호에게 조금만 더 기다려 달라고 부탁했다.

소호는 묵견이 혈대주 전원이 모이면 그때 설명을 시작할 작정이라는 것을 깨달았다. 자신도 그게 옳다고 생각해 소호는 그저 살짝 고개만 끄덕였다.

아직 석실 내부엔 주인 없는 의자가 두 개 남아 있었다. 묵견은 그 두 개를 모두 가져와 여승들의 정면에서 다섯 발짝 떨어진 곳에 나란히 내려놓았다. 그중 하나에 앉은 그는 소호를 바라보며 옆의 빈자리를 가리켰다.

"소호님."

묵견의 부담스러운 시선에 소호는 심히 당황했다. 박교와 마길의 눈치가 보인 탓이다.

잠시 고민한 소호는 천천히 앞으로 걸어가 의자 뒤에 섰다. 묵견은 빙긋 웃으며 어서 앉으라고 권했다. 그것을 무시한 소호는 의자를 들고 자신이 있던 자리로 돌아가 박교의 앞에 내려놓았다.

박교는 무슨 짓이냐는 듯 소호를 쳐다보았다. 소호는 옅게 웃었다.

"이게 옳으니까요."

마길이 대소를 터뜨린 것은 그때였다.

"풉! 푸하하하! 과연! 노인을 공경해야지. 아암, 암! 크크크 큽!"

기분이 나빠진 박교는 못마땅한 기색을 감추지 않았다. 그러나 소호의 두 눈은 더없이 진지했다. 놀리는 것이 아니라, 이게 정말 옳다고 믿고 있는 눈이었다.

그것을 파악한 박교는 노기를 누그러뜨렸다. 허나 의자에 앉지는 않았다. 그것을 앞으로 밀며 툭 내뱉었다.

"내가 아니야. 파창(破槍) 형님이 오시면, 그분께서 앉으셔야 하겠지."

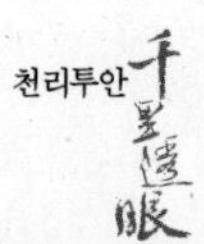

파창은 올해 칠십이 세인 노고수로 철혈단의 핵심전력인 1
혈대의 대주였다. 재미있게도 그는 별호도 파창이었고, 이름
도 파창이었으며, 쓰는 무기도 파창이었다. 또한 철혈단 내에
서 적수가 없는 극강의 고수인데다 최고 연장자이기도 했다.

박교는 자신이 앉아 있고 파창은 서 있는 상황을 만들고 싶
지 않았다. 그를 존경하고 있었으니까. 그래서 자리를 양보하
기로 한 것이다.

하지만 소호의 생각은 달랐다. 그는 설레설레 고개를 저었
다.

"1혈대주님께선 오시지 않습니다. 그러니 박 대주님께서 앉
으셔야 합니다."

"응? 네가 어떻게 그걸 아는 거지?"

박교는 의혹을 던졌다. 소호는 이쪽을 구경하고 있는 묵견
을 가리켰다. 그가 대신 대답을 해줄 거라고 말이다. 허나 묵
견은 소호에게 떠밀었다.

"저도 궁금하네요. 왜 그렇게 생각하시나요?"

소호는 반문을 던졌다.

"허면 1혈대주님께서 오실 거라는 말씀이십니까?"

"그건 아니에요. 소호님의 말씀대로 1혈대주님께선 오시지
않아요. 어떻게 아신 건지 궁금해요."

"그야……."

설명을 하려다 소호는 말끝을 흐렸다. 모두가 자신을 뚫어

져라 응시하고 있었는데, 그게 약간 부담스러웠던 탓이다.

박교는 괜찮다는 투로 말했다.

"말해 보아라. 나머지 놈들이 올 때까지 할 일도 없지 않느냐?"

쩝, 입맛을 다신 소호는 요점만 간추려 말했다.

"부단주님께서는 어떤 증거를 찾았고, 저 세 명을 범인이라고 판단했습니다. 그 증거가 아미파 내부에 있었다면 이곳에 준비되어 있어야 합니다. 사람일 경우 대질심문을 해야 하고, 물건이나 흔적일 경우 저들의 눈앞에 들이밀어 압박해야 하니까요. 하지만 이곳엔 아무것도 없습니다. 증거는 아미파에 올 수 없는 것이거나, 아직 도착하지 않았다는 뜻입니다. 결국 증거는 아미파 내부가 아니라 외부에 있다는 거지요."

박교와 마길은 얼빠진 표정으로 묵견을 바라보았다. 묵견은 살짝 고개를 끄덕였다. 그런 후 소호에게 계속 해달라고 손짓했다.

묵견의 뜻대로 소호는 말을 이었다.

"본 단은 아미산 하부로 내려가 아미파와 관계가 있는 사람들, 아미파를 방문한 사람들, 아미파의 문도들과 대화를 나눈 사람들을 모두 찾아 조사를 벌이고 있습니다. 그러니 아미파 외부에 증거가 있다는 건, 조사 도중 확실한 단서를 찾았다는 뜻이 됩니다. 단서를 찾은 단원이 전서구를 날렸고, 그 전서구는 오늘 몇 시진 전에 부단주님께 도착했을 겁니다. 아마 지금

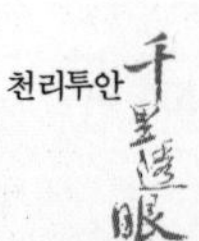

부단주님의 품 안에 들어 있겠지요.”

박교와 마길은 여전히 얼빠진 얼굴로 재차 묵견을 바라보았다. 묵견은 섭선으로 가슴팍을 가볍게 두 번 두드렸다.

마길은 소름이 쫙 돋은 팔뚝을 껍질이 벗겨질 만큼 세차게 문질렀다.

“뭐야, 이거? 이 새끼 대체 뭐하는 새끼야? 하! 어떻게 전서구가 도착한 시간까지 아는 거냐?”

소호는 반문을 던졌다.

“손에 드디어 고대하던 단서가 들어왔는데, 며칠을 기다렸다 일을 벌이시겠습니까? 아니면…….”

“응? 맞아! 당장 시작해야지! 오늘 시작했으니, 단서도 오늘 도착한 거야. 쳇! 별거 아니었잖아?”

마길은 거만한 표정을 지으며 으스대었다. 박교는 핀잔을 던졌다.

“멍청한 놈! 다 듣고 나서 별거 아니었다고 말하는 걸 누가 못해?”

“아니, 그래도…….”

“시끄럽다. 조용히 해. 아직 의문이 다 풀리지 않았으니까. 말 끊지 말고 가만히 있으란 말이다.”

“아아, 알았수다, 알았수.”

박교는 소호에게 손짓했고, 소호는 설명을 계속했다.

“중요한 건 단서를 찾았다고 해서 이 세 명에게만 매달려서는 안 된다는 겁니다. 보다 많은 인원을 투입해 단서를 더 확실하게 조사해야 합니다. 그 임무를 1혈대가 맡았습니다. 이미 아미파를 떠난 상태일 테니, 1혈대주님께선 이곳에 올 수 없습니다.”

분명 박교가 주의를 주었건만 마길은 다시 끼어들었다. 그는 묵견에게 삿대질을 하며 분통을 터뜨렸다.

“어이! 왜 1혈대를 보낸 거요? 그 영감탱이들은 전부 아미파에 머물고 있었잖아? 아미파 밖으로 나가 발바닥에 불이 나게 돌아다니며 조사를 한 건 다른 혈대들이었다구! 우리 4혈대를 포함해서 말이야! 단서를 찾은 혈대를 보내야 하는 것 아니요? 응?”

묵견은 소호를 바라보며 고개를 갸웃했다.

“그러게요. 저는 왜 1혈대 분들을 보낸 걸까요?”

소호는 속으로 성격 참 고약한 양반이라고 투덜거리며 힘없는 한숨을 내쉬었다.

“후우, 1혈대는 지난 이 년 간 흑화사신을 추적해 왔습니다. 그 일 하나에 모든 시간과 노력을 쏟아 부었지요. 단서가 있다면, 그것을 조사할 최우선 권한은 1혈대에게 있다는 겁니다.”

“쩝…….”

뭐라 할 말이 없어진 마길은 그저 입맛만 다셨다. 그는 슬쩍 묵견을 보았다. 소호의 말이 맞는지, 아니면 다른 이유가 있는지 확실히 알고 싶어서였다.

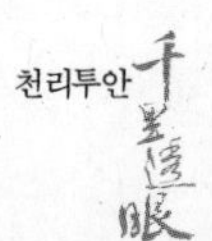

묵견은 어깨를 으쓱였다.

"솔직히 말하면 전서를 받을 때 1혈대주님과 함께 있었답니다. 그분께서 자신이 조사하겠다고 하셨지요. 저는 그걸 말리지 않았고요. 그뿐이에요."

대화는 거기서 끊겼다.

석실의 문이 열리며 몇 명의 혈대주들이 동시에 고개를 들이밀었다. 나머지 혈대주들도 속속 도착하기 시작했다.


參


석실 안에 1혈대주를 제외한 열한 개 혈대의 대주들 전원이 모였다. 박교는 의자에 앉았고, 나머지 열 개 혈대주들은 그의 옆에 듬성듬성 떨어져 섰다.

묵견은 이제 때가 되었다고 판단했다.

원래라면 자신을 감시하고 있는 종리세연의 부하, 비영대(秘影隊) 소속의 혈우(血雨)가 올 때까지 기다려야 했지만, 그는 오지 못할 것이다. 입구에서 대기하고 있는 일반단원들에게 혈우를 들여보내지 말라고 신신당부를 해놓은 상태였기에.

이곳에서 얻어낸 정보를 종리세연의 귀에 들어가게 내버려둘 수는 없었다.

묵견은 혈대주들을 스윽 훑으며 말했다.

"저들을 심문하기에 앞서 여러분께 경과를 보고하겠어요. 그 후 제가 직접 저들을 심문할 겁니다. 질문 있나요?"

모두들 알았으니 어서 빨리 시작하기나 하라고 재촉했다.

자리로 돌아가서 앉은 묵견은 먼저 섭선으로 오른쪽에 앉은 여승을 가리켰다.

"그녀는 정원사태(正原師太)예요. 아미 팔장로(八長老) 중 한 명이지요. 그녀의 적전제자인 혜인(慧仁)은 차기 방장 후보 중 한 명이고요."

묵견은 섭선을 가운데 앉은 여승 쪽으로 옮겼다.

"이쪽은 정원사태의 사매인 정우사태(正雨師太)예요. 그녀는 많은 속가제자들을 가르쳤어요."

"속가제자?"

깜짝 놀란 마길은 탄성을 터뜨렸다. 다른 혈대주들도 놀란 것은 마찬가지였다. 묵견은 살짝 고개를 끄덕였다.

"그래요. 속가제자. 그리고 그녀가 가르친 속가제자들 중엔 나조미란 여인이 포함되어 있지요."

"나조미! 그년인가? 그년이야?"

마길은 나조미란 이름을 되씹으며 주먹을 부르르 떨었다. 나조미가 눈앞에 있다면 당장이라도 박살을 내버릴 것만 같은 기세였다.

10혈대주 화대정이 마길의 어깨를 굳게 잡았다. 가만히 있으라고 주의를 주었다. 그도 격동한 상태였지만, 지금은 흥분

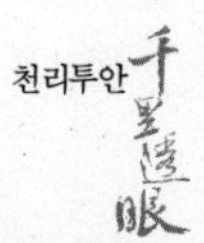

할 때가 아니라 묵견의 말을 끝까지 다 들어야할 때였으니까.

소호 역시 내색하진 못했지만 크게 놀란 상태였다. 뜻밖의 이름을 들은 까닭이다.

십삼 년 전, 불귀곡을 떠나 사천으로 갈 때 그는 나조미에게 큰 도움을 받았다. 잊고 있었던 그 이름을 이곳에서 듣자 과거의 기억이 새록새록 떠올랐다.

그때 맛본 따스함이 되살아날수록 불길함도 점점 커져갔다. 나조미가 어떻게 연관되어 있는 건지 몰라, 입술이 바짝 타들어갈 만큼 초조했다.

그러나 겉으로는 평정을 유지하고 있었기에 누구도 소호의 속내를 눈치채지 못했다.

묵견은 설명을 계속했다.

나조미는 사 년 전까지만 하더라도 산서제일을 자랑하는 거대상단, 나북상회의 일원이었다.

허나 사 년 전, 그녀는 가문에서 쫓겨났다.

나북상회가 엄격히 금지하고 있는 근친간의 사랑에 빠졌고, 그게 발각된 탓이다.

나조미와 그녀의 사촌인 나도해는 도망치듯 산서를 떠나 사천과 청해의 경계에 자리 잡은 조가구(晁家口)에 안착했다. 그곳에서 도조상회(導嘲商會)란 작은 가게를 세웠다. 나북상회에서 배운 기술이 있으니, 그걸로 먹고 살기로 한 것이다.

두 남녀는 청해와 사천을 오가며 장사를 시작했다. 그러나 어떻게 알았는지 나북상회가 빈번하게 훼방을 놓아 입에 풀칠하기도 힘들었다.

"얼마 전, 그렇게 가난에 허덕이고 있던 나조미가 아미파를 방문했어요. 근처에 볼일이 생겨 들른 김에 사부님께 문안인사를 드리려고 왔다면서요."

정우사태를 지목한 묵견은 손을 왼쪽에 앉은 젊은 여승에게로 옮겼다.

"나조미는 일주일간 아미파에 머물었어요. 속가제자로 있을 당시 가장 친하게 지냈던 사자(師姉), 혜민(慧敏)과 꼬옥 붙어 다녔지요."

열한 개 혈대주 전원이 혜민을 노려보았다. 혜민은 하고 싶은 말이 많았지만 아혈이 짚여 있어 눈알만 굴릴 뿐이었다.

소호는 묵견이 설명을 시작한 이후부터, 아니 자신이 1혈대주에 관한 설명을 시작했을 때부터 세 여승들의 눈을 주목하고 있었다. 묵견이 그녀들의 마혈뿐 아니라 아혈까지 제압한 이유는, 그녀들의 눈을 관찰하기 위해서였으니까.

인간은 입으로 말하지 못하면 몸으로 말하고, 몸으로 말하지 못하면 눈으로 말한다. 그리고 눈은 입과 몸보다 훨씬 더 진실했다. 고문을 시작하면 입과 몸도 더없이 진실해지지만.

아무튼 묵견이 선택한 방법은 경과를 설명하며 여승들의 눈빛을 읽고, 차후 고문을 통해 더 정확하게 사실을 알아내는 것이었다.

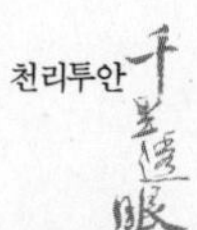
천리투안

‘그녀들은 조미가 도해와 사랑의 도피를 했다는 것도, 가난하게 살고 있다는 것도 몰랐어. 동시에 같은 반응을 보였으니까. 저것마저 거짓이라면, 사전에 철저하게 입을 맞춰 두었다는 거겠지.’

소호가 여기까지 생각했을 때, 묵견은 섭선으로 손바닥을 치며 힘주어 말했다.

“이제부터가 중요해요.”

모두들 약속이나 한듯 얼굴을 굳혔다. 어서 말해 보라고 묵견을 채근했다. 묵견은 천천히 입을 열었다.

“나조미는 일주일간 머문 후 아미파를 떠났어요. 그리고 그녀가 떠난 후 채 한 달도 되지 않아, 정주사태가 흑화사신에게 암살당했어요.”

“이런 씨발!”

마길은 대놓고 욕설을 퍼부었다. 모두들 마길과 마찬가지로 분기탱천한 상태였다. 묵견의 다음 말에 그들은 이를 빠드득 갈며 노골적인 살기를 내뿜게 되었다.

“더 재미있는 건, 나조미가 돌아간 이후 도조상회의 행보가 급변했다는 거예요. 도조상회는 여기저기에서 많은 빚을 지고 있었는데, 그걸 모두 갚았다고 하더군요. 그뿐 아니라 일꾼들을 여럿 고용해 사업을 확장했어요. 자, 여기서 질문. 찢어지게 가난하던 도조상회가 어떻게 빚을 다 갚고, 사업마저 확장할 수 있었을까요? 그 돈이 다 어디서 생긴 걸까요?”

묵견은 빙그레 웃으며 대주들을 스윽 돌아보았다. 대표로 입을 연 것은 박교였다. 그는 여승들을 가리키며 말했다.

"저년들이 나조미에게 돈을 준 거군. 그러니까 그게 으음……, 소호. 호 대주."

박교는 말끝을 흐리며 소호를 불렀다.

한참 머리를 굴리고 있던 소호는 반사적으로 고개를 돌렸다.

"네?"

"자네가 매끄럽게 설명해 봐. 매끄럽게 말이야."

대충 알겠는데 각각의 사실들이 하나로 매끄럽게 연결되지 않았다. 그래서 박교는 소호에게 떠넘겼다.

머리를 긁적인 소호는 슬며시 주위를 돌아보았다. 모든 혈대주들이 그를 주시하고 있었다. 몇몇은 응원해 주었고, 몇몇은 못마땅한 표정을 지었다.

후자 쪽이 더 많았다. 그래서인지 소호의 가슴속에 반발심이 생겨났다. 마음을 굳힌 소호는 묵견에게 조심스레 말을 건넸다.

"외람되지만 먼저 전서를 볼 수 있겠습니까?"

묵견은 흔쾌히 품에서 전서를 꺼내 소호에게 넘겼다. 이번 일은 대주들에게 소호의 능력을 보여줄 아주 좋은 기회니까.

소호는 대주들과 함께 전서를 읽었다. 모두들 전서의 내용에 경악을 금치 못했다.

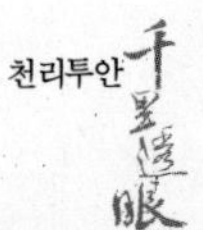

대충 요약하면 이랬다.

철혈단원들은 나조미를 만나기 위해 도조상회 내부로 들어갔다. 그들은 도조상회에서 일하는 사람들 대부분이 무공을 익히고 있다는 것을 파악했다. 그것도 하나같이 상승무학을 익힌 고수들이었다. 더 중요한 건 그들이 그 사실을 숨기고 있다는 것이었다.

그것을 모른 척하며 철혈단원들은 나조미와 만나 대화를 나누었다. 나조미는 모든 질문에 막힘없이 대답했다.

문제는 대답이 너무 완벽하다는 점이었다. 마치 누군가가 이런 질문을 하러 올 줄 예상하고 있었다는 듯 말이다.

허나 철혈단원들은 그것을 내색하지 않았다. 나조미에게 조사는 종료되었고, 그녀는 용의선상에서 제외되었다고 알렸다.

그렇게 그녀를 안심시킨 다음 철혈단원들은 도조상회를 떠났다. 그 후 그들은 은밀하게 도조상회를 조사했다. 그 결과 도조상회가 근래 모든 빚을 갚았고, 여러 명의 수상쩍은 일꾼들을 고용했으며, 사업마저 확장하고 있다는 것을 알아내었다.

철혈단원들은 전서의 마지막에 이곳에서 대기하고 있을 테니 최대한 빨리 새로운 지령을 내려달라고 적어놓았다.

소호는 심각하게 굳은 얼굴로 전서를 묵견에게 돌려주었다. 그는 진지하게 입을 열었다.

"지금까지 본 단이 얻은 정보를 종합해 보면……."

그가 여기까지 말했을 때, 갑자기 마길이 고함을 터뜨렸다.

"잠깐! 이거, 저년들이 없는데서 해야 하는 거 아냐? 저년들도 귀가 있잖아? 얘기를 듣고 그럴듯한 변명을 꾸며내면 어떻게 해?"

그건 그거대로 좋은 일이었다. 생각을 많이 하면 할수록 머리가 복잡해지니까. 차후 변명을 늘어놓을 때 말이 꼬일 가능성이 생긴다.

더구나 한 명이 아니라 세 명이었다. 하나가 사전에 모의해 둔대로 말하지 않고 딴소리를 하기 시작하면, 나머지 둘은 그 말에 맞춰가려고 다시 말을 꾸며낼 테고, 그만큼 모순점이 드러나게 된다.

여승들에게 혼란을 주는 것!

이게 바로 묵견이 대주들에게 경과보고를 하고, 결론을 유추해 보라고 한 이유였다.

그러니 묵견으로선 어떻게든 마길의 입을 닫아야 했다. 사실대로 말할 수는 없어 그는 다른 방법을 썼다.

"괜찮아요. 아, 그리고 마 대주님."

"괜찮긴 뭐가 괜찮아? 쳇! 뭐요?"

"제발 가만히 좀 있으세요. 앞으로 한마디만 더 하시면 밖으로 내보내겠어요. 아시겠죠?"

농담이 아니라는 듯 묵견은 눈을 빛내었다. 발끈한 마길이 다시 뭐라고 외치려할 때, 화대정이 다시 그의 어깨를 붙잡았다.

화대정은 묵견이 시키는 대로 하라고 험상궂은 표정을 지었다. 주눅이 든 마길은 "끄응!" 앓는 소리를 내며 팔짱을 꼈다.

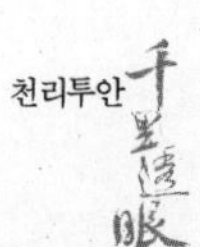

그리고는 입을 합 다물었다.

　장내가 쥐 죽은 듯이 조용해졌다. 침묵을 깬 것은 묵견이었다.

　"소호님."

　그 말에 반응해 소호는 깊은 한숨을 내쉬어 숨을 골랐다. 그는 신중하게 말했다.

　"정보를 종합해 보면 이렇군요."

　나조미는 어떤 계기로 흑화사신과 연결고리를 가지게 되었다. 그녀는 가난을 탈출하기 위해 그것을 이용하기로 마음먹었다.

　아미파가 후계자 문제로 내분을 일으키고 있다는 소식을 들은 그녀는 아미파로 달려갔다. 스승인 정우사태를 만나 은근하게 운을 띄웠다.

　정우사태는 사자인 정원사태에게 가서 나조미의 제안을 말했다. 정원사태의 적전제자인 혜인이 차기 방장이 되는데 있어 가장 걸림돌이 되는 것은 현 방장인 정주사태였다.

　고민 끝에 정원사태는 혜인을 위해 마라(魔羅)가 되기로 결심을 굳힌다.

　그녀가 흑화사신에게 줄 청부금과 나조미에게 줄 사례금을 준비하는 사이, 나조미는 혜민과 함께 아미파 곳곳을 돌아다녔다.

　놀러 다니는 것처럼 보였지만, 실제로는 혜민이 나조미에게 정주사태의 거처까지 이어진 침입경로와 탈출경로를 가르쳐 준 것이었다.

일주일 후 정보와 돈을 입수한 나조미는 도조상회로 돌아갔다. 그녀는 흑화사신에게 청부를 했고, 흑화사신은 청부를 완수했다.

"문제는 나조미가 정보수집까지 했다는 점과 도조상회에서 일하고 있다는 수상쩍은 강호인들입니다. 살수는 혼자 움직이지 않습니다. 표적의 정보를 알아낼 사람과 자금을 관리할 사람, 은신처를 제공할 사람, 그 외에도 여러 분야의 조력자들이 필요하지요.

나조미는 그 조력자들이 해야 할 일인 정보수집을 한 겁니다. 또한, 상회는 출처를 알 수 없는 검은 돈을 깨끗하게 만드는 것이 용이합니다. 몸을 숨길 수 있는 은신처도 되고, 살업을 숨길 수 있는 좋은 위장 사업체도 되지요. 흑화사신은 근래 살업을 재개했고, 수상쩍은 강호인들이 도조상회에서 일하기 시작한 것도 근래의 일입니다."

박교는 주먹을 불끈 쥐며 우렁찬 탄성을 내뱉었다.

"명쾌하군! 너무도 명쾌해! 나조미는, 도조상회는 돈을 벌기 위해 아예 흑화사신과 손을 잡아 버리기로 한 거야! 그런 거였어!"

마길도 신이 나서 맞장구를 쳤다. 그는 이미 묵견이 한마디만 더하면 밖으로 쫓아내 버리겠다고 경고했던 것마저 잊은

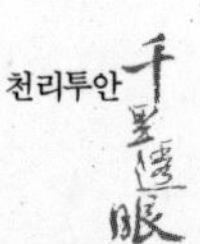

상태였다.

"좋았어! 이 새끼들 드디어 꼬리를 잡았어! 어이, 부단주! 저년들하고 노닥거릴 필요 없어. 시간이 아까워, 시간이! 어서 저년들 죽여 버리고 도조상회로 쳐들어갑시다! 응?"

그는 당장 출발하고 싶다는 듯 몸을 들썩였다. 그리고 그것은 다른 혈대주들도 마찬가지였다.

하지만 묵견은 자리에서 일어나지 않았다. 말없이 차분한 표정을 고수했다. 소호도 제자리에 가만히 서 있기만 할 뿐이었다.

마길이 역정을 내려할 때, 뭔가 이상함을 느낀 화대정이 그를 만류했다. 다른 혈대주들에게도 일단 진정하라고 손짓했다. 박교도 화대정이 시키는 대로 하라고 대주들에게 눈짓을 주었다.

모든 혈대주들이 흥분을 가라앉히자 묵견은 나직이 입을 열었다. 눈은 소호를 보고 있었지만, 모두에게 하는 말이었다.

"소호님도 본 단이 바로 도조상회로 가야 한다고 생각하시나요?"

소호는 단호하게 고개를 저었다.

"본 단이 가진 건 정황증거뿐입니다. 나조미는 그저 사부님을 만나기 위해 아미파에 방문한 것일 수도 있습니다. 혜민과 단지 놀러 다닌 것뿐인지도 모릅니다. 그녀가 아미파를 떠난 후 한 달도 되지 않아 정주사태가 살해당한 것도 우연이 아니라곤 장담할 수 없습니다. 도조상회가 다른 방법으로 자금을 획득했을 가능성도 있고, 그 자금을 지키기 위해 강호인들을 고용한 건지도 모릅니다.”

“그렇군요. 그럼 우린 어떻게 해야 할까요?”

“추론이 맞는지 아니면 틀렸는지 철저하게 확인해야 합니다. 저 여승들의 입을 통해서, 그리고 1혈대가 가져올 정보를 통해서 말입니다. 그때까지 본 단은 아미파를 떠나서는 안 됩니다.”

“그건 왜지요?”

소호는 강렬한 안광을 내뿜으며 숨죽이고 있는 대주들을 스으 훑었다.

“도조상회로 갈 땐 다 함께 가야 합니다! 본 단의 어느 한사람도 아미파에 남겨 놓을 수 없습니다. 그들에게 흑화사신을 생포하는 임무에서 빠지라고 말할 수는 없습니다!”

대주들은 일순 소호의 기도에 압도당했다. 한 자 한 자 힘주어 말하는 소호가 너무나도 거대해 보였다.

옅은 미소를 머금은 묵견은 재차 질문을 던졌다.

“조금 더 자세히 말씀해 주실래요?”

“만약 본 단이 착각한 거라면, 나조미, 도조상회, 저 세 여승들이 이번 일과 아무런 연관이 없다면, 범인은 여전히 잡히지 않았다는 뜻이 됩니다. 본 단이 아미파를 떠나면 여승들은 자유의 몸이 되지요. 그건 범인도 마찬가지! 범인은 보다 철저

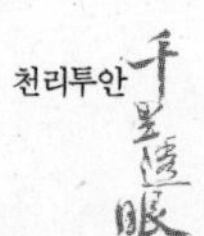

하게 증거를 은폐할 수 있게 됩니다. 은폐가 불가능하다고 판단되면 도망칠 거고요. 그러면 본 단은 흑화사신이 아니라 그 범인을 찾는 데에 수많은 시간과 노력을 쏟아부어야 합니다."

"손안에 있는 범인을 놓아주고, 다시 잡는다고 고생한다……? 호호, 그렇게 되면 정말 꼴이 우습겠는데요?"

할 말을 다 했기에 소호는 더 입을 열지 않았다.

고요한 장내에 묵견의 웃음소리만 울려 퍼졌다. 그 웃음소리는 혈대주들의 가슴 깊숙이 꽂혀들었다. 그리고 그들을 자괴감에 젖게 만들었다.

그때, 5혈대주 매염귀도(魅炎鬼刀) 설현(卨玄)이 턱짓으로 소호를 가리키며 툭 내뱉었다. 그는 뜻 모를 미소를 머금고 있었다.

"난 찬성이야."

소호에겐 뜬금없는 말이었지만, 나머지 혈대주들에게는 달랐다. 그들은 두 눈을 휘둥그레 뜬 채 설현을 노려보았다. 설현은 지금 소호를 차기 단주로 인정한 것이니까 말이다.

여기저기서 따가운 눈총을 받고 있건만 설현은 조금도 개의치 않았다. 소호에게 압도당한 순간 마음을 굳혔으므로.

설현은 무거운 짐을 벗어 마음이 한결 홀가분했다.

'더 이상 고민할 필요는 없다. 앞으로는 그저 소호를 믿고 따르면 된다.'

이렇게 생각하자 너무도 기분이 좋았다.

묵견은 소호가 고개를 갸웃거리고 있는 것을 파악했다. 다

급해진 그는 얼른 자리에서 일어났다. 어떻게든 소호가 깊이 파고드는 것을 막아야 했다. 아직은 시기상조였다.

"자아! 이제 고문을 시작해야겠네요. 제가 주도할 생각인데 으음……, 보조가 두 분 정도 필요하겠네요. 어느 분이 도와주실래요?"

반응은 폭발적이었다. 다른 사람에게 양보하고 싶지 않아 혈대주들은 설현을 일단 뒤로 젖혀둔 뒤, 서로 자신이 하겠다고 나섰다.

그런 웅성거림 덕분에 묵견이 노렸던 대로 소호는 설현의 말을 깊게 생각하지 못했다.

잠시 후, 드디어 고문이 시작되었다.

그때부터 석실 안에선 아혈이 풀린 여승들의 변명과 비명소리가 끊임없이 터져 나왔다.

제5장
나예주(懦霓姝)

壹


홍무 28년 1월 10일, 새해가 밝은 지 어느덧 열흘이 지났다.

신년 초는 으레 희망과 설렘으로 들뜨기 마련인데, 성도의 거리를 지배하고 있는 것은 혼돈과 절망 그리고 추위와 배고 픔이었다.

성도는 그 어느 때보다 많은 사람들로 북적이고 있었다. 독 수공을 노리고 각지에서 강호인들이 몰려들었고, 사천의 남부 와 북부에서도 수많은 사람들이 이주해 왔기 때문이었다.

사천의 남부와 북부를 휩쓸어 버린 메뚜기 떼는 얼어 죽었 는지 벌써 자취를 감춘 상태였지만, 그 벌레들이 남기고 간 피 해는 여전히 남부와 북부를 괴롭히고 있었다. 그래서 이대로라면 굶어죽겠다고 판단한 수많은 사람들이 메뚜기 떼의 피해를 입지 않은 중부로 몰려들었다.

추위를 피할 집과 배를 채울 식량은 한정되어 있는데, 사람은 끝없이 늘어나고 있으니 자연스레 문제가 생겨났다.

강도질과 도둑질이 성행했고, 폭행과 살인도 빈번하게 일어났다. 관군들과 성도의 강호방파들이 협력해 치안유지에 전력을 다했지만, 너무 많은 범죄가 일어나 모두 해결하기엔 역부족이었다.

당가도 추운 겨울을 보내고 있었다. 현재 생존해 있는 당가의 문도들은 어린아이들까지 다 합쳐봤자 채 오십 명이 되지 않았다. 그것도 삼분지 이 이상 환마령단의 금단증상에 시달리고 있었다.

정상인 문도들은 유령마제가 당가를 점령했을 당시 다른 지방에 머물고 있던 이들로, 그들은 당가의 변고를 듣자마자 서둘러 달려왔다.

그렇게 달려온 사람 중에 일수탈혼(一手奪魂) 당신(唐新)이란 삼십대 중반의 사내가 있었다. 그는 유령마제에게 살해당한 당가주 천변화제 당추의 사촌 조카였고, 은성삼절표(銀星三絕鏢)란 고절한 암기술을 터득한 신급 고수였다.

생존해 있는 당가의 문도들 중 그가 당추와 가장 가까운 친족이었다. 인품도 후덕하고, 지도력도 있는데다, 젊고 무공이 강하다는 장점마저 있었다. 그래서 그가 새로운 당가의 가주

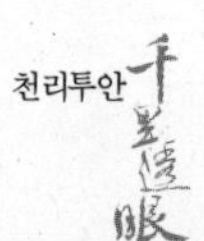

로 추대되었다.

유령마제는 당가의 모든 창고는 거덜 내었지만 비전무공들과 조제법, 그리고 돈에는 손대지 않았다. 당가가 자신의 것이 되었으니 그것들을 언제라도 가질 수 있다고 생각한 것이다.

당신의 입장에선 그나마 다행이었다.

당가는 철저히 혈연으로 이루어진 집단이고, 당신은 그 전통을 무시할 생각은 추호도 없었다. 그러니 머릿수가 예전처럼 늘어나는 데에는 몇 세대 이상이 걸릴 것이다.

허나 문도들을 먹여 살릴 자금이 있고, 그들에게 가르칠 무공도 준비되어 있으니, 자신만 노력하면 언젠가 당가는 예전의 영화를 되찾을 수 있을 것이다.

천가장의 반응도 당신의 짐을 크게 덜어주었다. 천가장은 당가의 세력권을 빼앗지 않고 그대로 보존해 주기로 약속했다. 그뿐 아니라 당가가 도움을 요청하면 언제 어느 때이든 힘을 빌려주기로 했다. 당신은 마다할 입장이 아니라 넙죽 그 제안을 받아들였다.

당신과 차기 천가장주로 내정된 윤천회는 빈번하게 만나 앞날을 상의했다.

윤천회가 차기 딱지를 떼는 것은 올여름이다. 이미 좋은 날을 받아 놓았다. 그날 그는 천가향과 혼인해 성을 천 씨로 바꾼 뒤, 정식으로 천가장의 30대 장주가 될 것이었다.

위지창천도 천군악에게서 천유향과의 교제를 허락받았다.

　혼인을 전제로 한 교제였음에도 불구하고 천군악은 순순히 허락해 주었다.

　물론 위지창천이 마음에 들어서는 아니었다. 천군악은 그저 만사가 다 귀찮아진 것뿐이었다.

　소호가 천가장을 떠난 뒤로 그는 삶의 의욕을 잃었다. 자포자기 상태가 된 것이다. 뭐 하나 뜻대로 되지 않는 천가장의 미래가, 그로 하여금 천가장주로서 아등바등 살아온 나날들을 허무하게 만들었다.

　그래서 그는 '이제 나는 손 떼겠다. 앞으로는 너희들 마음대로 해라.'라고 포기해 버렸다. 윤천회를 차기 장주로 삼은 것도 그와 같은 맥락이었다.

　위지창천과 윤천회도 그것을 모르지 않았다. 천군악이 자신들을 진정으로 인정한 게 아니라는 것쯤은 분간하고 있었다.

　윤천회는 알면서도 모르는 척하는 방법을 택했다. 그는 가급적이면 천군악과 얼굴을 부딪치지 않으려고 노력했다. 자신에게 주어진 일에 전념했고 앞으로 해야 할 일들만 생각했다.

　그러나 위지창천은 달랐다. 그는 천군악의 마음에 들려고 갖은 노력을 다했다. 매일 아침 천군악을 찾아가 문안인사를 드렸고, 유령마제가 파괴한 천가장의 건물과 시설을 보수하는 일을 도왔다.

　인부들에게 지시만 한 것이 아니라, 직접 두 팔을 걷어붙이고 벽돌과 목재를 날랐다. 삽으로 땅을 골랐으며 망치로 판자에 못을 박았다.

거기서 그치지 않고 위지창천은 유령마제가 언제 다시 쳐들어올지 모른다며 천후맹에서 데려온 천룡검단 세 개 검대를 시켜 천가장을 철통같이 보호했다. 이것은 성도에 있는 수많은 도둑들에게서 천가장의 재물을 지키는데 큰 도움이 되었다.

역시 그런 노력의 일환으로 위지창천은 사흘에 한 번씩 천유향과 함께 천가장 밖으로 나가 굶주린 성도의 사람들에게 무상으로 음식을 제공했다.

위지창천에게 이 일을 제안한 것은 천유향이었다. 그녀도 천군악이 위지창천을 건성으로 대하지 말고 진지하게 대해 주길 바랐기에. 하나뿐인 딸이 선택한 남자가 얼마나 멋있고, 얼마나 대단한지 천군악이 알아줬으면 했다. 천군악이 그녀의 행복을 진심으로 축복해 주길 원했다.

또한 그녀가 이런 일을 계획한 이유에는 위지창천에게 자신이 얼마나 자애로운 여인인가를 보여주고 싶다는 속셈도 포함되어 있었다. 그러려면 천가장의 돈을 쓰는 것보단 사비를 터는 것이 좋았고, 남다른 가치를 지니고 있는 돈이라면 더더욱 좋았다.

그래서 천유향은 위지창천이 천가장으로 올 때 가져온 황실에서 준 그녀와 소호 몫의 보상금을 사용했다. 생판 모르는 사람들에게 소중한 보상금을 쓰는 것이 무척이나 아까웠지만, 그래도 그게 가장 좋은 방법이니 어쩔 수 없었다.

천유향의 의도대로 위지창천은 그녀의 마음씀씀이에 감복
했다. 그래서 그녀를 더욱 깊이 사랑하게 되었다.

그는 천유향에게만 짐을 지게 할 순 없다며 자신도 사비를
보태었다. 그 보상금과 사비를 가지고 음식을 사서 사람들에
게 나눠주기 시작했다.

성도 전체가 식량난을 겪고 있어 일부 천룡검단원들을 상대
적으로 여유가 있는 주변의 다른 도시들로 보내 음식을 구입
했다.

위지창천의 사비는 곧 바닥을 드러내었지만, 보상금으로 날
이 풀리는 봄까지 음식배급을 계속하는 것이 가능했다.

두 사람 다 불순한 동기를 가지고 시작한 일이었으나, 어느
새 애착이 생겨 추위가 풀리는 봄까지는 이 일을 계속하기로
굳게 다짐한 상태였다. 음식을 받아든 사람들의 환한 미소가
그들을 너무도 뿌듯하게 만들었고, 크나큰 성취감 또한 안겨
다 주었기 때문이다.

성도의 사람들은 위지창천과 천유향의 선행에 찬사를 보내
며 사흘에 한 번 있는 배급일을 손꼽아 기다렸다.

그리고 그것은 여기 있는 이 청년 역시 마찬가지였다.


'내일이 배급일이로군.'

천가장의 주변에는 수많은 사람들이 돌아다니고 있었다. 배
급일은 내일이지만 혹시나 하는 기대감에서였다. 배급 주기가

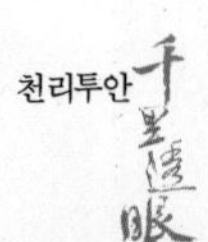

천리투안

사흘에서 이틀로 단축됐을 수도 있으니까.

그런 인파 속에 한 청년이 섞여 있었다. 나이는 이십대 중반 쯤으로 보였고 다른 사람들과 마찬가지로 꾀죄죄한 몰골이었다. 뒤돌아서면 바로 잊어버릴 것 같은 평범하고 아무런 특색 없는 얼굴을 지녀 누구도 그를 눈여겨보지 않았다.

그도 배급일을 기다리는 것은 마찬가지였으나, 그 이유는 다른 사람들과 판이하게 달랐다. 그의 목적은 음식이 아니라 그것을 나눠주는 위지창천, 그에게 있었다.

그의 정체는 다름 아닌 나예주였다.

인피면구를 사용해 남자로 위장한 그녀는 한 달 전 한 무리에 섞여 성도로 들어왔다. 그리고 지금까지 천가장 주위를 맴돌며 때를 기다렸다.

한 달 간의 지루한 기다림과 여러모로 피곤한 부랑자 생활도 내일이면 끝나게 된다. 그래서인지 천가장을 바라보는 그녀의 입가엔 비릿한 미소가 그려져 있었다.

'방법은 마음에 안 들지만, 뭐 어쩔 수 없지.'

그녀는 내일 위지창천이 천가장 밖으로 나와 사람들에게 음식을 나눠주고 있는 때를 노려, 그를 암살할 계획이었다. 수많은 사람들이 보는 앞에서 위지창천은 이마에 한 송이 흑화가 꽂힌 채 죽음을 맞이하게 될 것이다.

이런 요란한 암살은 그녀의 방식이 아니었다. 그녀의 사부, 제1대 흑화사신 장염(障殮)의 방식에 가까웠다.

장염은 활동 당시 두 가지 암살법을 애용했다.

하나는 대귀식은형술(大龜息隱形術)이란 고절한 은잠술을 써서 표적의 처소에 은밀하게 침입해, 잠든 표적의 미간에 흑화를 꽂아주는 것이었다.

나머지 하나는 무광무음비월(無光無音飛月)이란 절세의 암기술로 순식간에 표적의 미간에 구멍을 뚫어 버리는 방법이었다.

장염은 두 가지 방법 다 즐겨 썼지만 내심 후자를 더 좋아했다. '암살이란 순간의 미학이다.' 가 그의 지론이었기 때문이다.

그는 나예주에게 자신의 모든 것을 가르쳤는데, 애석하게도 지론까지는 가르치지 못했다. 나예주는 전혀 다른 생각을 가지고 있었으니까.

그녀는 암살이란 조롱의 미학이라고 여겼다.

얼마나 많은 사람들이, 얼마나 철통같이 표적을 보호하고 있든 상관없다. 유유히, 그리고 은밀하게 보호막을 뚫고 표적의 앞까지 다다른다.

자신은 안전하다고 믿고 깊은 잠에 빠진 표적을 내려다보며 비웃어준다. 표적의 이마에 흑화를 꽂아준 다음 유령처럼 사라진다.

누구도 그녀가 어떻게 침입해 표적을 죽이고 사라졌는지 모른다. 티끌만 한 흔적 하나 없어 추적은 불가능하고, 당연히 복수도 불가능하다. 그들이 할 수 있는 건 그저 자신들의 무능력함에 절망하는 것뿐이었다.

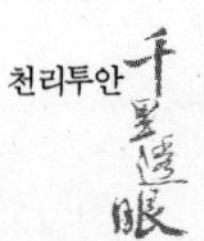

이렇듯 그녀의 방식은 표적을 조롱하고, 그를 지키는 자들마저 조롱하는 것이었다. 그녀는 이것이야말로 암살의 미학이라고 확신했다.

그러니 그녀의 방식대로라면, 그녀는 밤늦게 천가장에 침입해 잠든 위지창천의 미간에 흑화를 꽂아준 후 사라져야 한다.

나예주는 내심 그렇게 하고 싶었지만, 애석하게도 소검이 암살방법마저 지시한 상태라 그럴 수 없었다.

조금 전 그녀는 소검의 부하에게 연락을 받았다. 소검은 너무 먼 곳에 있어 직접 지시를 하기 힘들었다. 그래서 그는 미리 자신이 세운 계획을 부하에게 전달해 두었고, 부하는 때가 되자 그것을 나예주에게 전했다.

아무튼 소검의 말에 따르면 드디어 철혈단이 미끼를 물었으니, 이제 그녀가 움직여야 할 때라고 했다.

철혈단은 나흘 전에 아미파를 떠나 북서쪽, 도조상회로 이동하기 시작했다. 각 혈대 별로 어느 정도의 시간차를 두고 아미파를 떠났고, 혈대원들도 뿔뿔이 흩어져 은밀하게 움직였다. 자신들이 아미파를 떠난다는 것을 감추기 위해 말이다.

묵견은 여승들과 처리해야 할 문제가 남아있는 듯 아직 아미파를 떠나지 않은 상태였다. 그래도 모레 안에는 떠날 것이라 전망되었다.

아미산에서 도조상회로 가려면 단파(丹巴)를 지나는 것이 가장 빨랐다. 굳이 성도까지 빙 돌아갈 필요는 없었다.

그러니 소검으로선 묵견이 단파에 도착하기 전에, 그가 성도에서 일어난 암살 소식을 접하게 만들어야 했다.

천가장 내부에서 위지창천이 암살당한다면, 천가장은 어떻게든 소문이 퍼지는 걸 막으려할 가능성이 높았다. 그들은 '천가장은 흑화사신을 막지 못했다. 그들이 차기 천후맹주인 위지창천을 죽였다!' 라는 소문이 퍼지는 걸 원치 않을 테니까. 아마도 은밀하게 자체조사를 벌이며, 천후맹에 사람을 보내 자초지종을 설명하려 할 것이었다.

그럴 경우 묵견은 암살 소식을 접하지 못한 채 도조상회로 가게 된다. 이동하며 과연 이게 옳은지, 정말 도조상회로 가야만 하는지, 자신이 놓치고 지나간 것은 없는지 고민할지도 모른다.

그건 좋지 않았다.

소검은 묵견에게 도조상회로 가야만 한다는 확신을 줄 필요가 있었다. 아미파를 떠나 단파 쪽으로 가고 있는 그에게 성도의 암살 소식을 접하게 만들어, 그가 성도로 방향을 바꾸게 만들어야 한다. 그러기 위해선 암살 소식을 가능한 한 빨리 퍼뜨리는 것이 좋았다.

그게 바로 나예주가 위지창천을 천가장 내부가 아닌 외부에서 암살해야 하는 이유였다. 위지창천의 죽음을 목격한 수많은 사람들이 알아서 소문을 퍼뜨려줄 테니까 말이다.

나예주는 슬그머니 오른쪽 위를 바라보았다. 한 이층 건물

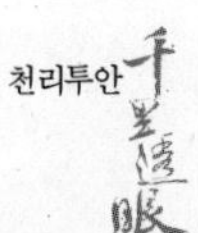

이 눈에 들어왔다. 건물의 지붕은 기와로 되어 있었고, 천가장의 정문에서 이십여 장 떨어져 있었다.

'한 번 더 사전답사를 해둘까?'

그녀는 벌써 여러 번 저 지붕을 조사했다. 내일 저 지붕 위에 몸을 숨긴 채 위지창천의 미간에 흑화를 날릴 예정이었다. 암살을 끝마친 후 기와 하나를 발로 차 바닥에 떨어뜨린 다음 북서쪽으로 도망칠 것이다. 그 의도적인 실수가 묵견으로 하여금 그녀의 뒤를 쫓게 만들어줄 것이다.

물론 묵견이 계속 뒤를 쫓도록 그녀는 도조상회로 이동하며 몇 개의 흔적을 더 남겨놓을 계획이었다. 흥분한 묵견은 앞뒤 가리지 않고 그녀를 맹추격할 것이 분명했다. 그것이 함정이란 것도 모르고 말이다.

그런 묵견의 모습을 상상하며 나예주가 재차 비릿하게 웃었을 때, 한 꾀죄죄한 몰골의 부랑자가 슬그머니 그녀에게 접근했다. 부랑자는 그녀에게 뭐라고 귀엣말을 전한 후 바로 인파 속으로 사라졌다.

미미하게 몸을 움찔거린 나예주는 천천히 걸음을 옮겼다. 천가장을 빙 돌아 정문 반대편에 자리 잡은 후문 쪽으로 이동했다.

천가장의 후문 근처에도 여러 명의 사람들이 돌아다니고 있었다. 나예주는 그 사람들 속에 몸을 숨긴 채 후문을 주시했다.

잠시 후, 닫혀 있던 후문이 열렸다. 그리고 한 사람이 모습을 드러내었다. 나예주의 두 눈이 이채를 띤 것은 그 직후였다. 후문 밖으로 나온 사람은 다름 아닌 위지창천이었기 때문이다!

'이쪽에서 움직임이 있다더니 진짜였잖아? 대체 무슨 일이지?'

흠칫한 나예주는 반사적으로 주변을 살폈다. 후문 오른쪽 대각선 이십여 장 떨어진 곳에 안성맞춤인 건물이 자리 잡고 있었다. 거리도 적당했고 몸을 숨기기에도 용이했다. 지붕마저 기와로 되어 있었다.

왜 위지창천이 지금 천가장 밖으로 나온 것인지는 모르지만, 그녀에게 있어 이것은 절호의 기회였다.

주변에 소문을 퍼뜨려줄 사람들이 있고, 흑화를 날리기에 적당한 장소도 있다.

물론 우발적인 암살은 살수에게 있어 금기사항이었다. 표적을 제거하는 것이 힘들고, 여러 가지 돌발사태가 일어날 수도 있으며, 치명적인 실수마저 할 가능성이 높기 때문이다.

허나 그녀는 지금 당장 위지창천을 제거할 수 있는 능력이 있었다. 돌발사태도 대처할 수 있었고, 실수는 바라는 바였다. 일부러라도 실수를 해야만 하는 상황이니 말이다.

'호호, 내일까지 기다릴 필요도 없겠군. 스스로 하루 남은 생명을 단축하다니, 정말 멍청한 놈……. 응? 어…… 어? 헉!'

속으로 위지창천을 조롱하며 바로 건물 지붕으로 이동하려던 그녀는 갑작스레 걸음을 멈추었다. 부릅떠진 그녀의 두 눈은 건

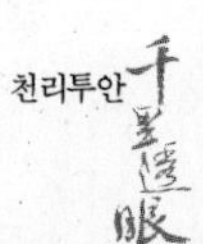

물 옆쪽, 멀리 떨어진 거리에 꽂혀 있었다. 그곳에서 평범한 마의를 걸친 일단의 사람들이 이쪽으로 빠르게 다가오고 있었다.

나예주는 그 사람들 중 하나에게서 눈을 떼지 못했다. 푸른 눈을 가진 이십대 중반의 청년을 심하게 흔들리는 눈망울로 멍하니 바라보았다.

'우, 우, 우……, 운……비? 운비? 우, 운비! 운비!'

너무도 큰 충격을 받은 그녀는 자신이 애처롭게 전신을 부들부들 떨고 있다는 것도 전혀 자각하지 못했다.


貳


"후우, 다행히 늦지 않았군."

소호는 천가장의 후문에서 십여 장 떨어진 곳에 섰다. 바로 옆 이 장 떨어진 곳에서 나예주가 자신을 바라보고 있건만, 그는 그것을 조금도 눈치채지 못했다. 두 사람 사이엔 여러 명의 사람들이 서 있었고, 그의 관심은 오직 후문 쪽에 집중되어 있었기 때문이다.

그런 소호의 옆에는 7혈대 내의 세 개 파벌 중 하나인 대주파 소속의 화미와 대머리가 서 있었다. 7혈대는 삼인 일조로 흩어져 도조상회로 이동하고 있었다.

"쳇, 꼭 여기에 와야 했어?"

화미가 눈살을 찌푸리며 투덜거렸다. 소호는 후문에서 시선을 떼지 않으며 퉁명스레 대답했다.

화미와 동갑이기도 하고, 보다 빨리 친해지기 위해선 말을 놓는 것이 나을 것 같아 그는 7혈대주가 된 이후부터 손아래 사람에게는 하대를, 손위 사람에게는 공대를 하고 있었다.

"먼저 가라고 했을 텐데?"

화미는 재차 불만을 던졌다.

"씨발, 어떻게 그래?"

대머리도 동의한다는 듯 고개를 끄덕였다. 두 사람은 불안한 눈망울로 소호와 후문 쪽을 번갈아 응시했다.

소호는 며칠 전 윤천회의 전서를 받았다. 윤천회는 소호가 아미파에 머물고 있다는 것을 알고 있어, 아미파로 전서구를 날렸다.

그 전서를 받자마자 소호는 묵견의 양해를 얻은 후 이곳으로 달려왔다. 묵견은 철혈단이 도조상회로 이동하고 있는 시기이기도 하고, 소호의 부탁을 거절하기도 힘들어 허락해 주었다. 물론 소호에게 제시간 안에 도조상회에 도착해야 한다는 약속을 받아낸 후에 말이다.

소호는 화미의 말에 대답하지 않았다. 후문 밖으로 나온 이는 위지창천 외에도 여러 명이었는데, 그중 드디어 자신을 이곳으로 오게 만든 장본인이 모습을 드러낸 탓이다.

그는 윤천회가 아니라 천군악이었다.

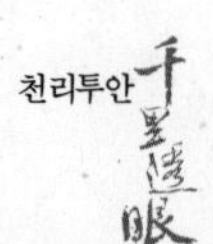

천군악은 두꺼운 외투로 몸을 가리고 있었고, 언제라도 머리에 쓸 수 있도록 죽립을 목에 걸고 있었다. 그간 어느 정도 몸을 회복했는지 걸음걸이가 안정적이었다. 얼굴에도 살이 조금 붙어 있었다. 물론 심적 고생이 심해 초췌한 것은 마찬가지였지만 말이다.

천군악의 옆에는 천패악이 바짝 붙어 있었다. 천패악은 손에 노새의 고삐를 쥔 상태였다. 노새의 등에는 노자와 모포를 비롯해 갖가지 잡다한 물건들이 올려져 있었다.

이 노새는 십사 년 전 소호가 천가장으로 올 때 가져온 노새와 닮은 녀석이었다. 천군악은 소호가 옆에 있는 듯한 기분을 느끼기 위해 길동무로 이 노새를 선택했다.

그래! 길동무였다. 제멋대로 돌아가는 천가장에 질릴 대로 질린 데다, 위지창천과 천유향의 공세가 부담스럽기도 해 그는 이렇게 오늘 무공을 되찾기 위한 기나긴 여정을 떠나기로 한 것이다!

사족을 달자면 윤천회는 마지막으로 천군악과 소호를 만나게 해주기 위해 아미파로 전서를 날렸다. 그간 천군악과 소호에게 못할 짓을 참 많이 저질렀기에, 적어도 이 정도 배려는 해야 조금이나마 마음이 편해질 것 같았다.

화미와 대머리가 불안해하는 이유는 천군악의 얼굴을 본 소호가 어떻게 나올지 몰랐기 때문이었다. 철혈단에 꼭 필요한 소호가 다시 천군악의 품으로 돌아갈까 봐 그들은 노심초사하고 있었다.

일부 천룡검단원들이 넓게 퍼져 외부의 사람들이 다가오는 것을 막았다. 일부 사람들이 혹시 먹을 것을 줄지도 모른다는 생각에 천군악 일행 쪽으로 다가가려 하고 있어, 천룡검단원들은 고함뿐 아니라 완력마저 사용해야 했다.

천가장의 모든 문도들은 한곳에 옹기종기 모여 서서 저마다 심란한 얼굴로 천군악을 바라보았다. 천유향은 울먹이고 있었는데, 위지창천이 그녀의 어깨를 꼬옥 안아주었다.

두 사람은 그동안 행한 노력들이 통하지 않았다는 현실에 좌절했다. 더구나 천군악에게 봄이 와 날이 풀리고 나면 그때 떠나라고 간곡히 사정했건만, 무정하게도 천군악은 계획을 강행했다. 그 탓에 그들은 다른 이들보다 더 심란한 상태였다.

천군악은 위지창천과 천유향을 비롯해 천가장의 문도들을 스윽 훑었다. 그의 눈에 후회나 미련 같은 것은 없었다. 오히려 후련한 기색이 역력했다.

바로 고개를 돌린 천군악은 천룡검단원들이 막고 있는 사람들 쪽을 유심히 살폈다. 그가 찾고 있는 사람은 소호였다. 물론 그는 윤천회가 소호에게 전서를 날렸다는 것을 모르고 있었다.

그러니 그가 생각하기에 이곳에서 소호를 찾는 것은 불가능했다. 그걸 알고 있으면서도 이렇게 소호를 찾고 있는 이유는, 그만큼 그가 소호를 그리워하고 있기 때문이었다.

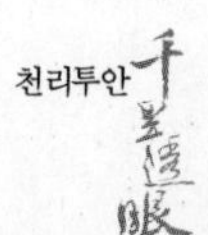

‘후후, 내가 떠난다는 것도 모르고 있을 텐데, 여기서 그 녀석을 찾아 무얼 한단 말인가? 천군악아, 천군악아, 너는 참으로 불쌍한 노인네로구나. 허허허허.’

천군악은 씁쓸하게 웃으며 고개를 설레설레 저었다. 더 추태를 부리지 말고 미련 없이 떠나자고 스스로를 다독였다.

바로 그때, 그의 눈에 인파들의 머리 위로 삐죽 솟아 있는 한 자루의 창이 들어왔다. 흠칫 크게 놀란 천군악은 두근거리는 심장을 뒤로하고 천천히, 아주 천천히 창끝에 머물러 있는 시선을 아래로 내렸다.

‘창의 주인이 소호가 아니면 어쩌지?’ 란 불안이, 결과를 아는 것을 조금이라도 늦추고 싶다는 욕망으로 이어져 그의 행동을 너무도 느릿하게 만들었다.

그러나 시선은 계속 아래로 이동하고 있었고, 시간은 무정히 흘러 천군악은 결국 창 주인의 얼굴을 보게 되었다. 그러자마자 그의 입가에 환한 미소가 머금어졌다. 그늘진 얼굴에도 화색이 돌기 시작했다.

‘녀석! 와주었구나!’

천군악의 온화하고 따뜻한 시선을 받은 소호는 가슴 깊은 곳에서 울컥 무언가가 치솟는 느낌을 맛보았다. 그의 얼굴은 일그러져 있었고, 두 눈은 위태롭게 흔들렸다. 두 다리가 천군악에게 달려가려고 해 손으로 힘껏 붙잡아야만 했다.

소호가 이곳에 온 이유는 천군악에게 몸 건강히 잘 다녀오라는 인사를 하기 위해서였다. 먼 곳으로 떠나는 사부를 배웅하기 위해서였다.

헌데, 이렇게 직접 천군악의 얼굴을 보고 나니 그것만으로는 만족할 수 없어졌다. 천군악에게 달려가 무릎 꿇고 다시 받아달라고 간청하고 싶었다. 사부님을 모시게 해달라고, 사부님과 함께 여정을 떠나고 싶다고 외치고 싶었다.

허나 그렇게 해서는 안 된다. 그런 행동은 천군악을 지금보다 더욱 힘들게 만들 것이니까. 자신이 무능력해서 철혈단으로 떠나보낸 제자를 이제 와서 무슨 염치로 받아들인단 말인가? 이미 묵견에게 앞으로 소호를 잘 부탁한다는 말까지 해둔 상태인데 말이다.

소호도 더는 제멋대로, 마음 내키는 대로 행동할 수 없는 신분이었다. 그에겐 스물여덟 명이나 되는 부하들이 있고, 수백 명의 동료들이 있다.

직속상관마저 있으며, 현재 철혈단은 아주 중대한 임무를 수행 중이었다. 마음이 원한다고 해서 모두 다 내팽개쳐 버리고 천군악을 따라 나설 수는 없는 것이다.

억지로 눈에 힘을 준 소호는 이를 꽉 다물었다. 두 손으로 허벅지를 피가 나올 만큼 쥐어뜯었다. 흔들리는 마음을 다잡아 정신을 차린 그는, 제자리에 굳건히 서서 더없이 진지한 표정으로 천군악을 바라보았다. 그 후 정중하게 머리를 조아렸다.

천군악은 소호의 표정이 변화하는 과정을 지켜보았다. 소호

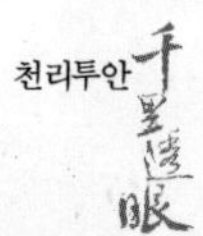

가 어떤 생각을 하고 있는지 알게 되었다. 머리를 조아린 소호의 동작 하나에 얼마나 많은 의미가 내포되어 있는지 가슴 깊이 느끼고 있었다.

'후후, 역시 내가 제자 하나는 잘 키웠어.'

천군악은 안타까운 한편으론 흡족함을 맛보았다.

마음대로 행동하는 것은 어린아이들뿐이다. 진정한 어른은 매사에 사려 깊게 행동한다. 그것이 설령 자신의 마음을 저버리는 것일지라도.

그런 의미에서 보자면 소호는 한층 더 성숙해졌다고 할 수 있었다. 진정한 어른에 한 걸음 더 나아간 상태였다.

천군악은 제자의 성장한 모습에 기뻤고, 떠나기 전에 그 모습을 직접 볼 수 있게 되어 더욱 기뻤다. 이제 겨우 아무런 후회도 미련도 없이 홀가분하게 떠날 수 있을 것 같았다. 앞으로 무공을 되찾는 일에만 전념할 수 있을 듯했다.

소호는 현재 자신이 할 수 있는 최선의 행동을 했다. 그러니 이제는 천군악이 자신이 할 수 있는 최선의 행동을 해야 할 차례였다.

두 눈에 힘을 준 천군악은 지그시 소호를 바라보았다. 그는 살짝 고개를 꾸벅였다.

그것으로 끝이었다.

천군악은 서쪽으로 몸을 돌렸다. 천패악에게 따라오라고 눈짓을 준 뒤 천천히 걸음을 옮겼다.

천패악도 천가장에 아무런 미련이 남아 있지 않았다. 아니 오히려 괘씸하게 생각하고 있었다. 그래서 그는 누구와도 작별인사를 나누지 않았다. 그저 천군악과 마찬가지로 소호에게 살짝 고개를 꾸벅여준 뒤, 바로 천군악을 따라 나섰다.

천룡검단원들이 인파를 좌우로 갈라 천군악과 천패악이 가는 길을 열어주었다. 그들은 성도 바깥까지 두 사람을 호위하기로 되어 있어, 길을 연 그 상태로 두 사람과 함께 이동했다.

소호는 멀어지고 있는 천군악의 뒤를 쫓지 않았다. 그저 제자리에 가만히 서서 천군악의 등을 바라만 보았다. 천군악도, 그도 이미 서로에게 작별인사를 끝내었으니까. 그러니 이대로 헤어지는 것이 가장 좋았다.

"거참, 정말 멋진 양반이네. 죄책감이 다 느껴질 정도야."

천군악을 응시하던 화미는 쩝, 입맛을 다시며 신경질적으로 머리를 긁적였다. 대머리도 어깨를 추욱 늘어뜨렸다.

"그러게. 왜 우리가 죄책감을 느끼는 거지?"

"씨발! 알게 뭐야? 어이, 대주. 이제 우리도 가자. 응?"

애써 활기차게 외친 화미는 소호의 팔을 잡아끌었다. 덕분에 정신을 차린 소호는 알았다는 의미로 고개를 끄덕였다.

세 사람이 막 북쪽으로 걸어가려 할 때, 위지창천이 불쑥 그들의 앞에 나타났다. 그도 천군악과 소호의 가슴이 아릿해지는 작별을 지켜본 상태였다.

물론 그것은 천가장의 문도들 역시 마찬가지였지만, 그들은

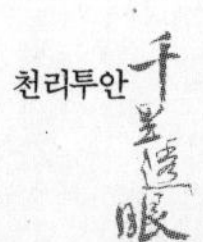

지은 죄가 있어 위지창천처럼 소호의 앞에 나서지는 못했다. 그저 멀찍이서 지켜보기만 할 뿐이었다.

걸음을 멈춘 소호는 눈살을 찌푸렸다. 마음이 심란해 지금은 누구와도 대화를 나누고 싶지 않았다. 상대가 위지창천이라면 더욱 그랬다.

그는 귀찮다는 감정을 노골적으로 드러내며 위지창천을 빤히 쳐다보았다. 그가 아무런 말도 하지 않아 어쩔 수 없이 위지창천이 먼저 입을 열었다.

"잠시 이야기 좀 할까?"

그러며 그는 천가장을 가리켰다. 이곳엔 귀가 너무 많으니 조용한 천가장 내부로 이동하자는 뜻이었다.

힐끗 천가장과 후문 앞에 모여 있는 천가장도들을 바라본 소호는 천천히 고개를 저었다.

"이곳에서 하지."

"들어가지 못하는 건가? 아니면 들어가기 싫은 거냐?"

"둘 다야."

"그렇군. 다른 곳으로 가자. 그러면 되겠지?"

"귀찮아. 그냥 여기서 해."

소호의 태도와 말투가 기분 나빠 위지창천은 심히 불쾌하다는 표정을 지었다. 그는 씹듯이 내뱉었다.

"좋다. 그러지. 하나만 묻겠다."

"해봐."

“철혈단에 입단했다고 들었다. 묻지. 너희 철혈단은 지금 대체 뭘 하고 있는 거냐?”

“본 단의 일을 너에게 알려줘야 할 의무라도 있는 건가?”

“그걸 묻는 게 아니잖아? 왜 살수 하나 따위에 이렇게 몇 개월이나 시간을 허비하고 있는 거냔 말이다! 네놈들이 할 일은 흑화사신을 잡는 것이 아니라, 유령마제 일당을 소탕하는 거다! 네놈들의 짓거리 때문에 내가 얼마나!”

소호의 입꼬리가 살짝 위로 올라갔다.

“그런가? 종리 군사께서 너를 상당히 들볶고 있는 모양이군. 대 천룡검단의 단주님께서 친히 사천까지 오셨으면서도 왜 유령마제를 잡기 위해 노력하지 않고 천가장에서 노닥거리고만 있는 거냐고 말이야.”

정곡을 찌른 듯 위지창천은 몸을 움찔거렸다. 그는 세차게 손사래를 쳤다.

“나는! 놀고 있는 것이 아니야! 천가장을 지키고 있다! 굶주린 성도의 사람들을 한 명이라도 더 살리기 위해 노력하고 있어!”

“그랬나? 그건 몰랐군. 뭐, 열심히 해봐.”

위지창천의 어깨를 툭툭 두드려준 소호는 걸음을 옮기려고 했다. 이것을 모욕으로 받아들인 위지창천은 진한 살기를 내뿜었다. 멈칫한 소호는 지지 않고 눈을 매섭게 빛내었다.

“해볼 테냐? 참고로 말하자면, 나는 지금 사부님을 떠나보내었다. 이런 식으로 밖에 사부님을 배웅할 수 없는 내 처지가

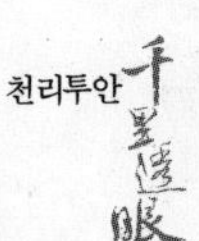

비참해서, 스스로에게 화가 나서 미칠 것만 같다. 싸우게 되면, 저번처럼 도중에 끝내지는 않을 거다. 명심해라.”

위지창천은 이를 빠드득 갈았다. 허나 그뿐, 검을 뽑지도, 뭐라고 외치지도 않았다. 잠시 동안 그런 위지창천을 노려봐 준 소호는 천천히 걸음을 옮겼다. 위지창천을 지나쳐 북쪽으로 이동했다.

소호가 다섯 걸음 정도 걸어갔을 때 위지창천이 발작하며 소리쳤다.

“소호!”

휙 몸을 돌린 소호는 툭 내뱉었다.

“또 뭐지?”

위지창천은 삿대질을 하며 험상궂게 으르렁거렸다.

“앞으로는 말조심해라. 나는 대 천룡검단의 단주다. 그리고 너는 철혈단의 일개 혈대주에 불과하다. 너와 나의 신분 차가 극명한 이상, 반말 짓거리는 용납되지 않는다. 정식으로 문책을 하게 될 거다. 알겠나?”

“……못 들은 것으로 하지.”

“하! 내가 농담하는 것 같나?”

소호는 두 눈을 강렬하게 빛내며 호통을 쳤다.

“창천, 나를 실망시키지 마라. 나를 이기고 싶다면 너의 두 주먹을 사용해라. 네가 가진 배경, 신분, 지위 따위에 의존하지 말고! 너를 호적수로 인정한 나를 부끄럽게 만들지 말란 말이다!"

"……."

위지창천은 아무런 말도 하지 못했다. 기개 있고 당당한 소호의 모습이 그로 하여금 진한 수치심을 맛보게 만들었다.

소호는 다시 몸을 돌렸다. 위지창천과 더 대화를 나누고 싶지 않았다. 아니, 위지창천에게 더 실망하고 싶지 않았다. 그래서 그는 북쪽을 향해 성큼성큼 걸어갔다.

화미와 대머리는 얼른 소호의 옆에 따라붙었다. 그들은 소호와 위지창천의 대화 분위기에 크게 놀란 상태였다. 소호와 위지창천이 이렇게나 서로를 의식하고 있는 줄은 미처 몰랐다.

기세 면에서 위지창천을 완벽하게 압도한 소호가 너무나도 대단해 보였다. 이렇게 대단한 사람이 자신들의 대주라는 사실이 더없이 뿌듯했다. 어서 빨리 동료들에게 이 사실을 알리고 싶어 입이 근질거릴 지경이었다.

위지창천은 소호의 등을 원독에 찬 눈으로 노려보았다.

'빌어먹을! 천한 노비인 네놈 따위를 내가 호적수로 인정할 것 같으냐? 두고 보아라. 두 알의 대환단이 완전히 내 것이 되는 날, 네놈의 뜻대로 이 두 주먹으로 네놈의 면상을 처참하게 짓이겨주겠다! 반드시!'

휙 매섭게 몸을 돌린 그는 천유향에게로 돌아갔다.

천유향은 위지창천의 안색을 살피며 조심스레 그의 손을 잡아 위로해 주었다. 두 사람과 천가장의 문도들은 천천히 후문

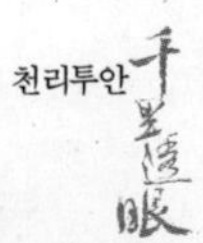

안으로 들어갔다. 구경하고 있던 사람들도 멈추고 있던 다리를 재차 움직였다.

허나 한 사람만은 여전히 제자리에 못 박힌 듯 서 있기만 했다. 나예주는 멀어지는 소호와 천가장 내부로 들어가고 있는 위지창천을 번갈아 바라보며 혼란에 휩싸였다.

그녀에겐 위지창천을 암살할 기회가 수십 번이나 있었다. 하지만 그녀는 그 모든 기회들을 놓쳤다. 소호의 표정, 목소리, 몸짓 하나하나에 넋을 빼앗겼기 때문이다.

'저건, 저건 운비가 아니야. 운비는 죽었어! 천랑이야! 천랑일 뿐……, 얼굴은 운비였어. 많이 변했지만 어린 시절의 얼굴이 남아 있어. 내가 상상했던 성장한 운비의 모습과 너무도 닮았어. 어떻게? 아니야. 그저 닮은 것일 뿐이야! 아니, 동일인일지도 몰라. 아니, 운비는 죽었어! 아니, 시체는 발견하지 못했잖아? 아니, 시체는 백약 속에서 녹아 없어졌어! 아니, 아니, 아니, 아니! 넌, 넌……, 넌 대체…… 뭐야? 넌 대체 누구야! 왜 네가 운비의 얼굴을 가지고 있는 거냔 말이야!'

나예주는 속으로 절규를 내뱉었다. 울 것 같은 얼굴로 발을 동동 굴렀다. 그러다 표독스럽게 눈을 빛내고는 순식간에 흔적도 없이 사라졌다. 그녀는 대귀식은형술을 전개해 소호의 뒤를 쫓았다.

이래선 안 된다는 것을 알고 있었다. 그녀는 여기에 남아야 했다. 오늘은 그녀가 고민하는 사이 위지창천이 천가장 내부로 사라져 버려 어쩔 수 없지만, 내일은 반드시 위지창천을 암살해야 한다. 소검을 위해서 그렇게 해야만 한다.

허나 도저히 충동을 억누를 수가 없었다. 천랑이 호운비가 맞는지 확인하고 싶어 미칠 것만 같았다. 머릿속이 그것으로 꽉 차 버려 위지창천이 끼어들 틈이 없었다.

그래서 나예주는 이런 정신 상태로는 도저히 위지창천을 암살할 수 없다고 자기합리화를 했다. 속으로 끊임없이 소검에게 미안하다고 외치며 소호의 뒤를 쫓는 데에 전념했다.

위지창천으로선 천만다행인 셈이었다. 그는 원한일랑 접고 소호에게 백 번 절해야 마땅했다. 소호 덕분에 그는 천하제일 살수의 마수에서 빠져 나오게 되었으니까 말이다.

제6장
정찰(偵察)

壹

　소호 일행이 천가장을 떠난 지 사흘이 흘렀다. 그들은 벌써 사천 북서부의 금천(金川)에 다다라 있었다. 이 정도 속도라면 늦어도 나흘 안에 목적지에 도착할 수 있을 것 같았다.

　밤이 깊어 세 사람은 인근 야산의 동굴 속으로 들어갔다. 불을 피워 추위를 쫓으며 잠을 청했다. 동굴에서 삼십여 장 떨어진 나무 위에는 나예주가 몸을 숨기고 있었다.

　음식을 가지고 다니지 않아 천가장을 떠난 후부터 지금까지 그녀는 아무것도 먹지 못한 상태였다.

　그래도 그녀는 쌩쌩했다. 사부에게 혹독한 자객수업을 받은 덕분에 그녀에게 있어 이 정도 추위쯤은 별것 아니었다. 또한 보름은 너끈히 아무것도 먹지 않고 버틸 수 있었다.

굶주림은 감각을 예민하게 만든다. 예민해진 그녀의 감각에 소호 일행 외에 다른 두 개의 기척이 느껴졌다. 그 기척들은 은밀하게 이곳저곳을 돌아다니며 무언가를 찾고 있었다. 그중 하나의 기척이 낯익다는 것을 파악한 그녀는 재빨리 나무를 내려갔다.

잠시 후 그녀는 한 사내의 앞에 유령처럼 나타났다. 다짜고짜 소리 죽여 질문을 던졌다.

"여기서 뭐하는 거지?"

흠칫한 사내는 역정을 내었다.

"그건 제가 묻고 싶은 말입니다. 대체 여기서 무얼 하고 계시는 겁니까? 당신을 찾는다고 저희가 얼마나 고생했는지 아십니까? 당신께서 천랑을 추적하고 있다는 것을 뒤늦게 파악했기에 망정이지, 그렇지 않았다면 저희는 지금도 당신을 찾느라 성도를 배회하고 있었을 겁니다."

"너희에게 소식을 전할 여유가 없었어."

"제게 하실 말씀은 그것뿐입니까? 적어도 계획을 엉망으로 만든 이유라도 가르쳐주셔야지요. 소교주님께 뭐라고 보고한단 말입니까?"

"……소검이에게, 소교주에게 이렇게 전해. 일단 미안하다고 하고, 그 다음…… 천랑을 조사해 달라고 해. 사소한 것 하나 놓치지 말고 전부 말이야."

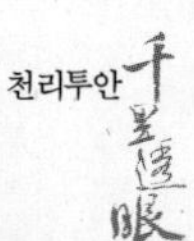

소검에게 헛된 희망을 불어넣기는 싫었다. 그래서 나예주는 천랑이 호운비일지도 모른다는 말은 전하지 않기로 했다. 사내는 재차 역정을 내었다.

"이유를 말씀해 주십시오. 위지창천을 암살하지 않고 천랑을 뒤쫓고 있는 이유를 말입니다. 그래야 소교주님께서도……."

사내는 뒷말을 잇지 못했다. 나예주의 두 눈이 섬뜩한 살기로 뒤덮였기 때문이다.

"내가 위지창천을 죽이지 않았지만, 그래도 철혈단은 도조상회로 가고 있잖아?"

"그건 그렇습니다만, 그래도……."

"시끄러워. 넌 그저 내가 한 말을 전하기만 하면 돼. 그리고 먹을 것을 가지고 있지? 모두 내게 넘겨."

불만이 한두 가지가 아니었지만 나예주를 거역할 수는 없어 사내는 가지고 다니던 육포를 전부 넘겼다. 나예주는 그것을 받아들며 말했다.

"천랑은 도조상회로 가고 있으니 나도 그곳으로 가게 되겠지. 소교주에게 내게 할 말이 있으면 그곳으로 연락하라고 전해. 내 말은 여기까지야. 어서 네 동료 데리고 여기서 사라져."

"소교주님께서 실망하실 겁니다."

"너 정말 죽고 싶은 거야?"

"그저 그걸 알고 계시길 바랐을 뿐입니다."

머리를 조아린 사내는 바로 사라졌다.

잠시 후 나예주의 감각에서 두 개의 기척이 종적을 감추었다. 그것을 확인한 그녀는 몸을 숨기고 있던 나무 위로 돌아갔다.

육포를 잘근잘근 씹으며 불빛이 은은하게 새어나오고 있는 동굴을 주시했다. 소검의 얼굴이 떠오른 탓인지, 동굴을 바라보는 그녀의 두 눈은 미미하게 흔들리고 있었다.

'소검아, 내게 실망하지 말아줘. 이런 나를 이해해 줘. 그래 줄 수 있지? 응? 눈앞에 운비일지도 모르는 사람이 있어. 바로 내 눈앞에!'

나예주는 웅크리고 앉아 팔로 무릎을 끌어안았다. 힘없이 머리를 숙여 뺨을 무릎 위에 올려놓았다.

'후후, 이상하지? 기세 좋게 뒤를 쫓았건만, 지금까지 그의 앞에 나타나 운비가 맞냐고 물어보지 못하고 있어. 빌어먹게 도…… 용기가 생기질 않아. 아니라고 말할까 봐 두려워. 아니라고 말할 가능성이 높다는 게 두려워. 겨우 희망이 생겨났는데, 그 희망이 사라질까 봐 너무나도 두려워. 그래서 바보처럼 이렇게 그의 꽁무니만 쫓고 있을 뿐이야. 소검아, 난, 난…… 어떻게 해야 해? 모르겠어. 어떻게 해야 할지, 어떻게 하고 싶은 건지…… 아무것도 모르겠어.'

그녀가 고민하는 사이에도 시간은 흐르고 있었다.

두 시진이 지났을 무렵, 소호 일행은 잠에서 깨어났다. 대충

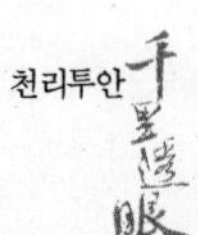

배를 채운 그들은 바로 동굴을 벗어나 북서쪽으로 달렸다. 나예주는 여전히 상념에 휩싸인 채 소호의 뒤를 쫓았다.

소호 일행이 목적지에 다다른 것은 나흘 후 정오 무렵이었다.

도조상회가 있는 조가구는 사면이 산으로 둘러싸인 분지에 자리 잡고 있었다. 동과 서, 그리고 북에 위치한 산은 금돈산(金豚山)이었고, 남에 위치한 산은 봉록산(峰綠山)이었다.

그중 금돈산은 산맥처럼 길쭉하고 동북을 향해 여러 갈래로 뻗어 있는 형태였다.

소호 일행은 그 갈래 중 하나인 삼돈봉(三豚峰)으로 향했다. 철혈단은 일단 그곳에서 집결하기로 되어 있었다.

조가구는 청해와 사천을 잇는 교통로 중 하나였다. 허나 금돈산과 봉록산 모두 지형이 험준해 사람이 다닐 수 있는 길은 한정되어 있었다.

삼돈봉은 그 한정된 길에 포함되어 있지 않았다. 낭떠러지나 협곡 같은 위험한 장소들이 곳곳에 널려 있었기 때문이다. 그래서 청해에서 사천으로 가려는 사람들은 비교적 안전한 삼돈봉 위쪽의 돈일봉(豚一峰)을 주로 애용했고, 사천에서 청해로 가려는 사람들은 삼돈봉 아래쪽의 돈오봉(豚五峰)을 주로 애용했다.

때는 겨울이라 안 그래도 인적이 드문 삼돈봉은 완벽하게 인적이 끊겨 있었다. 제법 넓은 골짜기도 있어 대인원이 몸을 숨기기에 적당했다. 경공을 사용해서 산을 탈 경우, 한 시진 정도면 충분히 조가구에 다다를 수 있다는 이점마저 있었다.

철혈단의 목적지는 조가구였고, 그 조가구로 가려면 금돈산과 봉록산중 하나는 반드시 넘어야 했기에, 묵견은 여러모로 삼돈봉에서 집결하는 것이 가장 좋다고 판단했다.

소호 일행은 금돈산을 오른 지 두 시진 만에 삼돈봉 중부에 위치한 교돈곡(絞豚谷)에 도착했다.

교돈곡은 협곡을 가로질러야만 내부로 들어갈 수 있었다. 각 혈대가 교대로 협곡을 감시하고 있었는데 오늘은 1혈대의 차례였다.

1혈대원들과 소호는 여태까지 만난 적이 없었다. 아미파에 있을 당시 소호는 은지에 틀어박혀 있었고, 그들도 저마다 바쁘게 지내었기 때문이다.

그런 이유로 1혈대원들은 속으로 '이놈이 부단주가 찍은 차기 단주란 말이렷다?' 라고 생각하며 협곡을 가로지르는 소호를 유심히 관찰했다. 소호 역시 투시안을 사용해 1혈대원들을 살폈다.

'대단하군. 모두 오십대 이상의 노고수들이야. 개개인이 극한까지 단련된 육체와 막대한 양의 내공을 소유하고 있어. 과연 본 단의 핵심전력이라 불릴 만한 위용이로군.'

순수한 감탄사를 토해낸 소호는 철혈단이 자신의 예상보다 훨씬 더 막강한 힘을 지닌 단체라는 것을 실감했다.

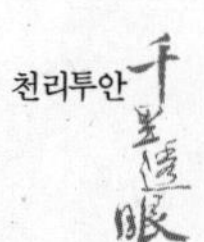

1혈대원들을 지나쳐 교돈곡 내부로 들어간 소호 일행을 가장 먼저 반겨준 것은 곳곳에 세워져 있는 수십 개의 간이천막들이었다. 바깥에 있다간 동사하기 딱 좋은 날씨니 천막을 세울 수밖에 없었다.

허나 어느 천막에서도 불은 피우지 않고 있었다. 불을 피우면 연기가 발생하고, 연기는 하늘로 올라가 외부의 사람들에게 이곳에 누군가가 머물고 있다는 사실을 알려줄 위험이 있기 때문이다.

그래서 단원들은 천막 속에 틀어박혀 운기를 해서 추위를 쫓았다. 운기는 몸 상태를 최적으로 만드는 데에도 도움을 준다. 그러니 곧 있을 전투를 위해서도 가능한 한 많이 운기를 해두는 편이 좋았다.

소호 일행은 입구를 지키고 있는 1혈대원을 통해 현재 삼분지 이 정도의 단원들이 도착해 있다는 것을 알게 되었다. 소호 일행도 성도를 거쳐 온다고 상당한 시간을 잡아먹었지만, 그들보다 더 많은 거리를 빙빙 돌아오고 있는 단원들도 있어, 모두 모이려면 시간이 며칠 더 필요할 것 같았다.

7혈대원들은 모두 도착한 상태였다. 화미와 대머리는 그들이 머물고 있는 천막으로 향했다. 소호는 혈대주들이 모여 있다는 천막으로 걸어갔다.

천막 안으로 고개를 들이민 소호를 일곱 명의 혈대주들이 맞이해 주었다. 묵견과 3, 6, 8, 11혈대의 대주들은 아직 도착하지 않았는지 보이지 않았다.

혈대주들은 원을 그리며 앉아 저마다 차디찬 육포를 씹고 있었다. 먼저 소호에게 말을 건넨 것은 2혈대주 박교였다.

"생각보다 빨리 왔군. 성도에서 며칠 머물 줄 알았는데, 아니었나보지?"

소호에게 호감을 가지고 있는 5혈대주 설현이 옆으로 이동해 공간을 마련해 주었다.

설현에게 감사의 뜻으로 살짝 고개를 꾸벅인 소호는 자리에 앉으며 씁쓸하게 웃었다.

"사부님을 배웅한 뒤 바로 출발했습니다."

"흐음, 그랬군. 아무튼 마침 잘 왔네. 작전회의를 하고 있었거든. 부단주가 와야 결정 나겠지만, 그래도 그때까지 기다리는 것은 좀이 쑤셔서 말이야."

"그렇군요."

소호는 회의에 동참하겠다는 의사를 드러내었다.

박교가 뭐라고 말하려 할 때, 1혈대주 파창이 저음의 묵직한 어조로 끼어들었다. 나이는 속일 수 없는 듯 그의 얼굴은 홀쭉하고 쭈글쭈글했다.

키도 그리 크진 않았으며 체구도 왜소한 편이었다. 허나 깊이를 알 수 없는 심연의 눈과 전신에서 자연스레 흘러나오고 있는 압도적인 기도가 누구도 그를 늙었다고 무시하지 못하게 만들었다.

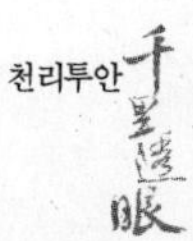

"성창은 어디로 간다고 하더냐?"

회의와는 상관없는 말에 흠칫한 소호는 반사적으로 파창을 바라보았다. 그는 상대가 상대인지라 최대한 공손하게 대답했다.

"일단 서장 쪽을 돌아볼 심산이신 듯했습니다."

"서장이라……, 산이 많고 바람도 심하게 부는 곳이지. 폐인이 되었다고 하던데, 그런 몸으로 버틸 수 있을까?"

파창은 명치까지 길게 늘어뜨려진 흰 수염을 쓰다듬으며 걱정하는 기색을 드러내었다. 소호는 파창과 천군악 사이에 자신이 모르는 어떤 과거가 있다는 것을 직감했다.

그렇지 않고서야 파창이 이렇게 진심으로 천군악을 걱정할 리는 없을 테니까. 그는 속으로 천군악이 무사하기를 기원하며 조심스레 물었다.

"버티실 겁니다. 그렇게 믿고 있습니다. 헌데, 사부님과 친분이 있으십니까?"

"응? 왜 그렇게 생각하느냐?"

"왠지 그런 것 같다는 느낌을 받았습니다."

"허허, 과연 재미있는 아이로구나. 그저 약간의 인연이 있다고만 해두자꾸나. 나머지는 차후 얘기하도록 하지. 앞으로 시간은 많으니까 말이다."

"알겠습니다. 편하신 시간에 불러주십시오. 바로 달려가겠습니다."

"그래, 그러자꾸나."

옅게 웃은 파창은 박교에게 손짓했다. 쩝, 입맛을 다신 박교
는 손에 들고 있는 나무막대로 중앙에 펼쳐져 있는 큼지막한
수제 지도를 짚었다.

"여기 조가구는 메뚜기 떼에게 피해를 입지 않았다. 그래도
다른 지방의 난민들이 거주하고 있지는 않더구나. 마을 전체
가 합심해 난민들의 출입을 막고 있는데다, 그 소문이 외부로
퍼졌기 때문인 것 같다. 그래서 인구수는 사백 정도를 유지하
고 있어. 난민들은 받아들이지 않지만, 돈 있는 여행객들은 받
아들이고 있더군. 그들이 마을의 주 수입원이기 때문이겠지.
허나 때가 때이다 보니 숫자가 적어.

여행객들도 하루 이틀 머물다 갈 뿐, 장기간 머물지는 않고.
결국 이런 시기에 삼백 명이 넘는 여행객들이 장기간 머무는
것은, 마을의 입장에선 상당히 특이한 일이 되지. 도조상회도
관심을 가질 거다. 그게 문제야. 가능하면 단원들 모두 이곳
교돈곡이 아니라 조가구에 숨어 있다가 단번에 도조상회를 포
위하고 싶은데, 모두 머리를 맞대고 궁리를 했다만 좀처럼 좋
은 방법이 떠오르지 않는구나."

소호는 진지한 표정으로 고민에 잠겼다. 혈대주들은 소호를
방해하지 않기 위해 입을 꾹 다물었다. 소호에게 호의적인 대
주들도 있고 탐탁지 않게 생각하는 대주들도 있지만, 양쪽 모
두 소호가 자신들보다 지모가 뛰어나다는 것만은 인정하고 있
었기 때문이다.

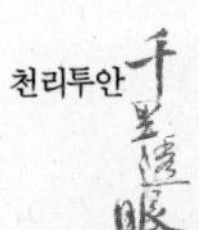

잠시 후 소호의 입이 열렸다.

"굳이 위험을 무릅쓸 필요는 없다고 생각합니다. 현재로선 야밤을 틈타 은밀하게 마을 내부로 침투해 도조상회를 포위하는 것이 최선인 것 같습니다."

박교는 실망하는 기색을 드러내었다.

"너도 뾰족한 묘수는 없는 모양이구나. 이 시기에 산을 타는 건 상당한 체력소모를 가져온다. 지친 상태로 놈들과 싸우게 돼. 마을에 숨을 경우 체력은 보존되지. 최대한 빨리 도조상회를 포위해 한 놈도 빠져 나가지 못하게 할 수도 있어."

"장점에 현혹되지 마십시오. 미련을 버리십시오. 기회는 한 번뿐입니다. 지금은 평탄하지만 위험한 길을 가야할 때가 아니라, 굴곡지지만 안전한 길을 가야 할 때입니다. 본 단의 움직임을 도조상회에게 발각당할 그 어떤 위험도 감수해서는 안 됩니다."

"알고 있다. 나도 알고 있어! 허나……."

"허나, 장점이 많아 포기하긴 아깝다는 겁니까? 그래서 삼 년 만에 겨우 잡은 단서를, 이번에 놓치면 언제 다시 찾아올지 모르는 절호의 기회를 잃을 위험마저 감수하고 싶다는 겁니까?"

"……."

소호의 신랄한 지적에 박교는 아무런 말도 하지 못했다. 4혈대주 마길이 천장을 올려다보며 땅이 꺼질 듯한 한숨을 내쉬었다.

“에휴, 씨발, 여태까지 뻘짓했구만. 전혀 고민할 가치도 없는 문제였는데 말이야.”

10혈대주 화대정은 소호를 바라보며 너털웃음을 터뜨렸다.

“허허, 그러게 말이다. 아무튼 자네가 오니 확실히 다르군. 일이 하나씩 깨끗하게 매듭지어지는 기분이야. 허허허허.”

그는 애써 온화하게 웃어 무거운 장내의 분위기를 바꾸려고 노력했는데, 애석하게도 별다른 효과는 보지 못했다. 소호의 지적을 받은 당사자인 박교의 표정이 여전히 굳어 있었던 탓이다.

“나이 먹을 만큼 먹은 녀석이 왜 이리 꽁해 있누? 어서 계속 진행이나 해라, 녀석아.”

파창은 부드러운 어조로 박교를 다독였다. 그제야 박교는 나직이 한숨을 내쉬어 마음을 가다듬었다. 지도의 한 부분을 짚으며 은근슬쩍 다음 사항으로 넘어갔다.

“도조상회는 여기, 조가구 중부에 있다. 현재까지 파악한 인원은 팔십이 명이야. 그 중 칠십 명 정도가 근래 고용된 일꾼들이지. 형님, 그놈들이 어떻다고 했었지요?”

박교의 시선을 받은 파창은 심각하게 얼굴을 굳혔다.

“모두 자객수업을 받은 놈들이다. 눈빛, 표정, 발걸음, 행동거지 하나하나가 그것을 가르쳐주고 있었어. 지난 삼 년간 자객이란 족속들을 집요하게 연구해 온 내 눈이 틀렸을 리 만무한 일! 그래서 부단주에게 이곳이 확실하다고 전서를 날렸던 게야.”

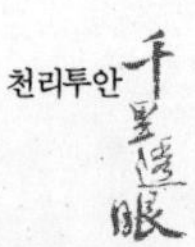

박교는 힘주어 말했다.

"여승들의 자백도 받았고, 자객들도 찾았다. 그러니 도조상회가 흑화사신과 손을 잡았다는 것은 의심의 여지가 없다."

소호는 동의한다는 듯 고개를 끄덕였다.

"그렇군요. 솔직히 말해 여승들의 자백만으로는 확신이 서지 않았습니다. 정말 아무것도 모르고 있다는 인상을 받았지요. 자백을 하긴 했지만 서로의 말이 달랐고, 앞뒤도 맞지 않았습니다. 고문에 못 이겨, 고문을 다시는 받지 않기 위해 우리가 듣고 싶은 말을 한다는 생각마저 들었습니다. 그런 때에 파 대주님의 전서가 도착했지요. 그리고 지금 전서의 내용을 파 대주님의 입을 통해 직접 들었습니다. 파 대주님, 일꾼들의 실력은 어느 정도 되어 보였습니까?"

혈대주들은 기묘한 감각을 맛보았다. 심장이 두근거렸고 엉덩이가 들썩였다. 도조상회를 공격해 단주님의 원수를 갚는다는 것을 이미 알고 있었건만, 왠지 처음 알게 된 것처럼 신선했다.

그 신선한 감각이 복수의 때가 다가왔다는 것을 더없이 실감나게 해주었다. 온몸이 뜨거운 피로 들끓고 있었다. 정말이지 흥분되어 미칠 지경이었다.

파창은 도조상회를 공격하기로 결심한 소호의 굳은 각오가 혈대주들에게 전염되었다는 것을 깨달았다.

'과연, 부단주가 눈독들일 만하군. 이놈은 책사로 만족할 그릇이 아니야. 타고난 지도자다. 자신도 모르게 주변 사람들에게 영향을 주고 있어. 자연스레 주변사람들을 이끌고 있는 게야. 허허허.'

속으로 흐뭇하게 웃은 파창은 나직이 입을 열었다.

"다양하더구나. 별볼일 없는 놈들부터 소름끼치는 놈들까지 있었다."

"하급 자객부터 특급 자객까지 있다는 거군요."

"그래."

"흑화사신으로 추정되는 자는 있었습니까?"

"에잉, 그게 문제야. 모두 천하제일살수라 불릴 정도는 아니었어. 도조상회에 없는 건지, 아니면 내가 아직 발견하지 못한 건지 알 수가 없구나."

"가능성은 반반이란 얘기군요."

"그런 셈이지."

고개를 끄덕인 소호는 생각을 정리했다.

"아무래도 흑화사신은 단순히 조력자나 부하들을 가진 정도가 아니라 체계적이고 잘 훈련된 조직, 살수 단체를 가지고 있는 것 같습니다. 살수 단체는 특성상 꼬리를 잡혔다간 끝장이니 숫자는 적고, 개개인의 질은 높아야 합니다. 칠십은 살수 단체로서는 많다고 할 수 있는 숫자입니다. 그러니 도조상회에는 흑화사신이 소유하고 있는 살수 단체의 소속원 모두가 있다고 봐야 합니다. 하급 자객부터 특급 자객까지, 조직의 말단부터

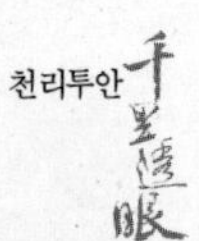

수뇌층까지 모두 있다는 것이 신빙성을 더하고 있습니다.”

소호의 단정적인 말에 혈대주들은 얼굴을 더없이 딱딱하게 굳혔다. 개중엔 이를 뿌드득 갈거나 벌써부터 진한 살기를 내뿜고 있는 이들도 있었다.

박교는 험상궂게 외쳤다.

“모두란 말인가? 모두라고? 자네와 부단주가 예상했던 대로 도조상회가 놈들의 본거지란 말이렷다!”

“가능성은 충분합니다. 칠십 명 정도의 살수 단체라면 본거지를 가지고 있어야 마땅합니다. 어쩌면 흑화사신이 근 이 년 동안 살업을 중단한 이유는 본거지를 옮기기 위해서였을지도 모릅니다. 본 단에 꼬리를 잡히는 것을 완벽하게 차단하기 위해서였거나, 아니면 다른 이유에서였겠지요. 아무튼 그는 본거지를 옮겨 새로 시작하려고 했고, 이 년 동안 적당한 장소를 물색하다가…….”

마길이 잽싸게 소호의 말을 받았다.

“도조상회를 찍은 거군! 개새끼들! 이런 개자식들!”

소호의 말은 추측에 불과했지만 너무도 설득력이 있어 마길을 포함한 혈대주들은 머리끝까지 분개했다. 박교는 씹듯이 내뱉었다.

“한 놈도 빠짐없이 모조리 다 쓸어버려야 해! 모조리!”

모두들 동의한다는 듯 힘차게 고개를 끄덕였다. 허나 소호는 설레설레 고개를 저었다. 그는 신중한 어투로 말했다.

"나조미, 나도해와 특급 자객, 수뇌층은 생포해야 합니다."

당연하게도 모두의 따가운 시선이 소호에게 꽂혔다. 소호는 들어보라는 듯 설명을 해주었다.

"우리는 도조상회에 흑화사신이 있는지 없는지 모릅니다. 그러나 그에게 본거지를 제공한 두 사람과 최측근들이 있다는 것은 알고 있지요. 나조미, 나도해는 흑화사신에 대한 정보를 가지고 있을 것이며, 최측근들은 흑화사신의 모든 것을 알고 있을 겁니다. 그들을 생포하기만 하면, 우리도 흑화사신에 대해 낱낱이 알게 됩니다. 어쩌면 단주님의 암살을 청부한 의뢰인마저 알게 될지도 모릅니다."

마길이 자리에서 벌떡 일어나 전신을 부르르 떨기 시작한 것은 그때였다.

"흐하하, 크카카카! 이거, 이거 미치겠네! 미치겠어! 대체 언제 쳐들어가는 거야? 더 못 기다리겠어! 더 못 기다리겠다구!"

9혈대주 초산마부(超散魔斧) 무염(務炎)도 느릿하게 몸을 일으켰다. 그는 천막의 입구 쪽으로 어슬렁어슬렁 걸어가며 말했다.

"회의 계속하슈. 난 나가서 바람 좀 쐬어야겠어."

흥분한 몸을 식히고 싶다는 뜻이었다. 마길은 거 좋은 생각이라는 듯 얼른 무염을 따라 나섰다. 설현도 마음이 동한 듯 밖으로 나갔다.

이제 천막 안엔 다섯 명의 혈대주들만 남게 되었다. 파창과

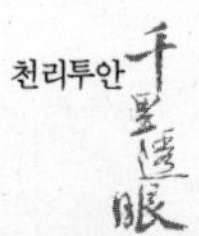

박교, 화대정과 12혈대주 담우, 그리고 소호였다. 재미있게도 소호를 제외하곤 모두 오십대 이상의 노인들이었다.

"젊은놈들이 사라지고 나니 이거 뭐 삽시간에 노인정이 되어 버렸구만. 허허허."

화대정은 너털웃음을 터뜨렸다. 그러나 그의 말을 받아주는 사람은 아무도 없었다. 회의는 아직 끝나지 않았기에.

다섯 사람은 밤이 깊어질 때까지 회의를 계속했다.

회의는 주로 박교가 상황을 설명하고 질문을 던지면 소호가 대답하는 형식으로 전개되었다.


貳


조가구 동부엔 철혈단 1혈대원 세 명이 상주하고 있었다. 객잔에 머물지 않고 아예 작은 장원을 하나 샀다. 주변 사람들에겐 마을 분위기가 좋아 여생을 보낼 생각이니 앞으로 잘 부탁한다고 둘러대었다.

모두 외형이 인자하고 푸근한 노인네들인데다 만나는 사람마다 친절하게 대했다. 모아놓은 돈이 많은 듯 씀씀이가 크기도 해 마을 사람들은 별다른 의심 없이 그들을 환영해 주었다.

그들은 한가로이 마을을 산책하거나 식당과 객잔에 들러 음식을 먹으며 주변 사람들과 화기애애하게 대화를 주고받았다.

　　도조상회의 동태를 파악하고 정보를 하나라도 더 얻기 위한 행위였지만, 겉으로 보기엔 그저 노인네들이 여생을 즐기고 있는 것처럼 보일 뿐이었다.

　　세 명의 1혈대원들과 철혈단은 하루에 한 번씩 정보를 주고받았다. 단원들이 돌아가며 여행객으로 위장해 마을 내부로 들어가 1혈대원들이 살고 있는 장원 근처의 객잔에 하룻밤 머문 후 떠나는 식이었다.

　　교돈곡에 도착한 다음날 신시(申時; 오후 3시~5시) 초 무렵 소호는 화미와 함께 조가구 내부로 들어갔다. 혈대주들의 양해를 구해 그가 오늘 정보 교환 역할을 맡았다.

　　소호는 작전 개시 전에 자신의 눈으로 직접 도조상회를 보고 싶었다. 투시안이란 사기에 가까운 능력 덕분에 누구보다 자세하고 확실한 정보를 입수할 수 있으니까 말이다.

　　나조미, 나도해가 걱정되기도 했다. 모든 정황이 두 사람에게 불리하게 돌아가고 있었다. 그들이 자발적으로 흑화사신을 돕고 있는 거라면 어떻게 손쓸 도리가 없지만, 만에 하나 강요당한 것이라면 사정이 다르다.

　　후자가 확실하다면 반드시 두 사람을 흑화사신의 마수에서, 철혈단의 마수에서 구해내야 한다. 이번 기회에 십사 년 전 그들에게 입은 은혜를 갚아야만 하는 것이다.

　　사족을 달자면 어제 회의에서 두 사람을 반드시 생포해야 한다고 주장한 것도 그들이 흑화사신에게 강요나 협박받았을

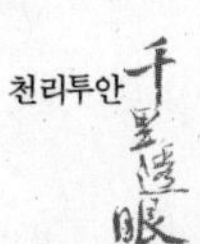

가능성을 염두에 두었기 때문이었다.

"흐음, 이상하네?"

상념에 휩싸인 소호의 귓가에 화미의 목소리가 들려왔다. 그녀는 주변을 두리번거리며 고개를 갸웃하고 있었다. 소호는 나직이 질문을 던졌다.

"뭐가?"

화미는 손가락으로 찬바람이 쌩쌩 부는 허공을 가리켰다.

"바람 말이야. 왜 이렇게 많이 부는 거지? 여기는 분지잖아? 분지는 바람이 없어야 정상 아니야?"

"없거나 아주 많거나, 둘 중 하나지."

"그래? 그건 몰랐네. 여보오~. 당신 참 똑똑하시네요옹~."

갑자기 화미는 느끼한 비음을 흘리며 소호의 팔짱을 꼈다. 소호는 떨어지라는 듯 눈을 부라렸는데, 화미는 장난스럽게 웃기만 했다.

"호호, 너무 그러지 말라구. 우린 지금 부부잖아? 안 그래?"

"후우……."

뭐라 반박할 말이 없어 소호는 어깨를 추욱 늘어뜨렸다. 화미의 말대로 현재 두 사람은 부부로 위장한 상태였다. 여행 중이라는 것을 강조하기 위해 등에 봇짐을 메었고, 무기는 소지하지 않았다. 철혈단의 상징인 핏빛 적의 대신 평범한 마의를 걸쳤다.

화미는 머리칼을 앞으로 길게 늘어뜨려 얼굴 절반을 가렸

다. 오른쪽 뺨에 있는 세 가닥 검상을 숨기기 위함이었다. 소
호도 머리칼을 헝클어뜨려 얼굴 대부분을 가렸다. 푸른 눈과
얼굴 왼쪽의 두 가닥 검상을 숨기려고 말이다.

두 사람 다 바람 탓에 별 효과를 보지 못해 불안해했는데,
다행히 주변 사람들은 '어우 닭살! 재수 없어!' 라고 눈을 흘기
거나 '거참 보기 좋군.' 이라고 흐뭇하게 웃을 뿐, 그들의 얼굴
자체에 주목하지는 않았다.

일단 1혈대원들과 접선하는 것이 급선무라 소호와 화미는
마을 동쪽으로 향했다. 잠시 후 그들은 한 작고 아담한 장원
근처에 다다랐다.

높은 벽 대신 낮은 나무울타리가 쳐져있어 내부가 훤히 들
여다보였다. 노인 하나가 마당에 쌓인 눈을 쓸고 있었다. 그는
급할 것 없다는 듯 곰방대를 피워가며 느긋하게 행동했다.

나무울타리 앞에 선 소호는 자연스럽게 노인을 불렀다.

"저, 어르신. 말씀 좀 여쭙겠습니다."

노인은 의혹이 담긴 얼굴로 주위를 두리번거렸다. 그러다
손가락으로 나를 불렀냐는 투로 자신을 가리켰다. 소호는 살
짝 고개를 끄덕였다. 빗자루를 내려놓은 노인은 소호에게 다
가가며 말했다.

"그래, 무슨 일인가?"

"다름이 아니라, 지금 식사를 하고나서 마을을 떠난다면,
오늘 내로 산을 넘을 수 있겠습니까?"

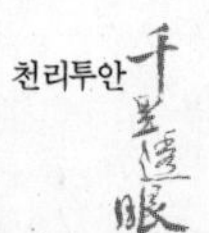

"으음, 아마 힘들 걸세. 반나절은 족히 걸리거든. 동사하고 싶지 않다면 오늘 하루 마을에 묵고 내일 아침 일찍 떠나게나."

"그렇군요. 알겠습니다. 말씀 감사합니다."

소호는 정중히 허리를 굽혔다. 노인은 소호의 어깨를 몇 번 두드려주었다.

"허허, 그래. 살펴가게나."

그것으로 끝이었다. 노인은 다시 마당을 쓸러 돌아갔고, 소호와 화미는 장원을 떠나 근처에 있는 돈돈객잔(豚豚客棧)으로 향했다.

두 사람은 부부로 위장하고 있어 방을 하나만 잡았다. 안내해 준 점소이가 돌아가고 문이 닫히자, 침상 위에 털썩 앉은 화미는 참고 있던 의문을 터뜨렸다.

"교환은 했어?"

봇짐을 탁자 위에 올려놓은 소호는 몸의 경직된 근육을 풀며 반문을 던졌다.

"응? 봤잖아?"

"보긴 뭘 봐? 난 아무것도 못 봤어."

"그래? 내 어깨를 두드린 선배의 손이 아래로 내려갈 때, 내 손과 살짝 접촉했어. 쪽지 교환은 그때 이루어졌고."

전혀 눈치채지 못한 탓에 화미는 입을 뾰로통하게 내밀었다.

"쳇! 그렇게까지 조심할 필요가 있는 거야? 여긴 도조상회 근처도 아니잖아? 주변엔 무공의 무자도 모르는 사람들뿐이라구."

"조심해서 나쁠 건 없으니까."

무안해진 화미는 슬쩍 화제를 바꾸었다.

"쪽지엔 뭐라고 적혀 있어?"

소호는 품에서 여러 번 접힌 쪽지를 꺼내 펼쳤다. 침상에서 일어난 화미는 잽싸게 그의 옆에 붙었다. 두 사람은 함께 쪽지를 읽었다.

"변화는 없구나. 여전히 가게 문을 닫은 채, 모두 안에 틀어박혀 확장공사에만 열중이야. 확장공사가 끝날 때까진 가게 문을 열지 않을 것 같다라……. 어이, 대주. 이건 우리에게 좋은 거지?"

"뭐 그렇지. 우리의 전력을 다른 곳으로 분산하지 않고, 도조상회 한 곳에만 집중할 수 있으니까."

소호는 쪽지를 접어 품에 넣었다. 화미는 다시 침상으로 돌아가 앉았다. 그녀는 늘어지게 기지개를 켜며 말했다.

"으하암, 이제 우리 뭐해? 정보 교환은 했으니까, 이대로 여기서 하룻밤 잔 뒤 내일 돌아가기만 하면 되는 거야?"

"그래도 좋지만, 나는 도조상회 근처를 한번 돌아봤으면 해."

흠칫한 화미는 걱정을 담아 말했다.

"그놈들이 의심하면 어쩌려고?"

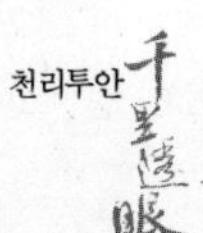

"연기를 제대로 할 자신이 없으면 너는 여기서 기다려. 나 혼자 다녀올게. 아내에게 줄 선물을 사러 가게를 돌아다니고 있다고 둘러대면 되겠지."

"도조상회는 장사를 하지 않고 있는데?"

"나는 그걸 모르잖아? 도조상회 앞에 도착한 후에야 '아, 여기는 오늘 문을 닫았구나. 다른 곳으로 가야지.' 하면 돼."

"이야, 과연! 전략 전술뿐 아니라 잔머리와 꼼수의 대가시기도 하군요."

"욕이야, 칭찬이야?"

"호호, 물론 칭찬이지. 나도 갈게. 연기 제대로 할 자신 있어!"

"좋아. 지금 바로 가자."

"응? 밥도 안 먹고? 나 점심 안 먹어서 배고픈데?"

"조금 있으면 날이 저물어. 밤에 돌아다니는 건 안 좋아. 저녁에 두 끼를 먹도록 해. 그러면 되지?"

"쩝, 뭐 별수 없지."

잠시 후 두 사람은 객잔을 나섰다. 이곳저곳 문을 연 가게들을 기웃거리며 조금씩 도조상회 쪽으로 접근했다.

도조상회가 가까워질수록 긴장이 되는지 화미는 소호의 옆에 꼬옥 붙었다.

매섭게 불어대는 찬바람에 머리칼이 흩날리며 뺨의 흉터를 드러내곤 해, 그녀는 연신 머리칼을 매만졌다. 그러다 나직이

짜증을 내뱉었다.

"제길! 이 빌어먹을 바람! 신경 쓰여 죽겠네. 그냥 천으로 눈 밑을 가려 버릴까? 그러면 안 돼? 응?"

"그건 너무 작위적이지 않을까?"

소호는 회의적인 표정을 지었는데, 화미는 재차 주장했다.

"아니, 전혀 그렇지 않아. 이 정도 추위와 바람은 여자의 피부를 상하게 만들어. 천으로 얼굴을 가리면 피부를 보호할 수 있고, 찬바람을 직접 흡입하는 것도 막을 수 있지. 정체를 숨기기 위해서가 아니라 몸을 보호하기 위해 천으로 얼굴을 가리는 거야. 많은 여자들이 그렇게 해."

"이곳 여자들은 아무도 그렇게 하지 않던데?"

"그야 그년들은 이런 환경에 익숙해져 있으니까 그렇지. 하지만 나는 아니잖아? 나는 다른 지방에서 온 여행객이라구."

"흐음, 그럴듯하군. 좋아. 그렇게 해."

화미에게 설득당한 소호는 천으로 얼굴을 가려도 좋다고 승낙했다. 화미는 얼른 품에서 천을 꺼내 얼굴을 가렸다. 그러자마자 좀 전과는 비교조차 할 수 없는 안도감이 느껴졌다. 그것은 고스란히 자신감으로 이어졌다. 그녀는 한결 여유로워진 어조로 말했다.

"아으, 좋다. 당신도 나처럼 하지 그래?"

"난 됐어. 둘 다 얼굴을 가리면 이상하잖아? 그리고 이것저것 숨기는 것보단 오히려 이렇게 조금만 모습을 바꾸고, 뻔뻔

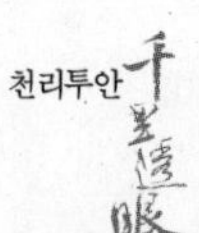

하고 당당하게 행동하는 것이 더 의심을 사지 않아.”

“쳇! 당신처럼 뻔뻔하지 못해 미안하구만.”

“하하.”

“근데 말이야, 마을 한곳에 불이 나면 이 바람이 불을 꺼뜨려 버릴까, 아니면 삽시간에 마을 전체로 확산시킬까?”

“갑자기 그건 왜 물어?”

“아니 그냥, 문득 궁금해져서. 마을에 불이 나서 도조상회까지 번지면, 그놈들이 당황하지 않을까? 그러면 우리가 좀 더……”

소호는 딱 잘라 말했다.

“관계없는 사람들까지 말려들게 할 수는 없어. 그걸 명심해.”

“쩝, 역시 그건 안 되겠지. 알았어. 방금 내가 한 말은 잊어. 그리고……”

“쉬잇! 다 왔어. 이제부터 말조심해. 행동 하나하나에 주의를 기울여.”

움찔한 화미는 힘차게 고개를 끄덕였다. 두 사람은 몇 군데 가게를 더 들린 뒤 도조상회의 북동쪽 벽에 다다랐다. 정문은 남쪽에 있었으니 벽을 따라 정문까지 이동할 이유는 충분했다.

동쪽으로 가야 보다 빨리 정문에 다다를 수 있었지만 북쪽으로 갔다. 문이 남쪽에 있다는 것을 모르니 그렇게 해도 이상

할 것은 전혀 없었다.

　너무 벽에 붙어 걷는 것은 좋지 않아 두 사람은 벽과 조금 거리를 두고 걸었다. 주변을 두리번거리며 평범한 부부들처럼 잡담을 주고받았다.

　그렇게 걷고 있던 그들의 눈에 크게 허물어진 벽이 보였다. 도조상회는 북쪽부터 가게를 넓히고 있었는데, 일단 벽을 허물어야 그 자리에 건물을 세울 수 있었다. 이미 땅을 사두어 마음대로 공사를 해도 좋았다.

　여태까지 철혈단은 저 허물어진 벽을 통해 도조상회 내부의 정보를 캐내었다. 소호와 화미도 그것을 알고 있어 이곳으로 온 것이었다.

　허물어진 벽 맞은편엔 싸구려 옷감과 장신구를 파는 가게가 자리 잡고 있었다. 소호와 화미는 그 가게 안으로 들어갔다. 가게에서 일하는 사람은 사십대 중반의 푸근한 인상을 가진 주인아주머니와 십대 후반의 수수하게 생긴 그녀의 딸, 두 사람뿐이었다.

　화미는 주인아주머니와 수다를 떨며 장신구를 골랐다. 딸은 상품들을 정리 정돈했고, 소호는 장보기에 질렸다는 듯 가게 안에 앉아 바깥을 두리번거렸다. 겉으로 보기엔 아무 생각 없이 돌아다니는 사람들을 구경하며 시간을 때우는 것처럼 보였다.

　주인아주머니가 소호를 바라보자 내심 당황한 화미는 얼른 소호를 불렀다.

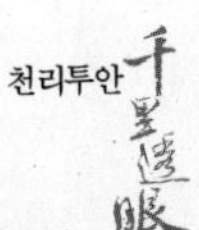

"여보, 거기서 뭐해요? 여기 이것 좀 봐요. 너무 예뻐요."

소호는 심드렁한 어투로 말했다.

"난 됐어. 당신이 가지고 싶은 것을 골라."

"흥."

화미는 토라진 표정을 지었다. 주인아주머니가 그녀를 달래었다.

"호호, 새댁이 참아. 사내들은 물건 고르는 재미를 모른다니까."

"후우, 그러게 말이에요. 그런데 저기, 저 사람들은 이 추운 날씨에 뭐하고 있는 거래요?"

도조상회 내부엔 여러 명의 일꾼들이 분주하게 돌아다니며 일을 하고 있었다. 화미는 신기하다는 듯 질문을 던졌다. 주인아주머니는 눈살을 찌푸렸다.

"나 참, 그러게 말이야. 동업자에게 이런 말하긴 뭐하지만, 아무래도 제정신이 아닌 것 같아. 어디서 돈을 좀 구했다던데, 아무리 그래도 그렇지, 주제도 모르고 이렇게 무리하게 확장을 하다니! 얼마 지나지 않아 폭삭 망하고 말 거야. 암, 그렇고말고."

"흐음, 그렇군요. 이거, 이건 얼마예요?"

"호호, 새댁이 보는 눈이 있네? 그건 말이야……."

두 사람의 대화를 한 귀로 흘리며 소호는 도조상회를 정찰하는 일에 전념했다.

현재 투시안의 범위는 반경 십칠여 장으로 대폭 늘어나 있었다. 아미파에서 행한 수련과 묵견이 매일 가져다 준 보약 덕분이었다.

투시안과 천리안을 하나로 합치기만 하면 무한한 거리를 투시해서 볼 수 있겠지만 아직은 무리였고, 다행히 지금은 십칠여 장 만으로도 충분했다.

일꾼들 중 몇몇이 투시안의 범위 안에 들어와 있었으니까. 그래서 소호는 이렇게 가게 안에 들어와 일꾼들이 자신을 주시하는 상황을 피할 수 있었다.

'모두 군살 하나 없는 잘 단련된 육체를 소유하고 있군. 파대주님의 눈이 틀렸을 리는 없다. 그러니 저런 근육을 가진 자들이 자객이라고 판단해도 좋겠지.'

머릿속에 새로운 정보를 하나 더 입력한 소호는 더욱 유심히 일꾼들을 살폈다. 그의 눈이 이채를 띤 것은 바로 그때였다.

'나처럼 허리춤에 연검을 차고 있어. 암기를 지닌 자들도 몇몇 있고. 평상시에도 몸에 무기를 숨기고 있다? 이거 정말이지 의심의 여지가 없구만.'

속으로 비릿하게 웃은 소호는 무의식적으로 허리춤의 천뢰도를 스윽 문질렀다. 이렇게 오래 가지고 있을 생각은 없었는데, 어쩌다보니 지금까지 천뢰도와 함께하고 있었다.

여러 차례 도움을 받은 덕분인지 어느새 조금의 애착마저 생겨난 상태였다.

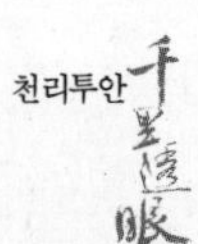

‘가만! 저거, 저건 뭐지?’

소호는 크게 놀랐다. 일꾼들은 무기뿐 아니라 작고 네모난 흑패(黑牌)마저 가슴팍에 숨기고 있었다. 소호가 놀란 것은 그 흑패에 새겨져 있는 글자 때문이었다.

‘사……왕? 사왕(四王)이라고? 모두 같은 글자가 적힌 흑패를 지니고 있다. 사왕의 부하들이란 뜻! 그리고 사왕은 네 번째 왕이라는 뜻이다! 최소한 세 명의 왕이 더 있고, 그들도 각자 부하들을 여럿 거느리고 있다는 거야! 이럴 수가! 흑화사신이 사왕인가? 그와 동등한 실력자가 최소한 세 명 이상 더 있다? 그리고 그들은…… 같은 조직에 몸담고 있다? 빌어먹을! 대체 얼마나 소름끼치는 조직이란 말이냐!’

소호는 두 손으로 전율을 일으키는 몸을 붙잡았다. 격동하고 있다는 것을 내색하지 않기 위해 무던히도 애를 썼다.

‘침착하자. 침착해야 된다. 흑화사신은 자객임과 동시에 어떤 조직의 하수인이다. 이것은 그가 단순히 의뢰인의 청부를 받아 정주사태를 암살했을 가능성 외에 조직의 명령을 받아 정주사태를 암살했을 가능성도 있다는 뜻이 된다. 전자라면 좋겠지만 후자라면…… 유령마제 일당이 성도에서 행동을 개시한 것과 비슷한 시기에 정주사태가 암살당한 것은 우연이 아니었어! 처음부터 계획된 일이었던 거다!’

소호의 머릿속에 한 사람의 얼굴이 번개같이 떠올랐다. 그는 다름 아닌 심만구였다.

심만구는 반란을 획책하고 있다. 반란을 성공시키기 위해 현재 이 나라 전체를 들쑤시고 있다. 국가 단위 규모의 혼란을 일으킬 만큼 거대한 세력을 구축한 상태라는 뜻이다.

묵견을 감시하고 있는 종리세연의 부하가 말한 내용에 따르면 유령마제 일당도 심만구와 손을 잡았을 가능성이 높다고 했다. 그리고 유령마제 일당이 성도에서 행동을 개시한 것과 비슷한 시기에 흑화사신이 정주사태를 암살했다.

'빌어먹을! 이것은 심만구가 구축한 거대한 세력과 흑화사신이 몸담고 있는 거대한 조직이 동일하다는 뜻이다! 흑화사신은 심만구의 부하였어! 왜 병신같이 우연이라고 치부해 버렸던 거지? 흑화사신이 정주사태를 죽인 건, 유령마제가 보다 쉽게 당가, 본 장, 청성파를 무너뜨릴 수 있도록 아미파의 발을 묶어 두기 위해서였건만! 진작 의심을 했었다면……'

자학을 하던 소호는 애써 마음을 다잡았다. 후회해 봤자 과거를 바꿀 수는 없기 때문이다.

'가만, 가만. 아미파의 변고가 우연이 아니라면, 점창과 공동파의 변고마저도? 메뚜기 떼는 인력으로 어찌할 수 없는 자연재해다. 허나 만약…… 만약 메뚜기 떼를 조종하는 것이 가능하다면? 세상은 넓다. 곤충을 조종하는 술법이 없다고 단정할 수는 없어.'

소호는 잠시 '메뚜기 떼를 조종하는 술법? 혹시 내가 미친 것이 아닐까?' 라는 의혹을 느꼈는데, 그래도 꾹 참고 생각을

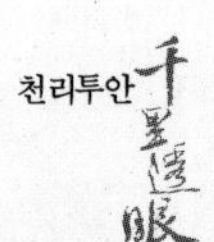

이어나가 보았다.

  메뚜기 떼는 분명 출몰할 시기가 아닌데도 불구하고 뜬금없이 나타났다. 그것도 점창파와 공동파가 있는 사천의 남쪽과 북쪽 동시에! 그 때문에 점창파와 공동파는 발이 묶여 버렸다.

  더구나 메뚜기 떼는 망국의 징조를 상징한다. 심만구는 이 나라를 무너뜨리려 하고 있으니, 메뚜기 떼를 풀어놓아 점창파와 공동파의 발을 묶는 동시에 세상 사람들에게 이 나라는 곧 망할지도 모른다는 의심과 불안을 품게 할 계획을 세울 수도 있는 것이다!

  반란이 성공하려면 민심이 명나라에 등을 돌려야 가능했다. 그러니 망국의 징조인 메뚜기 떼는 심만구에게 있어 더없이 좋은 무기인 셈이었다.

  '하나하나씩 아귀가 들어맞고 있군. 모든 것이 하나로 연결되고 있어! 그렇다면…… 우리는 심만구의 꼬리를 잡은 건가? 아니면 함정에 빠진 건가?'

  하나가 의심스러워지니 나머지 모든 것들마저 의심스러워졌다.

  '왜 심만구는 굳이 흑화사신을 자객으로 썼던 거지? 정주사태를 제거하는 건 흑화사신 외에는 불가능하다고 생각해서? 그게 아니라면, 흑화사신이 가진 상징적 의미 때문에?'

  천후맹은 명나라를 선택했다. 그 말은 곧 심만구를 적으로 간주한다는 애기였다. 심만구로선 반란을 성공시키려면 천후맹도 없앨 필요가 있다는 것이다.

철혈단은 천후맹 사대무력단체의 하나이니 기회가 있다면, 아니 기회를 만들어서라도 미리미리 처치해 두는 것이 좋았다.

철혈단은 흑화사신에게 원한이 있었다. 흑화사신이 나타난다면 철혈단은 만사 다 제쳐두고 추적에 나설 것이었다.

'심만구의 생각대로 본 단은 이렇게 사천으로 왔다. 그렇군. 본 단이 사천으로 온 것마저 놈의 계략이었어! 세 여승들은 미끼였을 뿐이었나? 그렇다면 미심쩍었던 그녀들의 자백도 이해가 된다. 조미가 그녀들에게 죄를 뒤집어씌운 거겠지. 자의에 의해서였는지, 아니면 협박받았는지는 모르지만.'

소호는 지그시 전면을 보았다. 도조상회 내부에서 일하고 있는 일꾼들을 응시하는 그의 두 눈은 더없이 차가웠다.

'의심을 품게 되니 보이지 않던 것들이 보이는군. 조미와 도해는 갑자기 큰돈이 생겼다는 것을 자랑이라도 하듯 빚을 다 갚았고, 가게를 확장했어. 덕분에 우리는 도조상회를 의심하게 되었지. 그리고 그 의심은 저 일꾼들을 본 후 확신으로 변했다. 이런…… 저 벽을 허물어뜨린 건 확장공사 때문이 아니었어! 상회 내부에 수상쩍은 일꾼들이 대거 돌아다니고 있다는 것을 우리에게 보다 쉽고 확실하게 가르쳐주기 위해서였던 거야! 우린 여기에 있다. 그러니 여기로 와라! 빌어먹을!'

이를 꽉 다문 소호는 천천히, 느릿하게 몸을 일으켰다. 그런 몸과 달리 머리는 무섭도록 빠르게 회전하고 있었다.

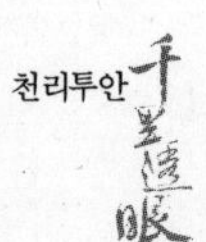

'칠십 명만 있는 것이 아니야. 우리의 눈이 보이지 않는 곳에, 우리 전체를 쓸어버릴 수 있을 만큼 많은 적들이 숨어 있을 가능성이 높아. 여기는 사방이 산으로 막혀 있고 바람이 많이 부는 곳이다. 화미의 말대로 불이라도 나면 삽시간에 마을 전체로 번질 거야. 반란을 꿈꾸는 놈들에게 마을 하나 전멸시키는 건 일도 아닐 터! 본 단이 도조상회를 포위하면 그때 불을…… 가만, 어쩌면 불이 아닐지도 몰라. 그보다 더 지독하고, 치명적이며, 확실하게 대량살상을 할 수 있는…… 독? 독인가? 유령마제가 놈들과 한패이니 얼마든지 치명적인 독을 만들어낼 수 있겠지. 그렇군! 마을 밖에서 독을 뿌리겠군. 이 바람이 독을 마을 전체로 퍼뜨려줄 테니까. 그럼 우리는 개죽음을 당하고 만다. 어서, 어서 돌아가야 해! 돌아가서 이 빌어먹을 음모를 알려야 해!'

몸을 돌린 그는 여전히 주인아주머니와 수다를 떨며 장신구를 고르고 있는 화미를 불렀다.

"미아, 아직도 멀었어?"

움찔한 화미는 입을 삐죽 내밀었다.

"왜 그래요?"

"아니, 배가 고파서 말이야. 이제 그만 객잔으로 돌아갔으면 좋겠어."

"우웅, 사실 나도 조금 배가 고프긴 한데……. 아주머니, 이거, 이거 주세요. 이걸로 할게요."

주인아주머니는 친근한 미소를 머금었다.

"호호, 그래. 지아비 말을 따라야지. 어디 보자, 이건 그러니까 가격이……."

바로 그때, 화미의 근처에서 상품들을 정돈하고 있던 주인아주머니의 딸이 유령처럼 사라졌다.

그와 동시에 소호는 목덜미에서 서늘한 기운을 맛보았다. 주인아주머니가 웃는 얼굴 그대로 화미의 목덜미를 움켜쥔 것도 그때였다.

꿈에도 생각지 못한 사태에 소호와 화미는 꼼짝없이 제압당하고 말았다. 소호의 등 뒤에서 감정이 담겨 있지 않아 더욱 소름끼치는 목소리가 새어나왔다.

"움직이지 마. 소리내지 마. 둘 중 하나라도 어길 경우 죽이겠어."

화미는 부들부들 떨며 울먹였다.

"아, 아, 아주머니……? 왜, 왜 이러시는……, 아흑!"

주인아주머니는 주저 없이 화미의 목을 조금 비틀었다. 으드득 뼈가 어긋나는 음산한 소리가 터졌다.

화미는 극심한 고통에 얼굴을 일그러뜨렸다. 주인아주머니는 빙그레 웃었다.

"소리내지 말라고 했지 않니?"

"아, 아니, 왜……? 도무지 영문을…… 윽! 으흐흐윽!"

다시 목이 비틀어지자 화미는 눈물마저 찔끔거렸다. 그녀에

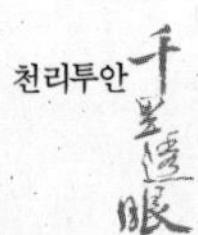

게 재차 고통을 준 주인아주머니는 소호의 등을 제압하고 있는 딸에게 말했다. 놀랍게도 그녀는 딸에게 경어를 쓰고 있었다.

"헌데, 왜 이러신 건가요? 당신께서 움직이셔서 저도 일단 이 아이를 제압하긴 했습니다만."

딸은 여전히 감정이 없는 어조로 대답했다.

"이자는 무언가를 봤고 의심을 했어. 그 의심은 이내 확신으로 변했지. 우리의 계획을 눈치챈 거야."

"뭐라고요? 저는 전혀……."

"나를 너 같은 하수와 동일하게 취급하지 마."

"죄, 죄송합니다."

"이자가 여기 온 후부터 나는 이자에게서 눈을 떼지 않았어. 눈빛, 표정, 몸짓을 세밀하게 관찰했다. 내 눈이 틀렸을 리 없어."

"당신이 그렇다면 그런 거겠지요. 이대로 돌려보냈다면 공들인 계획이 무너지니 제압한 건 잘하신 겁니다. 그나저나 큰일이군요. 이들이 제시간에 돌아가지 않는다면 놈들이 이상하게 생각할 텐데……, 대체 저자는 무얼 봤기에 우리의 계획을 눈치챈 걸까요?"

"본인에게 직접 물어봐야지. 일단 상회로 가자."

"예."

주인아주머니는 화미의 목을 붙잡고 있던 손을 놓았다. 잽싸게 화미의 뒤에 서서, 그녀의 겨드랑이에 두 손을 넣었다.

주변 사람들이 보기엔 아주머니가 딸 같은 아이를 뒤에서 안고 있는 것처럼 보였다.

실제로는 조금만 눈에 띄는 행동을 해도 가슴을 우그러뜨려 주겠다는 뜻이 담겨 있었지만 말이다.

그 상태로 주인아주머니는 화미를 끌고 입구 쪽으로 걸어갔다. 딸은 소호에게 명령을 내렸다.

"천천히 몸을 돌려. 그리고 앞으로 걸어가. 조금이라도 오래 살고 싶다면, 내 능력을 모욕하는 짓은 저지르지 마."

소호는 진작 이 두 여인에게 투시안을 써보지 않은 것을 후회했다. 저 허물어진 벽은 철혈단을 유인하기 위한 것, 그렇다면 저 벽을 통해 상회 내부를 관찰하는 철혈단원들을 감시하는 누군가가 주변에 있을 가능성이 높다는 것을 짐작했어야 했다.

아무리 제정신이 아니었다고는 하더라도 이렇게 손쉽게 제압당했다는 사실에는 수치심을 느꼈다. 한편으론 마치 유령 같은 딸의 몸놀림과 감추려고 그렇게 노력한 자신의 심경변화를 읽어낸 능력에 소름이 돋았다. 그나마 다행이라면 자신의 추측이 들어맞았다는 것이었지만, 이 상황에선 전혀 위로가 되지 않았다.

시키는 대로 소호는 몸을 돌렸다. 딸도 따라 이동했기에 그는 그녀를 투시할 수 없었다.

딸은 앞으로 걸어가라는 듯 소호의 목에 대고 있는 손에 살짝 힘을 주었다. 명령을 어길 경우 그녀의 날카로운 수도가 목

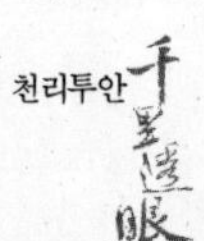

에 틀어박힐 것이다.

소호는 이 절체절명의 위기를 타개할 계책을 마련할 시간을 벌기 위해 최대한 느릿하게 걸었다.

"넌 누구지?"

딸은 차갑게 말했다.

"천랑, 소리 내면 죽인다고 경고했을 텐데?"

"이런, 내 정체마저 알고 있군. 넌 누구지?"

"내 인내심을 시험하는 건가?"

"이제야 목소리에서 감정이 느껴지는군. 너도 사람이라는 것을 겨우 실감했다. 조금 전까지만 하더라도 너는 평범한 가겟집 딸이었어. 그러다 갑자기 존재감이 사라졌지. 목덜미에서 느껴지는 감각만 없었다면, 나는 네가 등 뒤에 서 있다는 것도 몰랐을 거야. 다시 묻지. 넌 누구지?"

"……"

"나는 어차피 죽을 것 아닌가? 선심 좀 쓰지 그래?"

'제기랄! 단지 운비와 얼굴이 비슷할 뿐인데, 운비가 아닌데, 아닐 가능성이 높은데! 빌어먹게도 너는…… 목소리만으로도 내 마음을 뒤흔드는구나. 애써 무뚝뚝하고 차갑게 대하고 있건만…….'

딸의 눈망울이 미미하게 흔들렸다. 애석하게도 소호는 그것을 보지 못했다. 딸, 나예주는 약해지는 마음을 다잡아 의식적으로 퉁명스럽고 싸늘하게 외쳤다.

"닥쳐! 말로 끝내는 건 이번이 마지막이다! 닥치고 걷기나 해!"

나예주의 손톱이 소호의 목덜미에 얕게 파고들었다. 피가 주르륵 흘러내렸다. 허나 소호는 통증을 느끼지 못했다. 그와 비교조차 할 수 없는 어마어마한 압력이 전신을 짓누르고 있었기 때문이다.

'이 여자, 정말이지 무시무시한 고수다! 빌어먹을!'

진한 절망감을 맛본 소호는 더는 입을 열지 못했다. 그는 느릿하게 걸으며 필사적으로 머리를 굴렸다. 나예주는 소호의 뒤통수를 복잡한 시선으로 노려보았다.

그렇게 십사 년 만에 만난 두 친구는, 서로가 친구라는 것을 모른 채 도조상회를 향해 천천히 나아갔다.

제7장
비정연(非情緣)

壹

　하북성 최북단의 소양(小陽)은 성을 나서면 바로 드넓은 초원이 펼쳐지는 원과 명의 경계에 자리 잡고 있었다. 현재 연왕 주체와 친위대인 흑기군은 이곳에 머물고 있는 중이었다.

　여기까지 원의 잔당들을 몰아붙인 그들은 차후 북으로 진출해 적들을 계속 쫓을 것인지, 아니면 동과 서로 이동해 하북의 다른 성들을 지킬 것인지 밤낮으로 열띤 토론을 벌였다.

　소양성 북서부 일대는 원의 잔당들로 인해 폐허가 되어 있었다. 대낮이건만 불에 타 재만 남은 건물들과 아직 수거하지 못한 시체들만 여기저기에 나뒹굴 뿐, 살아 있는 사람의 흔적이라곤 눈 씻고 찾아봐도 찾아볼 수 없었다.

헌데 죽음의 땅으로 변모해 인적이 끊긴 이곳에 난데없이 여러 개의 인영들이 모습을 드러내었다.

모두 열한 명이었고 하나같이 칙칙한 검은 갑옷을 몸에 걸쳤다. 귀기 넘치는 마라 형상의 투구로 얼굴을 가렸으며 왼쪽 어깨의 피박엔 보기만 해도 소름이 돋는 야차의 얼굴이 양각으로 새겨져 있었다.

그들은 북방 최고의 전투군단인 흑기군, 그중에서도 강호인들만으로 구성된 흑야차부대의 군인들이었다.

열한 명의 군인들은 성큼성큼 폐허를 가로질렀다. 그러다 어느 한 건물 앞에 섰다. 그 건물은 그나마 형체를 유지하고 있었는데, 목적지가 이곳인 듯 군인들은 과거엔 문이라 불렸을 판자를 열고 안으로 들어갔다.

건물 내부는 넓었다. 지붕이 뚫려 있어 밝은 편이었고, 그래서 그런지 더욱 황량하게 보였다. 중앙엔 누가 가져다 놓았는지 불에 타긴 했지만 아직은 쓸 만한 탁자 하나와 두 개의 의자가 자리 잡고 있었다. 탁자 위엔 뚜껑을 개봉한 술 한 동이와 두 개의 잔이 놓여 있었다.

그리고 이 시커멓고 칙칙한 내부의 분위기와 전혀 어울리지 않는 새하얀 백의를 걸친 한 사내가 탁자의 한편에 앉아 있었다.

사내를 확인한 군인들은 동시에 몸을 미미하게 떨었다. 선두에 서 있는 가장 덩치가 큰 군인은 천천히 탁자 쪽으로 걸어

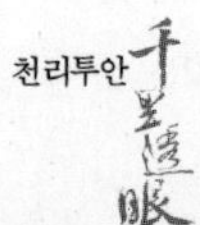

갔다. 그러자 나머지 군인들도 정신을 차리곤 다리를 움직였다.

덩치가 큰 군인은 백의 사내의 맞은편에 앉으며 다짜고짜 시비조로 말했다.

"백주대낮에 만나자고 하다니 간이 부었구나."

백의 사내, 소검은 옷만큼이나 새하얀 장갑을 낀 손으로 술잔을 들어올렸다. 뚫린 지붕 위로 보이는 하늘을 가리키며 옅게 웃었다.

"햇살 아래에서 너를 만나고 싶었다. 그뿐이야."

덩치가 큰 군인은 슬쩍 하늘을 응시했다.

"햇살은 없다. 구름만이 있을 뿐."

"후후, 너와 나의 사이처럼 말이냐?"

소검은 술을 단숨에 끝까지 들이켰다. 그가 잔을 내려놓자 덩치 큰 군인도 마라 형상의 투구를 벗어 탁자 위에 올려놓았다. 위압감이 느껴지는 장방형 얼굴이 드러났다. 모든 것을 태울 것 같은 뜨거운 눈과 두툼하고 꽉 다물어진 입매가 인상적이었다.

덩치 큰 군인, 소무는 술동이를 잡아 자신의 앞에 놓여 있는 잔에 가득 따랐다. 그것을 마신 후 눈을 차갑게 빛내었다.

"그래. 너와 나의 사이처럼."

소검은 소무의 뒤편에 일렬로 서 있는 열 명의 군인들을 바라보았다.

"혼자 오라고 했을 텐데, 왜 모두 데리고 온 거냐?"

소무가 뭔가 말하려 할 때, 열 명의 군인들 중 하나가 투구를 벗으며 말했다. 그는 학성우였다.

"너무하네. 죽었는지 살았는지 소식 하나 없던 양반이 드디어 연락을 보내왔는데, 어떻게 우리가 가만히 있어? 이곳에 없었다면 몰라도 있었던 이상 당연히 와야지. 모두 안 그래?"

나머지 아홉 명의 군인들도 투구를 벗었다. 여섯 명의 청년들과 세 명의 처자들이었다. 모두 십사 년 전 같은 감옥에 갇혀 있었던 소검의 친구들이었다.

그들은 학성우의 말에 동의한다는 듯 힘주어 고개를 끄덕였다. 저마다 하고 싶은 말이 많았지만 소무가 노려보며 가만히 있으라고 으름장을 놓아 꾸욱 참아야 했다. 움찔한 학성우도 더 입을 열지 못했다.

친구들에게서 시선을 거둔 소검은 소무를 향해 비릿하게 웃었다.

"보아하니 예전보다 더욱 강압적으로 대하고 있는 모양이군. 친구들이 아니라 말 잘 듣는 부하들이라고 여기고 있는 거냐?"

"닥쳐! 뚫린 입이라고 함부로 지껄이지 마라. 우리는 군인이다. 군인에겐 군인 나름의 법과 질서가 있어!"

소무는 사납게 외쳤는데 소검은 조금도 주눅 들지 않았다. 오히려 소무의 왼쪽 어깨에 달려있는 피박을 바라보며 이죽거

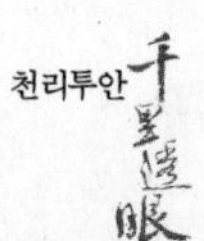

렸다.

"거만 떠는 것치곤 너도 별로 높은 지위는 아닌 것 같군. 지금쯤이면 흑기군단장이 되어 있을 줄 알았더니 고작 흑야차부대장이라……, 내가 너를 너무 과대평가한 건가?"

소무는 지지 않고 받아쳤다.

"적어도 나는 부대장이란 떳떳한 직함을 달고 있기라도 하지, 너는 무어냐?"

"떳떳하다고? 내가 알기로 흑야차부대장의 이름은 정소무(靜小武)가 아니라 유운(惟雲)이다. 본명을 숨기고 가명을 쓰는 주제에 떳떳하다는 말이 잘도 입 밖으로 나오는구나."

"흥! 심만구의 발이나 핥고 있는 놈보단 낫다."

"응? 왜 그렇게 생각하지?"

"너의 연락을 받은 순간 알게 되었다. 이 모든 일의 배후에 네가 있다는 것을. 아니, 네가 심만구의 졸개가 되어 있다는 것을! 둘 다 이 나라를 부수려고 한다는 공통점이 있었으니, 의기투합한 것도 무리는 아니었겠지."

소검은 소무가 이대로 오해해서 나쁠 것은 없다고 판단했다. 그래서 그는 심만구가 자신보다 지위가 낮다는 것을 가르쳐주지 않기로 마음먹었다.

"내가 심만구의 발을 핥고 있다면, 너는 연왕의 발을 핥고 있지 않느냐?"

이 말 덕분에 소무는 자신의 추측이 맞았음을 확신하게 되었다. 그는 얼굴을 딱딱하게 굳혔다.

"심만구 같은 쓰레기와 전하가 비교가 된다고 생각하나?"

"비교하지 못할 건 또 뭐지?"

"하! 심만구와 어울려서냐? 못 본 사이 뇌가 썩어도 아주 단단히 썩어 버렸구나. 전하는 불세출의 영웅이시다. 언젠가 지금의 황실을 부수고 새로운 황실을 세워 이 나라를 통치하실 분이시다! 감히 심만구와 전하를 비교했을 뿐 아니라, 전하께 불경한 태도를 보이다니! 나와 마찬가지로 너도 그분께 목숨을 구원받았다는 사실을 벌써 잊기라도 한 거냐?"

"……"

소검은 말없이 술을 한 잔 더 마셨다. 과거의 기억들이 주마등처럼 머릿속을 스치고 지나갔다.

십사 년 전, 홍염인 최두수가 호운비를 납치해 도망쳤을 때, 소검 일행도 지하 감옥을 탈출해 북경에 숨었다.

일단 으슥한 곳에 숨어 있다가 일이 잠잠해지고 나면 북경을 떠날 계획이었다. 어딘가 먼 곳으로 가서 열심히 무공을 익히면 언젠가는 홍무제에게 복수를 할 수 있다고 모두 희망에 부풀었다.

허나 현실은 더없이 냉정했다. 그들은 나흘, 고작 나흘 후에 관군들에게 붙잡히고 말았다. 당시 모두 어린아이들이었고 상대는 잘 훈련된 수백, 수천의 관군들이었으니 어쩌면 당연한 일이었다.

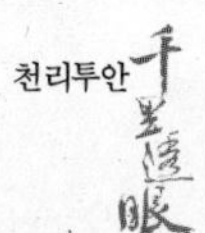

소검 일행은 자신들이 당장 참수형에 처해질 거라고 생각했다. 헌데 놀랍게도 그들은 연왕의 앞으로 안내되었다.

연왕은 머리에 피도 안 마른 어린아이들이 수천의 관군들을 상대로 무려 나흘 동안이나 도주 생활을 했고, 그사이 이십여 명의 관군들마저 죽였다는 사실에 큰 흥미를 보였다.

아이들 모두 무공에 재능이 있다는 것은 분명했다. 더구나 홍무제의 황실을 증오하고 있었다.

그러니 잘만 갈고닦으면 언젠가 시작될 대업 때 요긴하게 써먹을 수 있을지도 몰랐다.

연왕은 소검 일행에게 자신의 부하가 될 건지 아니면 참수형을 당할 건지 선택하라고 했다.

죽고 싶지도 않았고, 너희의 손으로 직접 홍무제의 황실을 부숴보지 않겠느냐는 연왕의 달콤한 말에 마음이 동했기에 소검 일행은 전자를 택했다.

소검 일행은 흑야차부대로 넘겨졌다. 그곳에서 여러 교관들의 지도하에 뼈를 깎는 수련을 하기 시작했다.

육 년쯤 지나자 소검 일행은 드디어 한 사람의 군인으로 인정받게 되었다.

도망칠까 봐 감시하고 있던 자들도 사라졌고, 봉급과 휴가도 주어졌다. 흑기군의 기밀사항에 접근할 수 있는 권한마저 손에 넣었다.

소검 일행이 광의 조만회를 만난 것은 그 무렵이었다. 그제야 그들은 호운비가 죽었다는 사실을 알게 되었다. 조만회의 말에 따르면 최두수가 호운비를 백약통에 빠뜨려 죽였다.

모두 눈물을 감추지 못했다. 당장 눈앞에 있는 조만회를 죽이고 싶었다. 호운비를 죽인 것은 최두수이지만, 백약을 만든 것은 조만회였으니까. 엄밀히 말해 그도 호운비의 죽음에 한몫 거든 셈이었다.

하지만 그들은 그렇게 하지 못했다. 어느새 조만회는 연왕의 총애를 받는 거물이 되어 있었기에.

십사 년 전 흑기군은 불귀곡에서 조만회를 생포했다. 그를 연왕부로 끌고 가 참수를 하려고 했는데, 연왕이 그의 연구에 관심을 보였다.

연왕은 황실의 눈치가 보여 군세를 확장하기 힘든 형편이었다. 그런 그에게 일당백을 자랑하는 초인들은 정말이지 매력적인 무기였다.

그래서 연왕부는 조만회를 참수했다고 공표한 뒤, 그를 은밀한 곳으로 옮겨 초인들의 연구에 전념할 수 있도록 모든 편의를 제공했다.

조만회로선 마다할 이유가 없어 연왕에게 반드시 초인들을 만들어줄 테니 기대하라고 호언장담을 했다.

당시 이미 소검 일행은 연왕이란 인물에게 매료되어 죽을 때까지 충성하기로 결심한 상태였다. 그래서 도저히 연왕이 총애하는 조만회를, 대업에 꼭 필요한 그를 죽일 수는 없었다.

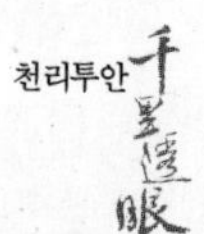

결국 그들은 조만회를 향한 원한을 접었다. 조만회 한 사람을 포기하기만 하면, 황실을 박살낼 가능성이 비약적으로 상승한다고 자위했다.

조만회는 단지 백약을 만들었을 뿐, 호운비를 그 백약 속에 빠뜨려 죽인 건 최두수이니 그에게만 원한을 품자고 스스로를 다독였다.

조만회를 지원하는 임무는 흑야차부대가 맡고 있어 그때부터 소검 일행도 조만회를 돕기 시작했다. 그러다 첫 휴가를 받게 되었다. 그들은 함께 불귀곡으로 향했다.

호운비의 시체가 녹아 있는 백약통을 직접 확인한 소검은 심경의 변화를 일으켰다.

그는 황실을 부수는 것으로 끝내지 않고, 이 나라 자체를 박살내기로 결심했다. 허나 그의 주장은 호응을 얻지 못해 소무와 싸우게 되었고, 끝내 나예주와 함께 친구들을 떠나게 되었다.

탁! 소리와 함께 잔을 내려놓은 소검은 진지한 표정을 지었다.

"시시껍적한 애긴 그만하지. 너와 잡담이나 하자고 여기까지 온 것은 아니니까."

바라던 바라는 듯 소무는 힘주어 말했다.

"나도 너와 길게 이야기하고 싶은 마음은 없다. 심만구의 사자로서 온 거겠지? 너는 심만구의 개니까. 심만구가 너를 내게 보낸 이유가 대충 짐작이 간다. 우리가 원의 잔당을 보이는 족족 격퇴하고 있으니 조바심이 났겠지.”

“훗, 뭐라고? 보이는 족족 격퇴하고 있어? 우리가 조바심을 낸다고? 어이가 없을 지경이군. 너는 우리의 진정한 힘을 몰라. 우리가 마음만 먹으면 지금보다 더욱 집요하게 너희를 괴롭힐 수 있다.”

“우리가 두려워할 거라고 생각하나? 천만에! 힘을 숨기고 있는 건 우리 역시 마찬가지야! 최후에 웃는 것은 우리가 될 것이다!”

“길고 짧은 것은 대봐야 알겠지.”

잠시 동안 치열한 눈싸움이 벌어졌다. 뒤에서 두 사람을 지켜보고 있는 학성우 일행은 이 상황이 너무도 슬프고 안타까워 얼굴에 짙은 그늘을 만들었다.

두 사람 중 먼저 입을 연 것은 소무였다.

“개면 개답게 어서 주인의 말이나 전한 뒤 꺼져라.”

지극히 모욕적인 말에 소검의 인내심은 한계에 다다랐다. 흥분한 그는 사납게 으르렁거렸다.

“분명히 말한다. 나는 심만구의 사자로 여기에 온 것이 아니다. 나 자신의 의지로 이곳에 왔다. 심만구가 아니라 내가 너에게, 연왕부에게 제안을 하나 하려고 하는 거다.”

“……해봐.”

“좋다. 단도직입적으로 말하마. 여태까지 모은 초인들의 자

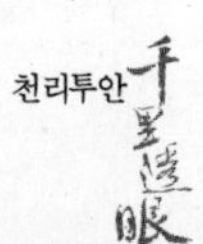

료, 그것의 복사본을 내게 넘겨라. 하나도 빠짐없이 말이다.”

“미친놈! 고민할 가치도 없군. 거절하겠다.”

“잘 생각해 봐라. 너희에게도 손해 보는 장사는 아니다.”

“뭐라고?”

“원의 잔당들의 자료를 넘겨주겠다. 그들의 구성과 거점, 본거지, 약점, 기타 등등 모든 것을. 그뿐 아니라 그들을 지원하고 있는 우리 쪽 사람들마저 전원 회수하겠다. 너희는 봄이 오기 전에 원의 잔당들을 깨끗이 처리할 수 있을 거다.”

충격적인 제안에 소무는 몸을 크게 움찔거렸다. 그는 섣불리 대답하지 못하고 고민에 잠겼다.

원의 잔당들과 대치하는 시간이 길어질수록 연왕의 입지는 곤란해지게 된다.

황실이 연왕의 능력을 트집 잡을 가능성이 높으니까. 형벌을 내리거나, 어쩌면 이것을 기회로 삼아 아예 숙청을 해 버릴 수도 있다.

그러니 연왕은 최대한 빨리 원의 잔당들을 처리해 황실이 트집 잡을 빌미를 제공하지 않아야 했다.

초인들의 자료가 아깝다면 거짓 자료를 만들어서 주면 된다. 물론 소검도 어느 정도는 알고 있으니 그럴듯하게 꾸며내야 할 것이다.

심만구 일당이 그 자료가 가짜란 것을 알아내는 데에는 최소 몇 년이 소요될 것이다. 준비할 것이 워낙 많고, 과정마저 엄청나게 복잡하기 때문이다. 그때 이미 원의 잔당들은 처리된 상태일 테니 문제될 것은 전혀 없었다.

소검은 소무의 마음이 흔들리고 있다는 것을 파악했다. 그는 속으로 회심의 미소를 머금었다.

그는 소무가 건넬 자료가 가짜일 가능성까지 염두에 두고 있었다. 일단 자료가 진짜든 가짜든 간에 교로 가져가서 실험을 해볼 것이다.

그런 한편으론 자료의 복사본을 만들어 황실에 넘겨줄 작정이었다. 이미 몇몇 관리들을 매수해 놓았다. 자료는 그들을 통해 홍무제의 앞까지 도달하게 된다.

홍무제는 연왕이 끔찍한 인체실험까지 해가며 병사들을 만들어내고 있다는 것을 알고 분개할 것이다.

연왕의 목적은 정권찬탈이 분명하니, 그가 거병을 하기 전에 황제 쪽에서 먼저 공격을 할 것이다. 자연, 연왕이 원의 잔당들을 처리했다고 기뻐하는 것도 잠시 뿐이다. 그는 곧 분노한 황군을 맞이하게 될 테니까.

그렇게 된다면 연왕은 이대론 당할 수 없다고 판단해 반격할 것이 확실하다.

어느 쪽이 이길지는 모르지만, 소검의 입장에서 그건 중요한 것이 아니었다. 중요한 것은 진 쪽은 전멸당할 것이고, 이긴 쪽 역시 치명적인 피해를 입게 된다는 것이다. 그렇게만 되면 교가 대업을 달성할 가능성은 비약적으로 상승한다.

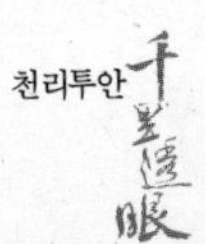

소검은 이 원대한 계획을 위해 여기까지 온 것이었다.

그가 머릿속으로 밝은 청사진을 그려볼 때, 닫혀 있던 소무의 입이 열렸다.

"먼저 한 가지 확인하고 싶다."

"뭐를 말이냐?"

"좀 전에 너는 분명 너 자신의 의지로 이곳에 왔다고 했다. 그리고 원의 잔당들에 관한 모든 정보를 제공하겠다고 했지. 이 거래를 심만구의 지시를 받지 않고 네가 알아서 처리할 수 있단 말이냐?"

"물론이다. 고작 원의 잔당쯤은 내 선에서 처리할 수 있다."

고작 원의 잔당 따위에 지금까지 애먹고 있는 소무 일행을 비웃고 있는 말이었다. 소무는 주먹을 부르르 떨었다.

"그러니까 원의 잔당을 죽이고 살리는 것은 모두 네 소관이다?"

소검은 떨리고 있는 소무의 주먹을 바라보며 피식 웃었다.

"후후, 내가 너보다 훨씬 더 많은 권력을 가지고 있어서 화가 나는 거냐?"

쾅! 요란한 폭음과 함께 탁자가 박살났다.

# 貳

　주먹으로 탁자를 박살낸 소무는 자리에서 벌떡 일어났다. 그는 소검에게 삿대질을 하며 외쳤다. 그의 손끝은 미미하게 경련을 일으키고 있었다.

　"다시, 다시 묻겠다. 심만구가 아니라 네가 원의 잔당을 조종해 하북을 공격하게 만들었나? 전하께서 본 군 전체를 소집하게 만든 이가 너냐? 우리가 모든 임무를 중단하고 이 일에 투입된 것이, 지금까지 이 일에 매달리고 있는 것이 너 때문이었냐는 말이다!"

　소검은 앉은 자세 그대로 두 팔을 활짝 펼쳤다.

　"그렇다면 어쩔 거지? 중요한 것은 내 제안을 받아들인다면 너희는 봄이 오기 전에 원의 잔당들을 쓸어버릴 수 있다는 것이고 거절한다면 향후 몇 년, 아니 몇 십 년 이상 원의 잔당들이 너희를 괴롭힐 거라는 거다. 내가 그렇게 만들 거다!"

　"이! 이이! 우리가 어떤 심정으로 이 일을 하고 있는 건지 아무것도 모르는 놈이! 우리가 왜 이 상황을 빨리 끝내 버리려고 발버둥 치는지 아무것도, 아무것도 모르는 놈이! 너 때문에 우리는 지금까지 그곳으로!"

　"뭐지? 단체로 관광을 가기로 계획이라도 잡아 두었던 거냐? 그렇다면 미안하구나."

　"하! 하하! 관광? 관광이라고? 너어!"

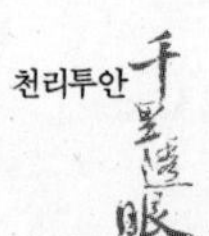

소무가 소검에게 달려들려고 할 때, 학성우를 비롯해 서너 명의 친구들이 황급히 그의 양팔을 붙잡았다. 학성우가 대표로 소리쳤다.

"형! 참아! 소검 형은 모르고 있잖아?"

"놔라! 저놈은 관계없는 줄 알았다. 원의 잔당을 뒤에서 조종한 것은 심만구라고, 저놈은 이 일에 개입하지 않았다고 믿고 싶었다. 하지만 아니었어! 저놈이었다! 저놈이 우리를 이곳에 붙잡아둔 원흉이란 말이다!"

"그러니까 소검 형은 모르고 한 짓이잖아! 소검 형은 아무것도 모르고 있잖아!"

학성우의 고함은 절규에 가까웠다. 흐느낌마저 섞여 있었다. 그 고함소리가 뇌리를 관통해 소무는 가까스로 정신을 차렸다. 흥분을 가라앉힌 그는 답답한 한숨을 내쉬었다.

소검은 상황이 이상하게 돌아간다는 것을 깨달았다. 그는 소무와 학성우를 제외한 나머지 아홉 명의 친구들을 스윽 훑었다.

여자들은 눈물을 글썽이며 울먹이고 있었다. 남자들도 일그러진 얼굴로 전신을 부르르 떨며 격동을 억누르지 못했다.

무언가 불길한 예감을 느낀 소검은 더듬더듬 자리에서 일어났다. 그는 학성우를 향해 물었다.

"내가 뭘 모르고 있다는 거지?"

크게 심호흡을 한 학성우는 소검을 정면으로 응시하며 한

자 한 자 힘주어 말했다.

"소검 형, 내 말 잘 들어."

그때 소무가 버럭 고함을 내질렀다.

"닥쳐!"

허나 학성우는 닥치지 않았다.

"형! 그만 좀 해! 소검 형도 알아야 해! 소검 형도 알아야만
한다고!"

"닥치라고 했다! 내 말을 거역할 작정이냐?"

"대체 왜 이러는 거야! 그렇게나 사이좋던 두 사람이 대체
왜 이렇게 변해 버린 거야? 운비에게 뭐라고 말해야 하는데?
나는 운비에게 뭐라고 말해야 하는데! 운비에게 우리 열세 명
모두 함께 있다고, 모두 사이좋게 지내고 있다고 말했단 말이
야. 우리 모두 함께 만나러 갈 거라고 굳게 약속했단 말이야!"

"나라고 공자님을, 운비를 만나러 가고 싶지 않은 줄 알아?
마음 같아선 당장 만나러 가고 싶어! 당장 운비를 보고 싶어!
왜 그렇게 하지 못하고 있는데? 이곳에 발이 묶여 있기 때문
이잖아! 그리고 우리를 이렇게 만든 건 저놈이잖아!"

"소검 형은 운비가 살아 있다는 것을 모르니까! 우리가 운비
를 만나러 가지 못하게 하려고 원의 잔당들을 조종한 것은 아
니란 말이야! 왜 그걸 몰라?"

소무는 상기된 얼굴로 씩씩거리며 소검을 노려보았다. 이글
거리는 그의 두 눈엔 슬픔이 머물러 있었다. 소검에게 화가 나

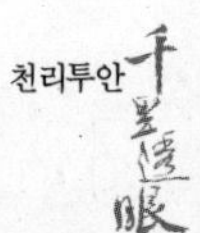

고, 그런 한편으론 연민을 느끼는 것이다.

소검의 몸은 주체할 수 없을 만큼 심하게 경련을 일으키고 있었다. 두 눈은 튀어나올 만큼 부릅떠졌고 위태롭게 흔들렸다.

넋이 나간 것처럼 갈팡질팡하던 그는 갑자기 얼굴을 사납게 구겼다. 발작을 일으키듯 학성우에게 달려가 가슴팍을 움켜쥐었다. 갑옷이 종잇장처럼 구겨지며 구멍이 뚫렸다. 그는 학성우를 잡아먹을 것처럼 노려보며 말했다.

"지금, 지금 뭐라고 말했지? 운비가, 운비가 어쨌다고? 운비가 뭐?"

학성우는 웃었다. 울면서 웃었다.

"형, 운비가 살아 있어. 죽지 않고 살아 있었어. 진짜야."

반응은 폭발적이었다. 소검은 학성우의 몸을 거칠게 흔들며 악을 질렀다.

"닥쳐! 거짓말 하지 마! 닥쳐! 운비는 죽었어! 운비는 죽었어! 운비의 시체를 내 눈으로 똑똑히 봤단 말이야!"

"아니, 우리가 본 건 백약통일 뿐이었어. 시체는 보지 못했잖아?"

"시체는 백약통 속에서 녹아 없어졌어!"

"아니야. 어떻게 한 건지는 모르지만 운비는 몸이 붕괴되기 전에 백약통을 빠져 나왔어. 내 눈으로 살아 있는 운비를 봤거든. 운비를 만나서 대화까지 나누었거든. 살아 있었어. 후후,

아주 멋진 사내로 성장해 있었어."

"대화까지……? 살아 있었다고? 마…… 말도 안 돼……."

학성우의 가슴팍을 움켜쥐고 있던 소검의 손이 떨어졌다. 위태롭게 뒷걸음질 치던 소검은 그대로 바닥에 털썩 주저앉았다. 멍한 표정으로 학성우를 올려다보았다.

학성우는 환히 웃어주었다. 고개를 돌려 다른 친구들을 응시했다. 그들도 눈물을 글썽이며, 웃으며, 학성우의 말이 맞다고 고개를 끄덕였다.

"살아 있었다니…… 운비가…… 운비가 살아 있었다니……."

소검은 자신의 눈에서 굵은 눈물이 뚝뚝 흘러내리고 있다는 것도 전혀 자각하지 못했다.

고개를 푹 숙인 그는 감동과 환희에 젖었다. 모두들 말없이 소검을 가만히 바라만 보았다.

소검이 눈물을 닦고 고개를 든 것은 잠시 후였다. 그의 표정은 너무도 온화하게 변해 있었다. 옅게 웃으며 학성우를 바라보았다.

"잘 지내고 있더냐? 살아 있었다면 왜 지금까지……."

학성우는 어깨를 으쓱였다.

"우리도 정체를 숨기고 살잖아? 운비 역시 그렇게 살 수밖에 없지."

"하긴……."

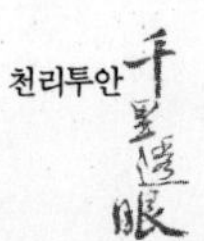

“잘 지내고 있었어. 벌써 여자까지 하나 만들어 두었던걸?”

“뭐라고? 하하, 여자까지? 그 어린 녀석이 여자를?”

“형, 운비의 나이도 벌써 스물넷이야. 언제까지나 어린애가 아니라구. 여자 하나쯤 있어도 이상할 것은 전혀 없어.”

“그래, 그렇구나. 운비는 어디에 있지? 어디에서 살고 있어?”

소검은 몸을 일으켰다. 전신에서 알 수 없는 힘이 무럭무럭 솟았고 기분이 더없이 좋았다. 날아갈 것처럼 상쾌했다.

“사천에 있어. 형도 이름쯤은 들어봤을 거야. 요즘 강호에서 꽤 명성을 떨치고 있으니까. 나름대로 노력하고 있대. 예전 우리가 감옥에 있을 때 함께 꾸었던 꿈, 그 꿈을 위해 지금도 앞으로 나아가고 있대.”

“후후, 그렇구나. 녀석, 대견하게도……. 누구지? 어떤 가명을 쓰고 있는 거야?”

“천랑, 사천 천가장의 천랑 소호. 그가 바로 운비야. 원래라면 작년에 만나러 갈 예정이었는데, 지금까지 이곳에 발이 묶여 있는 탓에 아직 만나러 가지 못하고 있어.”

“헙!”

저도 모르게 헛바람을 집어삼킨 소검은 심장이 철렁 내려앉는 듯한 충격을 맛보았다.

더없이 맑고 상쾌하던 기분이 삽시간에 시커먼 어둠으로 뒤덮였다. 그는 덜덜 떨며 제발 아니기를 기원하는 마음으로 물었다.

"천, 천랑? 천랑이…… 운비라고? 진짜냐?"

"응. 맞아? 왜 그래?"

소검은 초조함이 가득 묻어 있는 어조로 외쳤다.

"천랑은 눈이, 눈이 있잖아? 운비는 눈이 없어야 해. 그 늙은이도 운비에게 눈을 시술하지는 않았다고 했어!"

"거기까지 듣지는 못했어. 길게 이야기할 시간이 없었거든. 그런데 왜 그러는 거야? 무슨 문제라도 있어?"

"아니, 아니야. 먼저 가봐야겠다. 오늘은 일단 이쯤 해두고 다음에 다시 자리를 마련하도록 하자. 그래, 그러는 것이 좋겠다."

소검은 안절부절못하며 서둘러 입구 쪽으로 걸어갔다. 모두들 영문을 모르겠다는 듯 의아한 빛을 드러내었다. 그들 중 소무가 잽싸게 소검의 앞을 막고 나섰다. 소검은 신경질적으로 내뱉었다.

"비켜라. 너와 상대하고 있을 시간은 없다."

소무는 미심쩍은 눈빛으로 소검을 노려보며 추궁했다.

"무슨 일이지? 왜 이렇게 초조해하는 거냐?"

"너와 상관없다."

"상관이 있어 보이는데? 심만구는 사천 쪽에서도 뭔가 일을 꾸미고 있지. 유령마제라던가? 아무튼 그놈을 뒤에서 조종해 천가장을 공격한 적도 있다고 들었다. 설마 유령마제에게 다시 한 번 천가장을 공격하라고 사주한 거냐? 그래서 네가 이

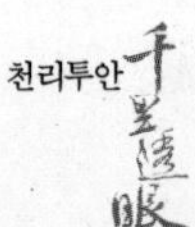

렇게 초조해하는 거냐?"

"뭐?"

학성우 일행은 두 눈을 부릅떴다. 학성우는 소검에게 다가
가며 외쳤다.

"혀, 형! 그건 안 돼. 천가장엔 운비가 있어. 그곳에 운비가
있다구!"

힘없이 고개를 저은 소검은 씹듯이 내뱉었다.

"차라리 그런 거라면 좋겠다. 그런 거라면 좋겠어."

소무는 거칠게 소검의 멱살을 움켜쥐었다.

"대체 무슨 꿍꿍이를 꾸미고 있는 거냐? 그리고 그게 운비
와 어떤 관계가 있지?"

소검은 소무의 얼굴을 바라보지 못했다. 죄지은 것처럼 고
개를 돌렸다.

"천랑은, 운비는 천가장을 떠나 철혈단에 입단했다."

"뭐라고? 철혈단?"

"그래. 나름대로 계획을 세웠다고 했으니, 아마도 그 계획
의 일환이겠지."

"그렇군. 그래서?"

"문제는…… 우리가 철혈단을 쓸어버릴 계획을 세웠다는 거
다. 함정을 꾸며 놓았고, 이미 철혈단은 그 함정 속으로 들어
간 상태야."

모두들 입을 쩌억 벌렸다. 큰 충격을 받아 누구 한 사람 입

을 열지 못했다. 소검의 멱살을 쥐고 있는 소무의 손에 힘이 들어갔다. 그는 이글거리는 두 눈으로 소검을 잡아먹을 것처럼 노려보았다.

"이, 이 빌어먹을 놈이! 이 빌어먹을 새끼가 감히!"

소검은 역정을 내었다.

"천랑이 운비라는 걸 몰랐단 말이다! 내가 그걸 알았다면 이런 계획을 꾸몄겠느냐? 빌어먹을! 나도 미칠 것 같다!"

"얼마나 심각한 거냐?"

"아주 심각하다. 더구나 예주도 그곳에 있어."

"응? 예주?"

"그래. 가만, 그래서……? 이런 제기랄!"

"또 뭐야? 또 뭐냔 말이다, 이 자식아!"

"이틀 전에 예주의 연락을 받았다. 천랑의 뒤를 추적하고 있다더구나. 내게 천랑에 대해 조사해 달라고 부탁했다. 지금까진 그 이유를 몰랐는데, 이제야 알 것 같다."

그때 학성우가 비명을 내질렀다. 그는 자신의 경험담에 비추어 말했다.

"안 돼! 그건, 그건 안 돼! 내가 운비를 처음 봤을 때 느낀 감정은 혼란이었어. 그러다 운비가 아니라고 판단했지. 그 후 느낀 감정은 살의였어. 끝없는 살의! 운비의 얼굴을 가지고 있는 천랑이 증오스러웠어! 놈을 죽이고 싶어 미칠 것만 같았어! 만약 예주 누나도 나와 같은!"

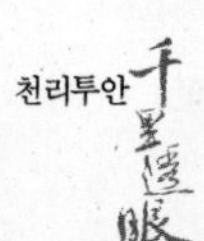

소검은 욕설을 내뱉어 학성우의 말을 끊었다.

"빌어먹을! 그럴 가능성이 높다. 더구나 예주는 내게 천랑의 눈을 가지고 싶다고 말했어. 혼란이 가신 후 운비가 아니라고 판단 내리면, 그때 예주는 운비를…… 빌어먹을! 시간이 없다! 어서 그쪽에 연락을 보내야 해! 그리고 나도 그쪽으로 가야 한다! 돌이킬 수 없는 사태가 발생하기 전에 말이다!"

소무의 손을 뿌리친 소검은 입구 쪽으로 달려가려고 했다. 그때 갑자기 소무가 입고 있던 갑옷을 우악스럽게 뜯어내기 시작했다. 소무의 속내를 읽은 학성우 일행도 얼른 갑옷을 벗었다. 소검은 소무를 향해 신경질적으로 외쳤다.

"지금 뭐하고 있는 거냐?"

소무는 소검을 매섭게 노려보았다.

"나도 간다, 개자식아! 네놈들 때문에 공자님이 돌아가실지도 모르는데, 어떻게 이곳에 가만히 있을 수 있단 말이냐?"

말릴 수 없는 상황이었고, 말리고 싶지도 않았다. 그래서 소검은 발을 동동 구르며 기다렸다. 잠시 후 모두 갑옷을 벗어 흑의 경장 차림이 되었다. 소무는 문 쪽으로 걸어가며 옆에 따라붙는 소검에게 경고했다.

"분명히 말하지만 만약 공자님께서 돌아가신다면 너도, 예주도 반드시 죽여 버리고 말겠다!"

"그런 일은 없을 거다! 아니, 없어야 한다!"

"암, 그래야지! 목적지는 어디냐?"

“사천 북서부의 조가구!”

“더럽게도 멀군! 지금 전서를 날리면 언제쯤 조가구에 도착하지?”

“예주의 전서가 내게 도착하는데 사흘이 걸렸다. 조가구는 예주가 전서를 날린 곳보다 더 먼 곳에 있다. 그러니 사흘 이상 걸린다고 봐야 한다.”

“제기랄! 하여튼 이놈의 땅덩어리는 너무 커서 문제야.”

신경질적으로 투덜거린 소무는 뒤에서 따라오고 있는 학성우 일행에게 명령을 내렸다.

“지금부터 우리는 전력을 다해 조가구로 간다. 잠은 자지 않는다. 음식도 달리며 먹는다. 뒤쳐지는 녀석은 버리고 가겠다. 일일이 보살펴줄 시간이 없어! 모두 알겠나?”

모두 단호한 결의를 담고 있는 얼굴로 힘차게 고개를 끄덕였다. 소무는 소검에게도 지시했다.

“너는 이곳을 나서자마자 전서를 날려. 그리고 우리를 안내해. 또, 예주는 얼마나 강하지?”

“그건 왜 묻는 거냐?”

“몰라서 묻는 거냐? 예주가 공자님을 죽이는 것도 싫지만, 공자님이 예주를 죽이는 것도 싫단 말이다. 서로 친구 아니냐, 친구!”

나예주가 너무 강해 미처 거기까지 생각하지 못한 소검은 크게 당황했다. 그는 눈을 미미하게 떨며 말했다.

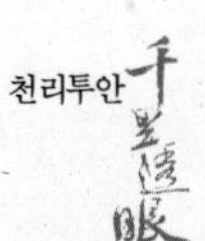

"둘이 싸운다면 예주가 이긴다. 그럴 가능성이 높다. 허나 절대란 없지. 만에 하나 운비가 예주를 죽인다면…… 예주와 나는 이미 장래를 약속한 상태다. 서로 사랑하고 있어! 이 세상 무엇보다 그녀를 사랑해!"

소무는 소검의 어깨를 힘주어 잡았다.

"내가 괜한 말을 했군. 잊어라. 예주와 공자님, 둘 다 죽지 않는다. 너와 나, 우리가 그걸 막는다! 반드시!"

"그래, 그래야지!"

두 사내는 뜨거운 눈빛을 주고받았다.

건물을 나선 열두 명의 친구들은 서쪽을 향해 맹렬한 기세로 질주했다. 지금 이 순간 그들은 호운비와 나예주를 구해야 한다는 마음으로 하나가 되어 있었다.


參


제1대 흑화사신 장염은 처음부터 자객의 길을 걸었던 것은 아니었다. 그는 일인전승으로 전해 내려오는 밀음문(密陰門)의 문주였다.

젊은 시절 그는 강호를 주유하다 교주와 친분을 쌓았다. 그 후 어쩌다보니 교주를 따라 교로 가게 되었다. 그곳에 눌러앉아 밥을 축내며 살았다.

당시 교는 가세가 기울어 재정난을 겪고 있었다. 밥만 축내는 것이 왠지 찜찜해진 장염은 청부살인을 시작했다.

돈이 들어올 때마다 교주에게 밥값이니 네 마음대로 쓰라고 넘겨주었다. 밥값치고는 엄청난 액수였기에 그것은 교에 아주 큰 도움이 되었다.

장염은 처음엔 여러 방법으로 사람을 죽였다. 그러다 교도 중 하나인 흑화라는 여인을 사귀게 되었다.

서로 마음이 맞아 삼 년 정도 동거를 했다. 허나 행복은 더 이어지지 않았다. 흑화가 지병으로 세상을 떠난 것이다.

절망한 장염은 한동안 폐인으로 지내었다. 교주의 도움이 없었다면 그는 절망의 구렁텅이에서 빠져 나올 수 없었을 것이다.

교주 덕분에 정신을 차린 그는 청부살인을 재개했다.

그때부터 그의 살인방법은 한 가지로 통일되었다. 청부를 받을 때마다 한 송이 흑화를 만들어 그것을 표적의 미간에 꽂았다.

아주 독창적이고 특수한 살인법이라 장염은 삽시간에 크나큰 명성을 얻었다. 어느 날 정신을 차려보니 그는 천하제일살수 흑화사신이 되어 있었다.

왠지 뿌듯하고 재미있어 장염은 청부살인에 더욱 열의를 보였다. 돈은 계속 교주에게 넘겨주었고, 교주는 그 돈을 여러 방법으로 불려 교의 세력을 넓혀나갔다.

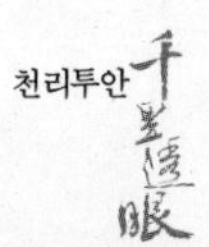

교의 세력 확장에 걸림돌이 되는 존재가 있으면 교주는 장염에게 부탁을 했다. 장염은 마음이 내키면 교주의 부탁을 들어주었고, 내키지 않으면 거절했다. 그는 교주의 친구일 뿐, 부하는 아니었기에 거절하고 싶으면 얼마든지 거절할 수 있었다.

자연, 장염은 교내에서 아주 특수한 신분이었다.

교에 막대한 돈을 안겨다주지만 대가는 바라지 않는다. 그저 먹을 것과 잠잘 곳만 제공해 주면 된다. 누구의 명령도 받지 않고, 교주조차 부탁을 할 수 있을 뿐 명령을 할 수는 없다. 교의 일원인 것도 아니라 어떤 지위도 가지고 있지 않다.

정말이지 교의 입장에서는 애매모호한 존재였다.

장염은 영원히 흑화 한 사람만을 사랑하기로 해 다른 여자는 사귀지 않았다. 제자를 둘 생각도 별로 없어 홀로 나이를 먹어갔다.

그러던 어느 날, 그의 앞에 나예주가 나타났다. 나예주는 그에게 무공을 가르쳐달라고 끈질기게 졸랐다.

당시 소검은 교주의 제자가 되어 있었다. 그러니 그녀가 소검과 동등한 위치에 있기 위해서는 즉, 소검의 부하가 되지 않기 위해서는 교주의 친구인 장염에게 무공을 배워야만 했다.

장염은 매몰차게 거절했지만 나예주는 포기하지 않았다. 집요하게 매달렸다. 귀찮아진 장염은 ‘너 한번 죽어봐라’라고 마음을 먹은 후, 나예주를 혹독하게 가르쳤다.

　물론 제자로 키울 생각은 없었다. 그저 제풀에 떨어져나가게 만들 작정이었다.

　허나 놀랍게도 나예주는 장염의 학대에 가까운 수련을 견뎌내었다. 그뿐 아니라 하루하루 비약적인 성장을 이루었다.

　덕분에 장염은 나예주를 다시 보게 되었다.

　얼굴은 흑화와 전혀 다른데, 그녀의 고집스런 면은 닮았다. 나예주에게 흑화와 닮은 점이 있다는 것이 왜인지 모르지만 그를 기분 좋게 만들었다.

　하나를 가르치면 열을 깨달으니, 가르치는 재미도 있었다.

　지금까지 잊고 지냈던 밀음문의 후계 문제도 생각나 그는 본격적으로 나예주를 가르치기 시작했다.

　나예주는 불과 사 년 만에 장염의 모든 것을 전수받았다.

　이제 때가 되었다고 판단한 장염은 나예주를 데리고 강호로 나갔다.

　두 사람은 일 년간 강호를 떠돌며 수많은 사람들을 암살했다. 장염이 방법을 지시하면 나예주가 수행하는 형식이었다. 표적은 교에서 골라주었다.

　일 년간의 실전수업이 무사히 끝나자 장염은 나예주에게 흑화를 물려주었다. 밀음문의 18대 문주 자리와 흑화사신이란 별호도 떠넘겼다. 그 후 홀가분해진 그는 교에 틀어박혀 한가롭게 노후를 보내었다.

　제2대 흑화사신이 된 나예주가 처음으로 흑화를 사용해 암

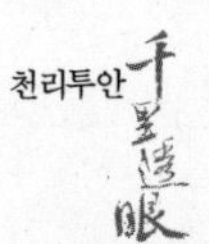

살한 표적은 철혈단주 천주일섬 화무원이었다. 그녀는 성공적으로 그 청부를 해내었다.

그녀는 계속 활약을 하고 싶었는데 소검이 만류했다.

소검은 철혈단이 그녀를 집요하게 추적하고 있는데다 교도 그녀의 힘을 필요로 하고 있으니 잠시 동안만 청부업을 중단하고 자신을 도와달라고 부탁했다.

나예주는 아쉬웠지만 소검의 말을 따르기로 했다. 그래서 그녀는 지금까지 소검을 도와 교를 위해 일했다. 그러다 성도에서 소호를 보게 되었고, 그의 뒤를 쫓아 교돈곡까지 갔다.

소호가 일단 교돈곡에 머물 것처럼 보이자 그녀는 도조상회로 향했다.

철혈단 제거임무는 유령마제 일당과 이백 흑마대(黑魔隊)가 맡았다.

흑마대의 주요 임무는 지하공작과 암살이었다. 소검은 자객들을 사용하는 것이 철혈단을 더 확실하게 속일 수 있다고 판단해 흑마대를 투입하기로 했다.

흑마대의 우두머리는 암흑사왕(暗黑死王) 독고추(獨孤追)였으며 그는 교의 제4봉공(第四奉公)이었고 뛰어난 자객이었다.

그런 이유로 그는 교주 다음으로 장염을 존경했다. 나예주는 장염의 하나뿐인 제자, 때문에 유령마제 일당과 함께 도조상회의 지하에 몸을 숨기고 있던 그는 나예주를 환영해 주었다.

도조상회에 도착한 다음날 오후 나예주는 급보를 받았다. 오늘도 철혈단이 몇몇을 마을 안으로 들여보냈는데, 그중 하나가 소호라고 했다.

나예주는 즉시 도조상회 북쪽의 가게로 향했다. 주인아주머니로 위장하고 있는 흑마대원의 도움을 빌려 인피면구로 얼굴을 가리고, 청의를 입었다. 목소리마저 바꾸어 그녀의 딸로 위장했다.

지금까지 도조상회를 정찰한 철혈단원들은 예외 없이 이 가게 앞을 지나쳤다. 그러니 소호도 이곳으로 올 것이 분명했다.

겨우 하루 안 본 것뿐인데, 다시 소호의 얼굴을 볼 수 있다고 생각하자 그녀는 흥분을 억누르지 못했다. 두근거리는 심장을 뒤로하고 어서 소호가 눈앞에 나타나기를 고대했다.

이윽고 소호가 모습을 드러내었다. 그뿐 아니라 가게 안으로 들어오기까지 했다. 그녀는 소호의 일거수일투족을 주시했다. 아니 소호에게서 눈을 떼지 못했다고 해야 옳았다.

나예주는 소호를 보며 호운비를 떠올렸다. 그것만으로도 그녀는 행복에 젖었다.

바로 그때, 그녀는 소호가 무언가를 눈치챘다는 것을 파악했다. 본능적으로 그녀는 소호의 뒤를 제압했다. 이미 소검을 한 번 실망시킨 상태, 더는 그를 실망시키고 싶지는 않았다. 그런 마음이 그녀의 몸을 움직였다.

소호를 데리고 도조상회로 이동하며 그녀는 차라리 잘 되었

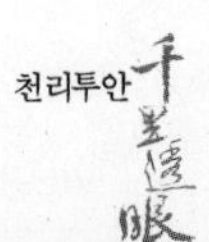

다고 생각했다. 철혈단은 전멸당하겠지만 이제 적어도 소호는
죽지 않는다. 그는 계속 살아 있을 수 있다!

더구나 심문을 해야 하니 단 둘만 있을 기회도 생길 것이다.
그럴 경우 어쩌면 소호에게 호운비가 맞느냐고 물어볼 용기가
생길지도 모른다.

'운비가 맞는다면 얼마나 좋을까?'

여기까지 생각한 그녀는 깜짝 놀랐다. 정말 소호가 호운비
일 가능성도 있었다. 절대 아니라고는 장담할 수 없었다.

부정적인 사고를 배제하고 긍정적인 사고만 해본 것은 이번
이 처음이었다. 그 긍정적인 사고가 그녀를 너무도 들뜨게 만
들었다.

'맞는다면, 운비가 맞는다면, 그렇다면…… 어떻게 되지?'

심장이 쿵쾅쿵쾅거리기 시작했다. 애써 다잡은 평정이 무너
져 내렸다. 무뚝뚝함도, 차가움도 옅어져갔다. 그것을 자각하
지 못한 나예주는 슬쩍 소호의 뒤통수를 바라보았다.

그의 목덜미엔 그녀가 만들어놓은 작고 얕은 구멍이 하나
있었다. 그 구멍에서 피가 주르륵 흘렀다. 왠지 모를 죄책감이
엄습해 들었다. 내력을 사용해 소호의 몸을 짓누르고 있는 것
도 아주 많이 미안해졌다.

그저 그렇게 생각만 했을 뿐인데 그녀의 몸이 저절로 내력
을 단전으로 회수하기 시작했다. 소호의 목덜미에 대고 있는
수도의 예리함도 무뎌져갔다.

나예주는 자신도 모르게 소호의 목덜미에 얼굴을 가까이 대었다. 그리고는 코를 벌름거렸다. 피 냄새와 함께 소호란 사내의 진한 체취가 맡아졌다. 그 체취는 삽시간에 그녀의 전신을 장악했다.

'땀 냄새. 고약해. 그런데도 왠지…… 기분이 좋아. 이 체취가 운비의 것이라면 얼마나 좋을까? 이 사람이 운비가 맞는다면, 이 체취도 운비의 것이겠지? 이 머리칼도, 이 뒤통수도, 이 목덜미도, 이 어깨도, 이 팔도, 이 엉덩이도, 이 다리도 모두 운비의 것이겠지? 흐음, 그렇게 생각하니…… 너무 좋아. 너무, 너무 좋아…….'

나예주는 계속해서 눈으로 소호의 몸을 더듬으며 그의 체취를 맡았다. 그렇게 그녀는 황홀경에 빠져 들었다.

소호는 필사적으로 머리를 굴리고 있었다. 허나 좀처럼 이 위기를 빠져 나갈 계책이 떠오르지 않았다.

도조상회 내부에 있는 일꾼들은 모두 일하는 척하며 이쪽을 주시하고 있었다. 그가 허물어진 저 벽을 넘어 도조상회 내부로 들어가기만 하면 모두 달려들어 포박할 것이 분명했다.

뒤에는 괴물 같은 여인이 서 있고, 앞에는 수십 명의 자객들이 눈을 빛내고 있다. 옆에는 화미가 적에게 제압당해 있다. 게다가 도조상회와의 거리는 벌써 오 장 정도로 좁혀져 있었다. 그리고 지금도 계속해서 거리가 줄어들고 있었다.

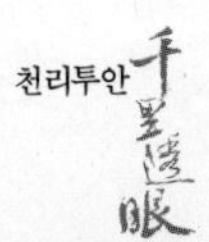

‘빌어먹을!’

그가 속으로 욕설을 내뱉었을 때, 갑자기 전신을 짓누르고 있던 괴물 같은 여인의 압도적인 기운이 약해져 갔다. 목덜미를 콕콕 찌르는 수도의 예리함마저 흐려졌다. 그뿐 아니라 목덜미에 뜨거운 숨결이 와 닿았다.

‘이 괴물 같은 여자가 지금 무슨 수작을 부리는 거지?’

소호는 혼란을 맛보았다. 그가 여인의 숨결이 미묘하게 흐트러져 있음을 파악한 것은 그 직후였다. 지금까지 잘 벼려진 한 자루의 검을 연상케 했던 여인의 기척이 녹슬어 무뎌진 검으로 바뀌었다.

‘영문을 모르겠지만, 이건 내게 있어 처음이자 마지막 기회일지도 모른다!’

생각을 끝내기 무섭게 소호의 왼쪽 눈이 번쩍이며 투시안이 전개되었다. 어느새 오른손은 허리춤의 천뢰도를 움켜쥔 상태였다. 천뢰도가 번개같이 뽑혔다. 소호의 몸도 매섭게 회전하고 있었다.

소호는 뒤를 향해 전력을 다한 일도를 휘둘렀다. 한 줄기 섬광이 번쩍이며 순식간에 여인의 허리가 두 동강났다.

하체는 바닥에 쓰러졌고, 상체는 허공으로 튀어 올랐다. 그렇게 튀어 오르는 그녀의 얼굴을 바라본 순간 소호는 흠칫했다.

‘인피면구? 저 얼굴은 왠지 낯이 익은……. 왜 저런 표정을

짓고 있는 거지? 너무도 환하고 너무도 슬픈 미소를……, 헙!'

소호는 여인의 얼굴에 더 집중하지 못했다. 그녀의 품에서 세 송이의 흑화가 흘러나왔기 때문이다. 그게 그의 모든 신경을 빼앗았다.

여인의 얼굴에서 눈을 뗀 소호는 흑화들을 뚫어져라 노려보았다. 반사적으로 한 송이 흑화를 움켜쥐었다. 천뢰도를 쥔 손은 벌써 옆으로 곧게 내질러져 있었다.

천뢰도가 화미를 제압하고 있던 주인아주머니의 목에 구멍을 뚫었다. 화미는 어깨로 주인아주머니의 가슴을 때렸다. 주인아주머니는 도저히 믿을 수 없다는 듯 눈을 부릅뜬 채 바닥에 드러누웠다. 그녀의 몸에선 생기가 빠른 속도로 빠져 나가고 있었다.

짤막하게 시선을 교환한 소호와 화미는 바로 거리를 질주했다. 이 충격적인 사태에 얼이 빠져 있던 일꾼들은 뒤늦게 정신을 차리곤 재빨리 두 사람을 추격하기 시작했다.

소호는 부지런히 달리며 힐끔 뒤를 바라보았다. 허공으로 튀어 오른 여인의 상체가 바닥에 쿵 소리를 내며 엎어지는 것이 보였다.

천뢰도가 살을 지져 버려서 그런지 그녀의 몸에서 피는 흐르지 않았다. 문득 투시안으로 본 인피면구 속에 가려져 있던 그녀의 진짜 얼굴이 눈앞에 아른거렸다.

'이상하군. 왜 이렇게 내 가슴이 아픈 거지? 마치 몸의 일부

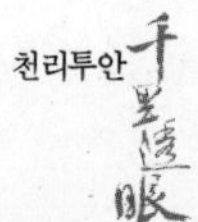

를 잃어버린 것 같은 상실감마저 느껴져. 후우, 잊자! 지금은 이런 생각이나 하고 있을 때가 아니야!'

화미는 소호의 손에 들려 있는 흑화를 뚫어져라 노려보며 외쳤다. 그녀의 목소리는 심하게 떨리고 있었다.

"대, 대대, 대주! 대주! 그거, 그, 그거! 그거 흑화 맞지? 응? 흐, 흑화가 맞는 거지? 저년이, 저년이 흑화사신이었던 거지? 응?"

"나이가 너무 어려. 흑화사신은 이십 년 이상 활동한 자객이야. 아마 그녀는 흑화사신의 제자일 거다. 그녀가 단주님을 암살했는지, 그녀의 사부가 암살했는지 아직은 몰라."

"그, 그래도! 그래도! 전자라면, 만약, 마, 만약 전자가 맞는다면, 그렇다면! 대주가 단주님의 원수를 갚은 거지? 응? 대주가, 우리 7혈대가! 본 단의 염원을 성취한 거지?"

"지금 중요한 것은 그게 아니야! 말할 여유가 있으면 조금이라도 더 빨리 달려. 왜 이렇게 느린 거야? 놈들과 거리가 점점 좁혀지고 있잖아?"

"흐, 흥! 내가 약한 걸 어쩌라고?"

"안 되겠어. 먼저 가. 내가 시간을 끌어볼 테니. 그녀를 죽인 건 나야. 만약 그녀가 흑화사신이라면, 놈들은 나를 집중적으로 공격할 거다. 1혈대 선배님들께로 가. 그 후 각자 뿔뿔이 흩어져 교돈곡으로 간다. 네 명 중 한 사람이라도 반드시 교돈곡에 도착해 본 단이 함정에 빠졌다는 걸 모두에게 알려야만 해!"

"알았어. 그럴게. 대주! 죽지 마! 대주는 본 단의 염원을 이룬 영웅이니까! 꼭 살아서 우리의 박수를 받아야 해!"

"너나 몸조심해. 내가 모두를 막지는 못해. 너를 뒤쫓는 자들도 여럿 있을 거야."

뭐가 그리 좋은지 희희낙락한 얼굴로 힘차게 고개를 끄덕인 화미는 젖 먹던 힘까지 다해 내달렸다.

소호는 그녀와 반대로 천천히 속도를 늦추며 흑화를 품에 갈무리했다. 천뢰도를 고쳐 잡은 뒤 두 눈을 매섭게 빛내었다.

그런 그를 향해 연검을 뽑아든 자객들이 덮쳐들었다.

천리투안 千里達眼

제8장
고립(孤立)

# 壹

'내가 강한 건가? 아니면 이들이 약한 건가?'

달려드는 자객의 목을 댕강 썰어 버린 소호는 야릇한 희열을 맛보았다. 그는 벌써 열다섯 명이나 되는 자객들을 죽였다. 그럼에도 불구하고 지금까지 상처 하나 입지 않았다.

투시안으로 모든 공격을 피했고, 몇 박자 빨리 공격을 가했다. 천뢰도가 한 번 휘둘러질 때마다 예외 없이 하나의 생명이 사라졌다.

천뢰도는 기습 병기의 성격이 짙었다. 그의 진짜 무기는 창이었다. 창을 써야만 최대한의 힘을 발휘할 수 있었다.

천뢰도를 써서 이 정도 실력을 발휘하고 있는데, 창을 쓴다면 얼마나 더 막강해질지 생각만 해도 짜릿했다.

'나는 강해졌다. 내가 선택한 수련법은 틀리지 않았어!'

신이 난 소호는 계속해서 거리를 질주하며 따라붙는 자객들을 하나하나씩 신속하고 깨끗하게 처리했다.

화미는 동쪽의 장원을 향해 일직선으로 달려가고 있었다. 소호는 그녀의 뒤를 갈지자형으로 이동하며 따랐다. 화미보단 느린 속도로 달렸다.

그녀가 1혈대원들과 합류해, 그들이 무사히 교돈곡에 도착할 수 있도록 시간을 끌기 위함이었다.

소호는 화미의 뒤를 쫓는 자들을 우선적으로 처리했기에 아직 그녀는 무사했다.

그때 소호의 눈에 북쪽 건물들의 지붕 위를 달리고 있는 네 명의 자객들이 보였다. 그들은 화미에게 곧장 달려갔다. 그들과 화미 사이의 거리는 빠른 속도로 줄어들고 있었다. 소호는 얼굴을 딱딱하게 굳혔다.

'더럽게도 빠르군. 저들이 특급 자객들인가? 내가 시간을 끌고 있다는 것을 파악하고, 오히려 그것을 이용하고 있어. 하급 자객들로 내 발을 묶어 둔 뒤, 화미를 먼저 제거할 작정이야. 빌어먹을! 어쩐지 일이 잘 풀린다고 했다.'

주위를 두리번거리던 소호는 근처에 있는 가게로 잽싸게 이동했다. 가게의 앞에는 천막이 세워져 있었다. 소호는 천막을 지지하고 있는 기다란 나무막대 네 개를 뽑아들었다. 그러자

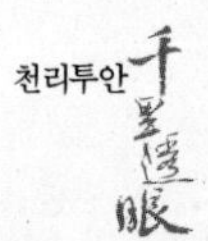

마자 동시라고 생각될 정도로 한순간에 나무막대 전부를 화미의 뒤를 쫓고 있는 특급 자객들에게 던졌다.

네 개의 나무막대는 마치 빛이 쏘아지듯 허공에 황갈색 선을 그리며 특급 자객들을 덮쳤다. 천가창법의 절초 중 하나인 천룡일섬비였다.

소호의 입가엔 한 줄기 미소가 그려졌는데 그것은 이내 무참히 구겨지고 말았다. 특급 자객들 모두 천룡일섬비를 피해버렸기 때문이다.

그래도 당황하긴 한 듯 멈칫한 그들은 소호 쪽을 노려보았다. 허나 목표를 소호로 바꾸진 않았다. 그들은 이내 재차 화미에게 달려갔다.

'이걸 피했다고? 하여튼 자만해서 좋을 것은 하나도 없다니까! 긴장하자, 긴장해!'

스스로를 책망한 소호는 시간 끄는 것을 멈추고 전속력으로 화미를 향해 달렸다. 특급 자객들이 화미를 죽이게 내버려둘 수는 없었다.

그런 그의 눈에 전면에 있는 한 식당이 들어왔다. 여느 식당이 그렇듯 저곳도 손님의 시선을 끌기 위해 식당의 이름이 적혀 있는 커다란 깃발을 세워놓았다.

소호는 깃발이 매달려 있는 깃대를 주목했다. 깃대의 길이는 십 척이 조금 넘었고 적당히 굵었다. 옻칠을 했는지 꽤 단단해 보였다.

‘쓸 만해!’

눈을 빛낸 소호는 깃대를 낚아채었다. 깃발을 거칠게 잡아뜯었다. 천뢰도로 깃대의 끝을 뾰족하게 깎았다. 그러자 깃대는 한 자루의 창으로 변신했다.

천뢰도를 허리춤에 갈무리한 소호는 한 손으로 창을 굳게쥐었다. 진한 안도감과 함께 끝없는 힘이 솟구쳤다. 이제 누가앞에 나타난다고 하더라도 무섭지 않았다.

전력을 다해 일직선으로 달리고 있어 그의 뒤를 쫓는 자객들과의 거리는 점점 벌어졌다. 그와 반대로 특급 자객들과의거리는 빠른 속도로 줄어들었다.

얼추 화미를 따라잡은 특급 자객들이 지붕을 박차고 하늘높이 뛰어오른 것은 그때였다. 그들은 삽시간에 수여 장을 날아가 화미의 앞에 착지했다.

뒤가 아니라 앞에서 적들이 갑작스레 출현하자 화미는 소스라치게 놀랐다. 바닥에 넘어지다시피 몸을 눕히며 두 손으로땅을 짚어 달려가던 몸을 필사적으로 멈추었다. 그런 후 옆으로 튕기듯 이동해 달렸다. 헌데 그럴 줄 알았다는 듯 이미 특급 자객 하나가 그녀의 진로를 가로막고 있었다.

‘이런 씨발!’

속으로 욕설을 퍼부은 화미는 본능적으로 소호를 찾았다.귓가에 쩌렁쩌렁한 고함소리가 들려왔다.

“엎드려라!”

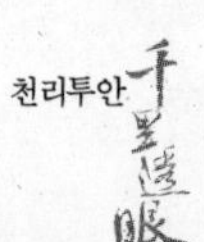

소호의 목소리는 아니었다. 늙수그레한 노인의 목소리였다. 그래도 화미는 바로 몸을 납작 엎드렸다. 앞뒤 가릴 처지가 아니었기 때문이다.

엎드린 그녀가 옆으로 몇 바퀴 데굴데굴 굴렀을 때 요란한 병장기소리가 터졌다.

그녀는 재빨리 소리의 근원지를 바라보았다. 어디선가 나타난 두 노인이 지팡이를 휘두르며 네 명의 특급 자객들과 싸우고 있었다.

1혈대 소속의 만리검(萬里劍) 마사(馬司)와 웅풍검(雄風劍) 용천(龍天)이었다. 아마도 장원에 있지 않고, 이 근처를 둘러보고 있었던 것 같았다. 정말이지 다행이었다. 더욱 다행인 점은 소호마저 합류했다는 것이었다.

특급 자객들과 싸우며 소호는 속으로 안도의 한숨을 내쉬었다. 특급 자객들이 허공을 날아 한순간에 화미를 따라잡은 탓에, 그들보다 먼저 화미의 앞에 도착하지 못했다. 마사와 용천이 아니었다면 화미는 죽고 말았을 터였다.

마사가 소호와 화미를 윽박질렀다.

"멍청한 놈들! 다 된 밥에 재를 뿌려도 유분수지! 대체 어떤 멍청한 짓을 저질렀기에 놈들에게 발각당했단 말이냐?"

발끈한 화미가 마주 고함을 터뜨렸다.

"이 영감탱이가 아무것도 모르면서! 이건 함정이었단 말이야! 대주와 내가 그걸 밝혀내었어! 그래서 이렇게 쫓기고 있는 거야!"

"헙! 뭐라고? 함정?"

"그래! 함정!"

마사와 용천은 확인을 하기 위해 힐끔 소호를 바라보았다. 소호는 전투에 집중하며 딱딱하게 내뱉었다.

"이러고 있을 시간이 없습니다! 여기는 제가 맡을 테니 모두 '그곳'으로 가십시오! 어서 모두에게 알려야 합니다!"

특급 자객들이 듣고 있어 소호는 교돈곡이란 말을 아꼈다. 용천은 말도 안 된다는 투로 외쳤다.

"객기 부리지 마라! 너 혼자 이놈들을 상대하는 것은 불가능하다."

소호는 눈살을 찌푸렸다. 이를 꽉 다문 그는 네 특급 자객들 중 하나를 집중 공격했다.

마사와 용천은 나머지 세 특급 자객들을 막아 소호에게 일 대 일 대결구도를 만들어 주려고 했는데, 그럴 필요가 없는 일이었다. 소호의 노도와도 같은 공세에 특급 자객은 수세에 몰렸고, 그러다 심장에 큼지막한 구멍이 뚫렸다.

소호는 세 명으로 줄어든 특급 자객들을 덮치며 마사와 용천을 노려보았다.

"저의 주무기는 창입니다. 창은 휘두를 공간이 필요합니다. 선배님들의 주무기는 지팡이입니까?"

두 노인은 뭐라고 대답하지 못했다. 마을 안에서 검을 가지

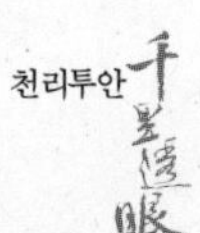

고 돌아다닐 수는 없어 그들은 평범한 노인들처럼 지팡이를 가지고 다녔다. 그러다 이 상황을 목격하고 이곳으로 온 것이었다.

이런 지팡이로는 본 실력을 발휘할 수 없었다. 소호는 그것을 꼬집은 것이었다. 지금의 너희들은 별로 도움이 되지 않는다고, 오히려 너희들이 거치적거려 창을 마음 놓고 휘두를 수 없으니 어서 떠나라고 말이다.

마사와 용천은 슬그머니 뒤로 몸을 빼내었다. 이제 소호 혼자 세 특급 자객들을 상대하게 되었다.

그럼에도 불구하고 승기를 잡은 것은 소호 쪽이었다. 그는 특급 자객들을 사납게 몰아붙였다. 특급 자객들은 방어에 급급했다.

그것을 본 두 노인은 자신들이 소호를 방해하고 있었다는 것을 피부로 실감하게 되었다. 그들은 왠지 모를 자괴감에 젖었다. 답답해진 화미가 그들을 잡아끌었다.

"뭐하고 있는 거야, 영감탱이들! 저기 놈들이 몰려오고 있는 것이 안 보여? 어서 가자! 나처럼 대주를 믿어!"

두 노인은 반사적으로 고개를 돌렸다. 화미의 말대로 저 멀리서 수십 명의 자객들이 우르르 달려오고 있었다.

그들은 떠나려고 몸을 들썩였다. 그러다 마사가 소호에게 외쳤다.

"조금만 버텨라. 곧 모두 데리고 돌아오겠다!"

소호는 다급한 어조로 내뱉었다.

"그래선 안 됩니다. 절대 마을 안으로 들어와서는 안 됩니다! 모두 데리고 탁 트인 평야지대로 가십시오! 그래야 합니다!"

"뭐라고?"

"그냥 제가 시키는 대로 하십시오!"

소호의 강렬한 눈빛을 받은 마사는 태산이 짓누르는 듯한 압박감을 맛보았다. 인정하긴 싫지만 그는 이 새파랗게 어린 녀석에게 압도되고 말았다.

용천도 압도되긴 했지만 마사보다는 덜해 소호에게 걱정을 담아 물었다.

"허면 너는 어쩌려고 그러는 거냐? 너 혼자……."

"제 한 몸 빼낼 능력은 있습니다. 곧 합류할 테니 걱정 마십시오."

소호는 딱 잘라 말했다. 그의 고집을 꺾을 수 없다는 것을 깨달은 용천은 마사를 잡아끌었다.

두 노인은 동쪽으로 질주했다. 일단 장원으로 가야 했다. 동료를 만나야 하고, 숨겨놓은 무기도 찾아야 했으니까.

화미는 얼른 그들의 옆에 따라붙었다. 그녀는 짜증을 담아 투덜거렸다.

"이제야 움직이네! 이제야 움직여! 나처럼 그냥 대주를 믿으라고 몇 번을 말해야 돼? 우리 대주는 말이야, 우연이든 뭐든 저 빌어먹을 흑화사신을 죽였다구! 그만큼 세단 말이야."

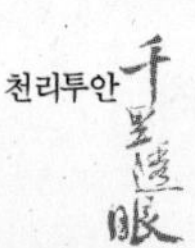

당연하게도 마사와 용천은 두 눈을 부릅떴다. 그들은 동시에 외쳤다.

"뭐, 뭐라고?"

"호호, 들어봐. 어떻게 된 거냐 하면……."

신이 난 화미는 호들갑스럽게 설명을 해주었다. 마사와 용천은 연신 탄성을 터뜨리며 그녀의 말을 경청했다.

한편, 계속 말을 걸어 귀찮게 하던 노인들이 사라진 덕분에 소호는 특급 자객들과의 전투에 전념할 수 있게 되었다.

그의 창에서 천가창법의 정수가 펼쳐졌다. 무거운 철창을 휘둘러온 노력은 헛되지 않아 천가창법은 예전보다 더욱 강맹하고, 예리하며, 화려해져 있었다.

특급 자객들은 사력을 다했지만 역부족이었다. 이십여 초가 교환되었을 때 한 명의 머리통이 박살나 버렸다. 그 후 얼마 지나지 않아 다른 한 명의 심장에 구멍이 뚫렸고, 마지막 한 명도 아랫배에 큼지막한 구멍이 뚫렸다.

피와 내장이 쏟아지고 있는 아랫배를 움켜쥔 특급 자객은 털썩 무릎을 꿇었다. 그는 원독에 찬 눈으로 소호를 노려보았다.

"내가 이런 애송이에게…… 크으……!"

소호는 냉정히 마지막 일격을 준비하며 말했다.

"너희의 패인이 뭔지 아나? 너희는 우리가 야밤을 틈타 도조상회를 공격할 거라고 예상했을 거다. 밤은 자객들의 것, 자연스레 너희는 능력을 최대한으로 발휘할 수 있겠지. 아마도 그래서 너희가 이번 일에 투입되었을 거다. 물론 다른 이유도 있었겠지만. 아무튼 중요한 것은, 지금은 밤이 아니라 낮이다. 그리고 너희는 자객들이 절대 하지 말아야 할 정공법을 택했어. 그게 너희의 패인이다.”

“빌어먹을……! 컥!”

심장에 구멍이 난 그는 외마디 비명과 함께 바닥에 널브러졌다. 미련 없이 고개를 돌린 소호는 전면을 응시했다. 자객들은 두 패로 나뉘어져 있었다. 한 패는 그에게로 달려왔고, 다른 한 패는 화미 일행을 뒤쫓았다.

크게 심호흡을 한 소호는 주먹을 몇 번 쥐었다 폈다.

'별로 피곤하지 않군. 내공도 양이 늘어나서 그런지, 아직 넉넉하게 남아 있어. 최대한 많이 제거하며 선배들의 뒤를 따르자.'

이십여 명의 자객들이 오 장 앞까지 다가왔다. 소호는 오늘 처음으로 도망치는 대신 그들에게 달려갔다.

창이 손에 들려 있는 이상, 적의 숫자가 얼마나 되든 무서울 것은 아무것도 없었기 때문이다.

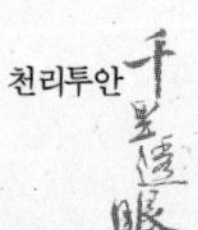

　자객들은 따로따로 덤벼서는 소호를 이길 수 없다는 것을 동료들의 시체를 통해 깨달았다. 그래서 그들은 모두 함께 소호를 덮쳤다.

　소호는 주저 없이 자객들 속으로 뛰어들었다. 창이 무차별적으로 내질러졌다. 그 첫 공격에 두 자객이 목숨을 잃었다.

　나머지 자객들은 일단 몸을 빼낸 뒤, 원을 그리며 퍼져 소호를 포위했다. 그 즉시 그들은 소호의 전신 요혈에 날카로운 일검을 꽂았다. 소호는 몸을 매섭게 회전하며 창을 횡으로 여러 번 그었다.

　검을 거둔 자객들은 뒤로 튕기듯 이동해 창의 간격에서 벗어났다. 회전하던 몸을 갑작스레 멈춘 소호는 오른쪽으로 달렸다. 창을 두 번 연속으로 찔렀다. 창끝은 두 자객의 미간을 노리고 있었다.

　두 자객들은 상체를 크게 뒤로 눕혔다. 창은 아슬아슬하게 그들의 얼굴 위를 스치고 지나갔다. 그와 동시에 소호의 양 옆구리에 네 자루의 검이 꽂혀들었다.

　소호는 전면 허공으로 살짝 뛰어오르며 창대를 수직으로 두 번 내리쳤다. 그가 즐겨 쓰는 일타천변이란 초식이었다.

　창대가 상체를 뒤로 눕힌 두 자객들의 안면과 가슴팍을 우그러뜨렸다. 어느새 창은 좌우 대각선 밑으로 휘둘러지고 있었다.

삽시간에 소호의 옆구리를 노렸던 네 자객들의 손목이 박살 났다. 큰 충격을 받은 그들의 몸이 위태롭게 흔들렸다. 신속하게 내질러진 창이 그들의 관자놀이를 파고들어 뇌를 짓이겨놓았다.

소호는 바닥에 사뿐히 착지했다. 그는 허공에 떠 있던 수유의 시간 동안 무려 여섯 명을 제거했다. 그리고 벌써 여덟 명이 목숨을 잃었다. 허나 자객들은 일말의 두려움도 없이 계속해서 소호를 공격했다.

'죽은 자들은 비명 한 번 지르지 않고, 살아 있는 자들도 이렇다 할 감정을 드러내지 않는군. 자객이란 족속들이 이렇다는 것은 들어서 알고 있었지만, 그래도 실제로 보니 꽤나 오싹하군.'

생각은 그렇게 했지만 소호는 침착하고 냉정하게 자객들의 머릿수를 하나씩 줄여나갔다.

그가 열한 명째 죽였을 때, 저 멀리서 우렁찬 고함소리가 들려왔다.

"신났구나! 잔챙이들을 상대로 아주 신나셨어! 네놈의 그 개떡 같은 면상을 다시 보니 반가워 미칠 지경이다, 이 개자식아!"

흠칫한 소호는 재빨리 고개를 돌렸다. 녹의를 입은 작고 뚱뚱한 사내가 살기를 노골적으로 내뿜으며 쾌속하게 달려오고

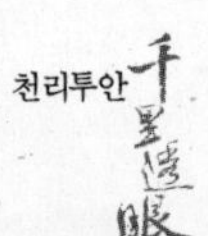

있었다. 유령마제의 제자들 중 하나인 삼독이었다.

삼독은 혼자가 아니었다. 유령마제와 그의 나머지 세 제자들, 그리고 비쩍 마른 사십대 후반의 중년인과 열 명의 복면사내들이 함께하고 있었다.

중년인과 복면사내들은 흑의를 걸치고 있었고, 차갑고 섬뜩한 예기를 발산했다.

소호는 다급히 머리를 굴렸다.

'저들이 오고 있는 방향에는 도조상회가 있다. 모두 도조상회의 내부, 혹은 지하에 몸을 숨기고 있었나 보군. 저들이 핵심전력이다! 벌써 저들이 움직였다 이건가?'

미간을 찌푸린 소호는 계획을 바꾸어야 한다고 판단했다. 삼독을 이길 자신은 있지만, 유령마제를 이길 자신은 없었다. 유령마제 한 사람도 벅찬데 다른 자들까지 상대하는 것은 이란격석이었다.

'일단 선배들과 다른 방향으로 도망쳐 교돈곡으로 간다. 저들이 계속 나를 쫓는지, 아니면 도중에 흩어지는지 확인한 후 다시 계획을 세우자. 가능하면 전원이 나를 쫓는 것이 좋아. 선배들보단 내가 미끼가 되는 편이 나으니까. 조금 도발을 해야겠군.'

생각을 끝낸 소호는 이리저리 몸을 놀려 자객들의 공격을 피하고 막으며 삼독을 향해 반갑게 손을 흔들었다. 환히 웃으며 큰 소리로 외쳤다.

"그래! 나도 반갑구나. 그리고 미안하다. 어쩌다보니 너희들이 꾸민 음모를 알아내고 말았다. 꽤나 공들인 계획 같던데, 그걸 박살내 버려 정말 미안하구나."

삼독뿐 아니라 상대편 수뇌들 모두에게 하는 말이었다.

그 지극히 얄미운 말에 삼독은 안면을 파들파들 떨었다. 다른 수뇌들도 더욱 짙고 음산한 살기를 내뿜었다.

"이이! 이 개자식! 이 씹어 먹어도 시원찮을 개자식이!"

삼독은 고래고래 악을 질렀다. 다시 한 번 손을 흔들며 웃어 준 소호는 바로 몸을 돌려 쏜살같이 북쪽으로 질주했다. 아홉 명의 자객들은 얼른 그의 뒤를 쫓았다.

유령마제 일당도, 흑마대주 암흑사왕 독고추와 그의 호위이자 이백 흑마대 중 최고의 고수들인 암흑십정(暗黑十丁)도 소호를 추격했다.

조가구에는 다섯 곳의 출입구가 있었다. 교돈곡으로 가려면 북동쪽 출입구로 가는 것이 가장 빨랐다.

그러나 소호는 북쪽 출입구로 향했다. 북동쪽 출입구는 화미 일행이 사용할 가능성이 높았기 때문이다. 그들과 같은 출입구를 쓸 수는 없었다.

가능하면 북동쪽 출입구에서 멀리 떨어져 있는 서쪽이나 남쪽의 출입구를 쓰고 싶었지만, 그곳을 통해서는 교돈곡으로 가기 힘들었다. 화미 일행이 적들에게 붙잡힐 가능성도 있으니, 자신도 교돈곡으로 가는 것이 좋았다.

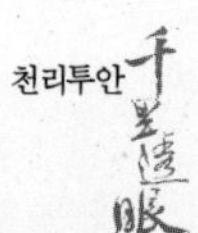

부지런히 달리던 소호의 눈이 일순 이채를 띠었다. 저 멀리 대장간이 하나 자리 잡고 있었다.

조가구가 작은 마을이긴 하나 농업보다는 상업이 중심이니 농장기뿐만 아니라 병기를 팔고 있을 가능성이 높았다. 어쩌면 그 병기들 중에 창이 있을지도 모른다.

소호는 힐끔 손에 들고 있는 창을 바라보았다. 여러 명을 죽여서 그런지 창끝이 무뎌져 있었고, 창대 곳곳에 가늘고 깊은 홈이 만들어져 있었다. 몇 번 더 쓰면 부서질 것 같았다. 식당의 깃대로 사용하던 것이니 어쩌면 당연한 일이었다.

'단단하면서도 유연성을 갖춘 창이 있으면 좋겠는데……'

입맛을 다신 소호는 대장간 안으로 들어가기로 마음먹었다. 허나 그는 곧 그 마음을 접어야 했다.

유령마제와 비쩍 마른 중년인이 무리 속에서 튀어나와 점점 거리를 좁혀오고 있었다. 자신을 뒤쫓고 있는 자들 중 저 두 명이 가장 강하다는 뜻이었다.

'무기를 찾고 있을 여유는 없군. 내 한 몸 챙기기에도 바빠.'

소호는 분명 전력을 다해 달리고 있었다. 그런데도 거리가 좁혀지고 있다는 건, 저들의 발이 자신보다 더 빠르다는 것을 의미했다. 발뿐 아니라 무공마저 더 강할 가능성이 높았다.

'유령마제는 그렇다 쳐도 저 괴물은 대체 누구지?'

불안과 함께 호기심을 느낀 소호는 아주 잠깐 투시안을 써서 비쩍 마른 중년인을 투시했다. 어느새 거리가 십삼 장으로 줄어들어 있었기에 투시해서 볼 수 있었다.

'헙! 금패를 품에 지니고 있군. 역시 사왕이라고 적혀 있다. 흑패가 부하들 용이라면, 금패는 그 부하들을 이끄는 우두머리의 것? 저자가 사왕인가? 그렇다면 흑화사신은……? 가만, 그러고 보니 그녀는 흑화만 가지고 있었을 뿐, 패 같은 것은 가지고 있지 않았다. 패가 없다. 어디에도 소속되어 있지 않다. 비밀병기? 그녀는 심만구의 비밀병기 같은 존재였나?'

불현듯 흑화사신의 얼굴이 머릿속에 떠올라 소호는 흠칫했다. 재빨리 머리를 흔들어 그녀의 얼굴을 지워 버린 그는 생각을 이어나갔다.

'빌어먹을! 왜 자꾸 그녀의 얼굴이 떠오르는 건지 영문을 모르겠군. 아무튼 그녀가 심만구의 비밀병기라면, 저자가 사왕이다. 심만구는 흑화사신 외에 따로 살수 조직을 가지고 있었고, 저자가 그 살수 조직의 우두머리인 거야! 유령마제 하나만 해도 벅찬데, 골치 아프게 되었군. 이대로라면 조만간 따라잡힌다. 후우, 금돈산의 험난한 지형을 믿어볼 수밖에!'

소호는 금돈산의 지형을 최대한 이용해서 도망쳐야 한다고 판단했다. 붙잡히지 않을 방법은 그것밖에 없었다.

어느새 그는 조가구의 북쪽 출입구에 다다랐다. 출입구 근처엔 몇몇 마을 사람들이 보초를 서고 있었다. 난민들의 출입을 막기 위함이었다.

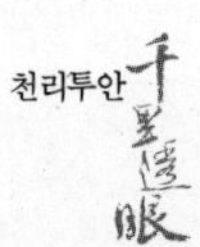

마을은 이미 큰 난리가 난 상태라 보초들은 잔뜩 긴장하고 있었다.

소호는 저들이 자신의 진로를 막을까 봐 내심 초조해했는데, 다행히 보초들은 부리나케 도망쳤다. 수십 명의 강호인들이 짓쳐들고 있으니 겁을 먹을 만도 한 일이었다.

덕분에 아무런 제지 없이 마을을 나선 소호는 구불구불한 경사로에 올랐다. 잠시 경사로를 질주하다 옆의 눈 덮인 수풀 속으로 뛰어들었다.

한 박자 늦게 마을 밖으로 나온 유령마제와 독고추는 계속 소호를 쫓으며 시선을 교환했다. 먼저 입을 연 것은 유령마제였다.

"붙잡힐 듯하면서도 붙잡히지 않는군. 몇 개월 못 본 새에 더욱 강해졌어."

독고추는 무뚝뚝하게 툭 내뱉었다.

"산의 지형을 이용해 도망칠 작정이군. 교돈곡으로 가지 않고 우리를 다른 곳으로 유인할 가능성도 있어. 놈의 뒤는 내가 쫓지. 당신은 제자들과 내 부하들을 데리고 교돈곡으로 가시오. 이 마을 대신 그곳이 놈들의 무덤이 될 것이오. 이미 지시를 해두었소. 허나 지휘할 사람이 필요하오."

"잘 되었군. 네가 가서 지휘를 해. 내가 놈을 쫓겠다."

"이번 임무의 총책임자는 당신이오. 그걸 잊은 거요?"

"그렇다면 너는 내 명령을 따라야 하는 것 아닌가?"

독고추의 두 눈이 차가운 한기를 내뿜었다. 그는 고집스레 말했다.

"놈은 비열한 수법으로 그녀를 죽였소. 내가 세상에서 두 번째로 존경하는 분의 제자를! 놈은 내 손에 죽어야 하오!"

유령마제는 지지 않고 눈을 번뜩였다.

"놈은 내 제자를 죽였다. 더 말이 필요한가?"

"그래서 어쩌자는 거요? 우리 둘 다 놈을 쫓는 것은 비효율적이란 것을 잘 알고 있지 않소?"

"네가 교돈곡으로 가면 된다. 문제를 복잡하게 만들고 있는 것은 너다."

미간을 찌푸린 독고추는 잠시 고민하다 휘익 고개를 돌렸다. 뒤따라오고 있는 암흑십정의 수장, 암흑일정(暗黑一丁) 규원(規元)을 손가락으로 지목했다. 그런 후 손가락을 옆으로 살짝 까닥였다.

힘차게 고개를 끄덕인 규원은 바로 나머지 암흑구정과 흑마대원들을 이끌고 마을 내부로 돌아갔다. 이제 그가 교돈곡을 맡게 되었기 때문이다.

경쟁의식이 생긴 것일까? 아니면 그저 독고추에게 지고 싶지 않았던 것일까? 유령마제는 독고추와 마찬가지로 제자들을 손가락으로 지목한 후 옆으로 까닥였다.

허나 애석하게도 그의 제자들은 암흑십정처럼 바로 고개를 끄덕이지 않고, 대신 세차게 도리질 쳤다. 대표로 삼독이 뭐라

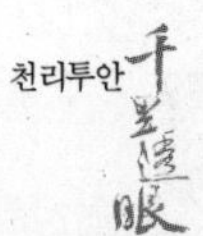

고 항의하려 했는데, 자존심이 상한 유령마제가 더없이 차갑
게 노려보아 입을 합 다물고 말았다.

삼독 일행은 유령마제의 시선을 회피하며 조금 더 뒤따랐
다. 그러다 유령마제의 살기가 대폭적으로 상승하자 "끄응!"
앓는 소리를 내며 힘없이 몸을 돌렸다.

'빌어먹을 놈들! 사부의 얼굴에 똥칠을 해도 유분수지!'

속으로 분통을 터뜨린 유령마제는 슬쩍 독고추를 보았다.
독고추는 별다른 관심을 보이지 않고 있었다. 왠지 그게 더 그
를 열 받게 만들었다. 그는 씹듯이 내뱉었다.

"내 제자들과 너의 부하들 전원이 교돈곡으로 가고 있으니,
이제 그곳은 신경 쓰지 않아도 되겠지. 놈을 끝까지 추적해 죽
인 후 교돈곡으로 가도 늦지 않아."

독고추는 살짝 고개를 끄덕였다.

"그럴 거요. 협곡 속으로 들어갔군. 저 안에선 창을 휘두르
기 힘들 텐데, 왜 저곳으로 간 거지?"

"조심해라. 머리 하나는 비상한 놈이다. 가자!"

"아아!"

전설적인 독수공을 익힌 유령마제와 교내 서열 20위권 안
에 속해 있는 절정의 고수 암흑사왕 독고추!

그들은 단 한 사람을 죽이기 위해 지금 이 순간 힘을 합쳐
주저 없이 협곡 안으로 뛰어들었다.

參

　협곡은 외길이었다. 너비는 장정 세 사람이 나란히 서면 꽉 찰만큼 좁았다. 좌우 절벽의 높이는 하늘을 찌를 듯 높았고 심하게 울퉁불퉁했으며 곳곳에 눈이 쌓여 있었다. 그리고 그것은 바닥도 마찬가지였다.

　바닥에는 눈뿐 아니라 크고 작은 바위들이 널려 있었다. 절벽에 붙어 있던 돌이 떨어져 내린 것이었다. 이것은 협곡 자체가 언제 무너질지 모를 만큼 불안정하다는 것을 의미했다.

　스스로 이런 협곡을 선택해 들어간 소호는 창을 뒤로 곧게 내민 채 앞을 보며 달렸다. 이동할 때 창이 거치적거리는 것을 방지하기 위함이었다.

　눈앞에 길을 막고 있는 커다란 바위가 나타났다. 자신의 키보다 두 배 이상 높은 바위였다. 소호는 힐끔 뒤를 바라보았다.

　팔 장 떨어진 곳에 유령마제와 독고추가 앞서거니 뒤서거니 하며 달려오고 있었다. 다른 사람들은 보이지 않았다.

　잽싸게 신형을 날려 바위를 뛰어넘은 소호는 바닥에 착지했다. 계속 협곡을 질주하며 눈살을 찌푸렸다.

　'최악이군. 괴물 두 명만 나를 쫓고 있다. 나머지는 선배들 쪽으로 방향을 바꾼 거야. 선배들이 붙잡힐 가능성이 더 커졌어. 이렇게 된 이상 최대한 빨리 교돈곡으로 가야 한다. 내가

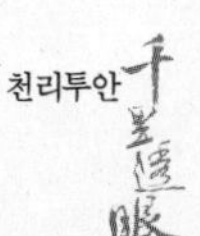

단원들에게 적들의 음모를 알려야 해.'

소호는 다시 뒤를 보았다. 유령마제와 독고추도 바위를 뛰어넘어 바닥에 착지하고 있었다.

'그나마 다행이군. 저들은 내가 깔아놓은 심리적 함정에 빠졌어!'

팔 장이던 거리가 육 장으로 좁혀졌다. 소호는 초조해지는 마음을 억누르며 몸에 용기를 불어넣었다. 전면에 대여섯 개의 바위들이 십여 장에 걸쳐 길을 막고 있었다.

허공으로 신형을 날린 그는 바위들의 꼭대기를 밟아가며 앞으로 나아갔다. 마지막 바위 너머엔 평평한 길이 펼쳐져 있었다. 바위 위에서 뛰어내려 그 길을 달리며 재차 뒤를 바라보았다.

유령마제와 독고추는 앞서 소호가 한 행동을 그대로 따라했다. 바위들의 꼭대기를 밟아 이동했고, 바닥에 착지해 달렸다.

소호는 속으로 회심의 미소를 머금었다.

'좋아! 저들은 이 추적으로 자신들의 발이 나보다 빠르다는 것을 알게 되었다. 그리고 내가 할 수 있는 건 자신들도 할 수 있다고 믿는다. 내 행동을 흉내내어 뒤를 쫓기만 하면 조만간 나를 따라잡을 수 있다는 거야. 이것저것 다른 방법을 쓸 필요 없이, 이 방법을 쓰는 것이 가장 빠르고 확실하게 나를 따라잡을 수 있다고 저들은…… 그렇게 믿고 있다!'

거리가 오 장으로 줄어들었다. 유령마제는 한 손을 들어 올려 가슴 쪽으로 당겼다. 독고추도 검을 뽑았다. 두 사람 다 소호를 공격할 때가 다가왔다고 판단했기 때문이다.

거리가 사 장이 되자 유령마제와 독고추의 전신에서 짙고 음산한 살기가 내뿜어졌다. 삼 장이 되자 두 사람의 입가엔 씨익 잔인한 미소가 그려졌다.

바로 그때, 소호가 번개같이 몸을 반 바퀴 회전했다. 두 사람과 마주 보는 상태가 된 그는 두 손으로 힘껏 창을 잡았다. 뒤로 튕기듯 뛰어서 이동하며 창에 내력을 집중했다.

창대가 좌우의 벽을 무차별적으로 후려갈겼다. 요란한 폭음이 연신 터지며 협곡 전체에 울려 퍼졌다.

창대에 맞은 벽이 박살났다. 크고 작은 돌덩이들이 매서운 속도로 사방에 뿌려졌고, 큼지막한 바위들이 바닥에 꽂혀 협곡의 길을 막았다.

흠칫한 유령마제와 독고추는 두 손을 정신없이 놀려 돌덩이들을 쳐냈다. 이미 비산하고 있는 돌덩이들 속으로 들어간 상태라 그 방법밖에 쓸 수 없었다.

그들은 절정의 고수였고 호신강기마저 대단해 그냥 맞아도 별다른 타격은 받지 않겠지만, 아무런 대응도 하지 않고 그저 돌덩이들을 맞고만 있는 것은 자존심이 용납하지 않았다.

걸음을 멈추거나 뒤로 물러나는 것도 싫었다. 그랬다간 애써 좁혀놓은 소호와의 거리가 다시 늘어나게 될 테니까.

그래서 그들은 부지런히 돌덩이들을 쳐내며, 길을 막고 있

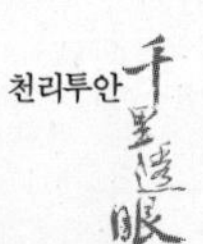

는 큼지막한 바위들을 피하거나 뛰어넘었다. 어느 정도 작은 바위는 옆으로 밀쳐 버리며 집요하게 앞으로 나아갔다.

'이, 이 간악한 놈!'

화가 머리끝까지 치솟은 유령마제는 이를 뿌드득 갈며 계속해서 벽을 때려대고 있는 소호를 노려보았다.

머리 위에서 불길한 바람소리가 들려왔다. 그는 재빨리 고개를 들었다.

절벽 곳곳에 쌓여 있던 눈덩이들이 쏟아져 내리고 있었다. 크고 작은 돌덩이들마저 쏟아졌다. 벽에 끊임없이 강한 충격이 가해진 결과였다.

낙하하는 속도가 있어 저것들도 무시할 수는 없었다. 때문에 유령마제와 독고추는 이리저리 몸을 놀려 비처럼 쏟아지는 눈덩이들과 돌덩이들을 피해야 했다.

독고추는 소호에게 분개했고, 한편으론 의구심을 느꼈다.

'위에서 쏟아지는 것들은 눈이 없다. 제놈도 안전하진 않을 텐데, 우리와 함께 죽을 셈인가?'

의문을 던지기 무섭게 그의 눈이 이채를 띠었다. 소호는 한 번씩 위를 힐끔거렸다.

단지 그뿐이건만 그는 너무도 수월하게 눈덩이들과 돌덩이들이 피했다. 마치 눈덩이들과 돌덩이들이 그를 피해가는 것처럼 보일 정도였다.

'괴물이군! 무공은 나보다 약하겠지만, 그것을 활용하는 방

식은 가히 괴물에 가깝다. 반드시 죽여야 한다!'

살려 두면 교의 대업에 크나큰 걸림돌이 될 놈이었다. 그것을 직감한 독고추는 반드시 오늘 소호를 제거해야 한다고 다시 한 번 필사의 각오를 다졌다.

등 뒤에 길을 막고 있는 바위도 없는데 올곧게 지상을 달리던 소호가 갑자기 대각선 위로 뛰었다. 좌우의 벽을 교대로 밟아가며 빠르게 협곡을 올라갔다. 창은 지금도 계속 벽을 때려대고 있었다.

"이런!"

유령마제와 독고추는 약속이나 한 듯 동시에 탄성을 터뜨렸다. 자신들도 벽을 밟아 위로 올라갔다면 처음부터 이렇게 좌우에서 쏟아지는 돌덩이들을 쳐낼 필요가 없었다.

길을 막는 바위들 때문에 곤란해하지 않아도 되었다. 왜 지금까지 이 단순한 방법을 생각해내지 못했는지 어이가 다 없을 지경이었다.

소호가 만들어놓은 심리적 함정에 빠졌기 때문이지만, 그것을 모르는 그들은 자책을 하며 얼른 좌우의 벽을 밟아 소호를 쫓았다.

대각선 위로 올라가며 두 사람과 거리를 벌리던 소호는 반대편 대각선 위로 방향을 바꾸었다. 유령마제와 독고추는 반사적으로 움찔했다. 소호가 또 무슨 꿍꿍이를 꾸미고 있는지 불안해진 탓이다.

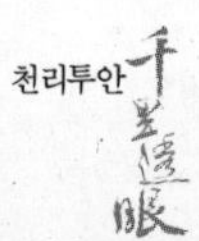

어느새 소호는 그들의 머리 위, 지상과 수직으로 이어져 있는 지점까지 다다랐다.

그 후부터 소호는 위로 곧장 올라가며 좌우의 벽을 향해 창을 비스듬히 꽂았다. 절벽에 툭 튀어나와 있는 커다란 돌기들만 집중적으로 노렸다.

돌기들에 균열이 생겼고, 이내 벽에서 떨어져 나와 아래로 추락했다. 추락지점엔 유령마제와 독고추가 있었다.

머리 위에서 장정 하나보다 더 큰 여러 개의 바위들이 쏟아지자 유령마제와 독고추는 황급히 좌우로 크게 물러났다. 협곡이 좁은데다 바위들이 빽빽하게 떨어지고 있어, 그것들의 사이를 파고드는 것은 불가능했다.

그들은 큰 포물선을 그리며 바위들을 피해 위로 올라갔다. 애석하게도 그때 이미 소호는 시야에서 사라져 있었다. 협곡의 꼭대기까지 올라가 버린 것이다.

뒤늦게 꼭대기에 도착한 두 사람을 반겨준 것은 황혼이 드리워지고 있는 하늘과 북동과 남으로 뻗어 있는 산등성이뿐이었다. 소호는 없었고, 그가 남겨놓은 발자국만이 북동쪽으로 이어져 있었다. 왠지 그 발자국이 두 사람을 비웃고 있는 것만 같았다.

독고추는 주먹을 부르르 떨었다.

"철저하게 농락당했군."

유령마제도 얼굴을 무참하게 일그러뜨렸다.

"그래. 또 한 번, 또 한 번 그 애송이놈에게! 교돈곡으로 가자. 놈은 그곳으로 올 것이다. 먼저 가서 놈을 기다리는 것이 좋겠다."

그러나 독고추의 생각은 달랐다.

"당신은 그렇게 하시오. 나는 계속 놈을 쫓겠소."

"뭐라고?"

"추적에는 자신 있소. 여기서 교돈곡까지는 멀지. 놈이 교돈곡에 도착하기 전에 다시 한 번 따라잡을 수 있을 거요."

"집요하군."

"자객이란 원래 그런 족속이오."

잠시 갈등하던 유령마제는 단호하게 고개를 끄덕였다.

"좋다! 네가 추적을 맡아라!"

두 사람은 바로 소호의 발자국이 찍혀 있는 동북쪽으로 질주했다. 자존심에 크나큰 타격을 받은 상태라 그들의 두 눈은 섬뜩한 독기로 뒤덮여 있었다.

제9장
고돈곡(絞豚谷)

# 壹

창이 부서져 소호는 맨손으로 달렸다. 여태까지 버텨준 것이 대견해 창을 하늘로 던지며 고맙다고 감사의 인사를 했다.

부지런히 달린 그는 한 시진 후 교돈곡 근처에 다다랐다.

교돈곡 안으로 들어갈 수 있는 유일한 입구인 협곡은 교돈곡의 남쪽에 자리 잡고 있었다. 그러나 소호는 교돈곡의 북서쪽 방향으로 접근했다.

조가구를 떠난 후부터 북동쪽으로 빙 돌아 이동한 탓이다. 입구 쪽으로 가는 것보단 북서쪽으로 가야 더 빨리 교돈곡에 도착할 수 있었다.

소호는 일단 북서쪽 벼랑에 도착한 뒤, 절벽을 내려가 교돈곡 안으로 들어갈 작정이었다.

잠시 후 그는 벼랑에 도착했다. 바로 절벽을 내려가려다 무슨 생각이 들었는지 몸을 납작하게 엎드렸다. 그는 천리안을 전개해 교돈곡 내부를 살폈다. 이미 어둠이 세상을 장악한 상태였지만, 천리안 덕분에 대낮처럼 선명하게 교돈곡 내부를 볼 수 있었다.

여전히 천막들이 쳐져 있었다. 몇몇 단원들이 한가롭게 돌아다니는 것도 보였다. 소호는 얼굴을 딱딱하게 굳혔다.

'제길! 선배 일행 중 누구도 도착하지 않았어! 모두 당했단 말인가?'

1혈대원들도 걱정이었지만 그들보단 화미가 더 걱정되었다. 그녀는 그의 직속부하니까. 더구나 그녀는 7혈대 내의 홍일점이기도 했다. 만약 그녀가 잘못되기라도 한다면 7혈대원들은 크나큰 슬픔에 잠길 것이다.

화미더러 제발 살아 있어 달라고 간절히 기원한 소호는 고개를 들어 주변을 광범위하게 훑었다. 어쩌면 적들이 이곳에 철혈단이 모여 있다는 것을 파악하고, 벌써 행동을 개시했을 수도 있다는 불안을 느낀 까닭이다.

'다행이군. 독이 든 통을 들고 있는 자들은 보이지 않아. 적들은 아직 본 단이 이곳에 있다는 것을 모르는 것 같다.'

적들이 조가구 대신 이곳을 철혈단의 무덤으로 만들 작정이라면, 교돈곡을 에워싸고 있는 벼랑 곳곳에 어떤 움직임이 있

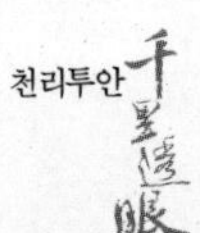

어야 했다. 몇몇이 독이 들어 있는 통을 교돈곡 내부로 던지기만 하면, 철혈단은 극심한 피해를 입게 될 테니 말이다.

소호는 안도감에 젖었다. 절벽을 내려가려다가 다시 문득 어떤 생각이 들었다.

그는 자세를 낮춘 채 재빨리 버랑을 따라 남쪽으로 달렸다. 길이라고 할 수 있을 만한 것이 전혀 없어 상당한 고생 끝에 남쪽에 도착했다.

협곡 근처에 몸을 숨긴 소호는 천리안을 사용해 협곡 바깥쪽을 살폈다. 협곡에서 조금 떨어진 곳엔 삼돈봉의 일부인 산봉우리가 자리 잡고 있었다.

저런 산봉우리를 몇 개 넘으면 조가구에 다다르게 된다. 자연, 조가구에서 교돈곡으로 올 때에도 저 산봉우리들을 지나쳐야 한다.

소호는 협곡의 시작 지점에서 산봉우리 쪽으로 시선을 옮기며 주변을 철저하게 훑었다. 그의 눈이 번쩍인 것은 잠시 후였다.

'저쪽, 산봉우리 중턱, 수풀 몇 개가 들썩이고 있다. 분명 사람의 모습도 보였어!'

너무 멀어 투시가 안 돼 몇 명이나 숨어 있는지 알아낼 수는 없었다. 그래도 적들이 저곳에 숨어 있음을 알게 된 것은 아주 큰 수확이었다.

'화미나 선배들 중 누군가가 적들에게 붙잡혔고, 본 단이

이곳에 있다는 것을 실토했나?'

소호는 바로 세차게 도리질 쳤다. 그들이 철혈단에 해가 되는 짓을 저지를 리 없었다. 그들은 차라리 죽음을 택할 것이다. 소호가 아는 철혈단은 그런 단체였다.

그렇다면 적들은 처음부터 철혈단이 이곳에 숨어 있다는 것을 알고 있었다는 얘기가 된다.

알면서도 모른 척한 것이다. 철혈단을 처리할 장소는 이곳이 아니라 조가구였으니까.

철혈단 전원이 조가구로 들어가고 나면 그때 마을 밖에서 독을 살포한다. 그 독으로 마을 사람들과 함께 철혈단을 쓸어버린다.

운 좋게 중독되지 않은 자들과 마을 밖으로 도망친 자들은 미리 해독약을 먹어둔 자들이 처리한다.

이것이 적들의 계획이었음이 분명했다.

'허나 이제 놈들은 계획을 바꿀 수밖에 없다. 나를 놓쳤으니까. 그런데 왜 숨어 있기만 할 뿐 독을 살포하지도, 공격을 하지도 않는 거지? 설마…… 하지 않는 것이 아니라 하지 못하는 건가?'

소호는 재빨리 머리를 굴렸다.

저 산봉우리에 있는 자들은 도조상회에 숨어 있던 자들일 가능성이 높았다. 그들은 많아 봤자 구십을 넘지 않는다. 더구나 소호가 그들 중 삼십여 명을 제거했으니, 머릿수는 육십여

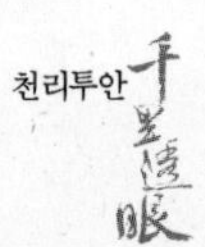

명으로 줄어든 상태였다.

겨우 육십여 명으로는 현재 교돈곡에 머물고 있는 이백사십여 명의 철혈단과 싸울 수 없었다.

독을 써도 그건 마찬가지였다.

교돈곡은 바람이 불지 않는 곳이라 독이 든 통이 떨어져도 삽시간에 곡 전체로 확산되지 않는다. 출구가 있으니 최소 절반 이상이 곡을 빠져 나올 것이다.

절반만 살아남아도 백이십여 명이다. 육십이란 머릿수로 싸우는 것은 도박에 가깝다.

물론 그 육십여 명 중엔 유령마제 일당이 포함되어 있긴 하나, 철혈단에도 1혈대가 있었다. 1혈대는 유령마제 일당과 자웅을 겨뤄볼 만한 전력이었다.

적들도 1혈대의 전력 정도는 파악하고 있을 것이다. 자연, 철혈단을 공격하기 위해선 육십보다 더 많은 머릿수가 필요했다.

'금돈산과 봉록산에 숨어 있던 적들의 나머지 전력, 그들이 아직 도착하지 않은 거군! 독이 든 통을 소지하고 있는 자들도 도착하지 않았어! 그들의 원래 목표는 조가구, 그러니 조가구를 중심으로 곳곳에 흩어져 숨어 있었겠지. 허나, 여긴 조가구가 아니다. 이곳에 도착하는 데는 상당한 시간이 필요한 거야!'

적들이 공격하지 못하고 있는 이유를 알게 된 소호는 회심

의 미소를 머금었다. 그런 그의 눈에 운 좋게도 적들이 숨어
있는 곳을 향해 달려가는 두 명의 사람이 보였다. 유령마제와
독고추였다.

두 사람은 여기까지 소호를 추적했고, 이곳이 교돈곡 근처
라는 것을 파악했다. 더 추적하는 것이 무의하다는 것을 깨닫
고 일행과 합류한 것이었다.

조바심이 생긴 소호는 얼른 절벽을 내려갔다. 이제 적들은
그가 철혈단과 만났다고 생각할 것이다. 그러니 바로 행동을
개시할 가능성이 높았다. 나머지 전력이 도착하지 않았지만
그래도 마냥 가만히 있을 수는 없게 되었으니까.

저들이 움직이기 전에 어서 단원들에게 사실을 전해야 한
다. 이미 묘책이 떠오른 상태, 최대한 빨리 단원들을 움직여
그것을 실행하는 것이 좋다.

투시안을 사용해 빠르고 민첩하게 절벽을 내려간 소호는 천
막 사이사이를 질주해 곡의 중앙으로 향했다.

자신의 행색을 보고 깜짝 놀라는 단원들에게 최대한 빨리,
그리고 조용히 1혈대주 파창이 머물고 있는 천막으로 모든 혈
대주들을 오게 하라고 명령했다. 단원들도 전원 완전무장을
한 채 중앙으로 모이게 하라고 덧붙였다.

파창이 머물고 있는 천막 앞에 도착한 소호는 다짜고짜 안
으로 들어갔다. 파창은 박교, 화대정, 담우와 함께 있었다. 노
인네들끼리 모여 수다를 떨고 있는 중이었다.

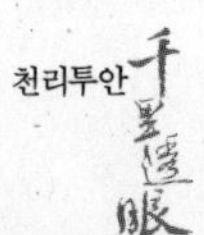

소호는 두 번 설명하는 것이 귀찮아 혈대주들에게 일단 기다려달라고 부탁했다.

잠시 후 마길, 설현, 무염이 놀란 얼굴로 나타났다. 자신을 포함해 현재 도착해 있는 혈대주 여덟 명 전원이 모이자, 소호는 빠르고 간략하게 경과를 보고했다.

혈대주들은 도저히 믿을 수 없다는 빛을 보였다. 허나 소호가 품에서 한 송이 흑화를 꺼내 보여주자, 그들의 얼굴에 머물러 있던 의혹과 불신은 씻은 듯이 자취를 감추었다. 대신 그 자리를 차지한 것은 드디어 단주님의 원수를 갚았다는 희열과 자신들을 함정에 빠뜨린 적들에 대한 분노였다.

설명을 끝낸 소호는 빠르게 명령을 내렸다. 다른 혈대주들의 의견을 묻거나 눈치를 볼 시간은 없었기에 강압적인 태도로 나갔다.

다행히 불쾌해하는 혈대주들은 없었다. 당연하다면 당연한 일이었다. 소호는 그들의 오랜 염원을 풀어준 아주 소중한 은인이었으니까. 소호가 시키면 발가벗고 춤이라도 출 각오마저 되어 있었다.

"적들은 협곡 주변에 모여 있습니다. 협곡만을 감시하고 있습니다. 입구가 협곡 하나뿐이라 믿고 있기 때문입니다. 이제부터 우리는 적들의 그 믿음을 무너뜨립니다. 적들을 혼란에 빠뜨려 일거에 섬멸하는 겁니다! 파 대주님, 1혈대원은 서른여섯 명인 것으로 알고 있습니다. 그 중 세 명이 없으니 서른

세 명입니다. 맞습니까?”

“그래, 맞다!”

파창은 웃는 건지 아니면 우는 건지 모를 오묘한 표정을 지으며 힘차게 외쳤다. 그는 뭐든지 시키는 대로 할 테니 거리낌 없이 말해도 된다고 손짓했다.

“우선 열세 명을 뽑아 주십시오. 그들은 곡을 둘러싼 사방의 절벽을 향해 뿔뿔이 흩어집니다. 절벽을 올라가 벼랑 근처에 자리 잡습니다. 열세 명이 벼랑 전체를 감시합니다. 적들이 나타나면 모조리 제거합니다. 단 한 명도 살려 두어선 안 됩니다. 몇몇은 독이 든 통을 들고 있을 겁니다. 반드시 그 통을 빼앗으십시오. 절대 단 한 개의 통도 부서져선 안 되고, 곡 아래로 떨어져서도 안 됩니다. 그걸 주지시켜주십시오.”

“알았다. 내 단단히 주의를 주마.”

“나머지 스무 명과 파 대주님은 곡 입구에 대기하고 있다가 신호가 오면 신속하게 곡 밖으로 나가십시오. 적들이 공격해 올 겁니다. 다른 적들은 내버려두고, 유령마제와 그의 제자 네 명을 중점적으로 맡아 주십시오. 무리하게 공격을 할 필요는 없습니다. 그들의 발을 묶어 두는 것에 전념해 주십시오. 무슨 일이 있어도 그들을 풀어두어선 안 됩니다. 그들을 내버려두면 삽시간에 대량학살이 일어납니다. 그리고 박 대주님과 화 대주님.”

“그래, 우리는 무얼 하면 되느냐?”

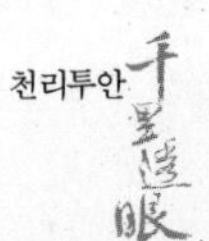

박교는 소호가 귀여워 죽을 것만 같다는 투로 말했다. 소호는 파창을 가리켰다.

"박 대주님과 2혈대, 화 대주님과 10혈대는 1혈대와 행동을 같이합니다. 유령마제 일당은 1혈대에게 맡기고, 2혈대는 사왕과 그의 직속부하들을, 10혈대는 나머지를 중점적으로 처리해 주십시오."

화대정과 박교는 자신만만한 표정을 지으며 눈을 빛내었다. 그들은 단호하게 고개를 끄덕였다. 소호는 설현을 바라보았다.

"설 대주님, 오늘 협곡을 감시하는 임무는 5혈대가 맡고 있습니다. 설 대주님께서는 그들과 함께 계속 협곡을 감시합니다. 그러다 파 대주님 일행이 곡 밖으로 나가면, 5혈대와 함께 그 대열에 합류하십시오. 5혈대의 주된 임무는 입구를 지키는 겁니다. 단 한 사람도 곡 안으로 들어가지 못하게 막아야 합니다. 누구에게도 곡 내부에서 무슨 일이 벌어지고 있는지 절대 가르쳐주어선 안 됩니다!"

다음으로 소호는 나머지 세 명의 혈대주들을 훑었다. 그런 후 담우를 지목했다.

"입구를 맡은 혈대들을 제외한 나머지 혈대 모두는 곡의 북동쪽으로 갑니다. 담 대주님, 담 대주님께서는 12혈대를 비롯해 아직 대주가 도착하지 않은 혈대의 대원들을 모두 모아 지휘해 주십시오. 각기 다른 혈대에 소속되어 있는 대원들을 일

사불란하게 지휘할 수 있는 분은 담 대주님밖에 없습니다.”

대부분의 철혈단원들은 일단 12혈대에 들어갔다가 다른 혈대로 이동한다. 그러니 대부분 담우와 친분이 있었고, 그의 지휘를 받았던 경험이 있었다.

담우는 가슴 깊은 곳에서 뜨거운 무언가가 울컥 치미는 격동을 맛보았다.

자신이 12혈대주인 것이 이렇게나 자랑스러울 수 없었다. 주먹을 불끈 쥔 그는 있는 힘껏 고개를 끄덕였다.

소호는 다시 담우를 지목했다. 이후 마길, 무염을 순서대로 가리켰다.

“세 분 대주님들께서는 각자 대원들 중 내공이 강한 순으로 두 명씩 뽑아 주십시오. 발이 빠른 자도 한 명씩 뽑아 주셔야 합니다. 저도 그렇게 할 겁니다. 북동쪽 절벽은 곡을 둘러싼 곳들 중 경사가 가파르긴 하나 그나마 가장 높이가 낮습니다. 우리 네 명과 내공이 강한 대원 여덟 명, 이렇게 열두 명은 그 북동쪽 절벽을 기어 올라갑니다. 그러며 손이나 무기를 사용해 일정한 간격으로 벽을 팝니다.”

마길이 잽싸게 의문을 던졌다.

“사다리? 내공을 사용해 벽을 파서 사다리를 만들라는 거냐?”

소호는 맞장구를 치며 말했다.

“바로 그겁니다. 우리 모두 그 열두 개의 사다리를 사용해

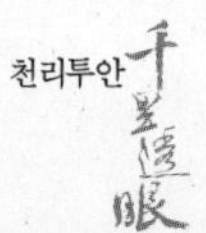

곡을 빠져 나갈 겁니다!”

이 기상천외한 작전에 모두들 경악을 금치 못했다. 아직 소호의 말은 끝난 것이 아니라 그들은 두근거리는 심장을 뒤로하고 소호를 주시했다. 소호는 재차 담우, 마길, 무염을 지목했다.

“사다리가 완성되어 단원들이 어느 정도 절벽을 오르면, 제가 때를 봐서 신호를 보낼 겁니다. 그러면 세 분과 제가 뽑은 발이 빠른 단원 네 명이 입구로 달려갑니다. 파 대주님, 그게 신호입니다. 그들과 만나게 되면 즉시 곡 밖으로 나가 적들과 싸우십시오.”

파창을 비롯해 입구를 맡은 세 혈대주들은 동시에 고개를 끄덕였다. 소호는 그 네 명 중 파창과 설현을 뚫어져라 바라보았다.

“우리의 움직임을 적들에게 들키지 않기 위해서는, 벼랑을 감시하는 1혈대와 입구를 지키는 5혈대가 제 몫을 다해 주어야만 합니다.”

파창과 설현은 우리를 믿으라는 듯 다시 한 번 힘차게 고개를 끄덕였다. 믿겠다는 의미로 마주 고개를 끄덕여준 소호는 담우, 마길, 무염을 돌아보며 말했다.

“곡을 빠져 나간 우리는 벼랑을 감시하던 1혈대원들과 함께 신속하고 은밀하게 이동합니다. 이렇게 곡을 빙 돌아 입구 쪽으로 가서, 적들의 배후를 칩니다!”

소호는 두 눈을 무섭게 빛내었다.

이 너무도 멋진 말에 모두들 도저히 흥분을 억누를 수가 없었다. 생각만 해도 짜릿해 벌써부터 몸이 들썩이고 있었다.

마길은 전신을 부르르 떨며 외쳤다.

"그거, 그거 죽이는군! 우리가 난데없이 튀어나와 공격을 하면 놈들은 우왕좌왕할 거야! '곡 안에 있어야 할 놈들이 어떻게 이 방향에서 나타난 거지?' 하며 말이야! 으하하하!"

그런 웃음소리를 뒤로하고 소호는 입구를 맡은 네 혈대주들을 더없이 진지한 눈으로 바라보았다.

"그때까지 여러분께서 버텨주셔야 합니다. 그럴 거라 믿습니다."

파창이 대표로 대답했다.

"천천히 와도 된다."

그러며 그는 씨익 웃었다. 박교와 설현, 화대정도 함께 웃었다. 소호도 웃었고, 나머지 혈대주들도 웃었다.


## 貳


"이놈들이 왜 이렇게 조용하지? 함정에 빠졌고, 우리가 이곳을 노리고 있다는 것도 알고 있을 텐데?"

침묵에 잠긴 교돈곡을 응시하며 유령마제는 눈살을 찌푸렸

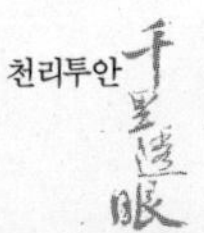

다. 모여 있는 자들 중 독고추가 나직이 대답했다.

"그럴 거요. 천랑은 우리가 자신을 이곳까지 뒤쫓았다는 것을 아니까. 우리가 이곳에 철혈단이 있을 거라 판단했다고 생각할 거요. 그런데도 조용하다는 건 한 가지뿐이오."

"그게 뭐지?"

"우리가 곡 안으로 들어오기를 기다리는 거요. 여러 가지 함정을 만들어둔 채."

"함정에 빠졌으니, 함정으로 응수하겠다? 과연, 그 간악한 녀석이라면 그러고도 남지."

"차리라 잘 되었소. 내 부하들이 모두 모일 시간을 벌게 되었으니까. 부하들이 모두 도착하면 그때 시작하지."

"너무 늦어! 대체 왜 이렇게 늦는 게냐?"

"여긴 조가구가 아니오. 시간이 걸리는 건 어쩔 수 없소."

"흐음, 내 제자 녀석들이 만든 독을 운반하고 있는 놈들은 도착했나?"

독고추는 대답 대신 근처에 있는 암흑일정 규원을 가리켰다. 규원은 정중하게 대답했다.

"조금 전에 도착했습니다. 이미 곡을 에워싼 벼랑으로 보내두었습니다. 신호용 화통이 쏘아지면 바로 독이 든 통 여덟 개 전부를 곡 안으로 던질 겁니다. 대부분은 죽을 것이고, 살아 있는 놈들도 제 발로 밖으로 나오게 되겠지요. 우린 놈들이 함정을 설치해 둔 곡 안으로 들어갈 필요가 전혀 없습니다."

유령마제는 탐탁지 않은 표정을 지었다.

"화통이라……, 놈들도 그걸 볼 텐데? 너무 요란한 것 아닌가?"

"봐도 무엇인지 모를 겁니다. 안다고 해도 그땐 이미 늦습니다. 독이 든 통은 벌써 곡 안으로 떨어진 뒤일 것이니 말입니다."

"하긴, 그건 그렇겠군."

대화는 거기서 끊겼다. 백여 명이나 되는 대인원은 어둠속에 몸을 숨긴 채 조용히 시간을 보내었다. 머릿수가 점점 불어나 백여 명이던 인원이 백오십여 명이 되었다.

이제 올 사람은 다 온 셈이었다. 유령마제는 천천히 몸을 일으켰다. 그는 백오십이라는 숫자가 마음에 안 들어 입맛을 쩝 다셨다.

소호에게 당한 삼십여 명의 흑마대원들과 노인 세 명에게 당한 십여 명의 흑마대원들이 못내 아쉬웠다.

그의 제자들이 제때 나타나지 않았다면 더 많은 흑마대원들이 세 노인들의 손에 살해당했을 것이다. 그만큼 세 노인들은 강했다. 다행히 그의 제자들이 조금 더 강해 세 노인들을 제거하고 계집도 하나 생포할 수 있었다.

아무튼 이미 죽은 사람을 살리는 것은 불가능하니 여기 있는 머릿수만으로 해보는 수밖에 없었다. 독이 든 통만 제대로 곡 안에 떨어지면 충분히 적들을 쓸어버릴 수 있었다.

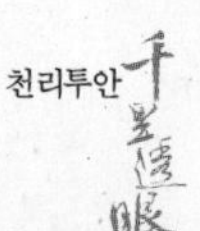

'독이 1혈대를 최대한 많이 죽였으면 좋겠군. 제자들이 죽인 세 늙은이들과 비슷한 실력자가 수십 명 이상이라면……'

매사에 오만할 정도로 자신만만하던 유령마제는 오늘따라 왠지 마음이 약해지는 것을 느꼈다. 이 불길한 예감이 1혈대란 존재 때문인지, 아니면 다른 이유가 있는지 도무지 알 수가 없었다.

얼굴을 굳힌 유령마제는 두 눈을 단호하게 빛내며 약해지는 마음을 다잡았다.

'아니, 나는 천하제일인이다! 천하에서 나보다 강한 자는 없어! 그 어떤 놈도 나를 죽일 수는 없다! 그리고 지금은 밤이다. 밤은 자객들의 전유물! 우리가 이긴다!'

그가 주먹을 불끈 쥐었을 때, 역시 자리에서 일어난 독고추는 규원에게 눈짓을 건넸다. 무리가 교돈곡의 입구 쪽으로 이동을 시작하면 바로 화통을 쏘아 올리라는 뜻이었다.

고개를 끄덕이려던 규원은 흠칫했다. 덩달아 긴장한 독고추는 규원이 바라보고 있는 곡의 입구를 응시했다. 그의 얼굴도 심각하게 굳어졌다.

철혈단의 상징인 핏빛 적의를 입은 자들이 우르르 곡 밖으로 튀어나오고 있었다.

'기다리다 지친 건가? 그래서 선제공격을? 놈들이 모두 밖으로 나오면 독은 무용지물이 된다. 내 부하들이라면 놈들이 입구로 이동하고 있다는 것을 파악하고 그쪽으로 이동했을 거

다. 화통을 쏘면 입구 쪽을 향해 독을 집중 투하하겠지!'

생각을 끝내기 무섭게 독고추는 규원을 불렀다.

"해라!"

규원은 즉시 화통을 쏘았다. 붉은 불꽃이 어두운 밤하늘을 수놓았다. 독고추는 큰 소리로 외쳤다.

"모두 해독약을 복용하라!"

독이 입구 쪽에 투하된다면 연기가 밖으로 흘러나올 가능성이 높았다. 중독되지 않기 위해서는 미리 준비해 둔 해독약을 먹어두어야 했다.

유령마제 일당은 만독불침이라 해독약을 먹을 필요가 없었다. 그래서 그들은 가만히 있었고, 흑마대원들은 품에서 해독약을 꺼내 꿀꺽 삼켰다. 흑마대원들과 마찬가지로 해독약을 먹은 독고추는 재차 우렁차게 외쳤다.

"가자! 놈들에게 왜 어둠이 자객들의 전유물인지 똑똑히 가르쳐주어라!"

흑마대원들은 말없이 힘차게 고개를 끄덕였다. 독고추는 쏜살같이 산봉우리를 내려갔고, 그의 뒤를 흑마대원들이 따랐다. 유령마제와 그의 제자 네 명도 전의를 북돋우며 신형을 날렸다.

파창은 붉은 불꽃과 전면에서 살기를 내뿜으며 달려오는 수많은 적들을 확인했다.

그는 힐끔 주변을 살폈다. 입구를 맡은 1, 2혈대원들은 모두

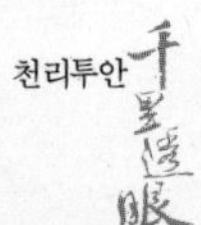

밖으로 나온 상태였다. 5혈대와 10혈대도 속속 밖으로 나오고 있었다. 모두들 의기가 충천했다.

씨익 웃은 파창은 입고 있는 옷의 매무새를 다듬었다.

'역시 싸울 때는 이 옷을 입어야 해. 이 붉은 물결이 주름진 내 심장을 뜨겁게 달구거든!'

유쾌해진 그는 큰 소리로 외치며 앞장서서 달렸다.

"가자, 이놈들아! 모조리 다 쓸어버려라!"

"우와아아아!"

"크카카캇!"

철혈단원들 중 일부는 함성을 지르고 일부는 벌써부터 광소를 터뜨리며 우르르 적들을 향해 돌격했다.

얼마 지나지 않아 마주 달려가던 두 패는 정면으로 충돌했다.

삽시간에 장내는 함성과 욕설, 비명과 병장기소리로 뒤덮였다.

흑마대원들은 입을 꾹 닫고 전투에만 열중했기에 대부분의 소음들은 철혈단 쪽에서 나오고 있었다. 하지만 죽거나 다치고 있는 것은 철혈단뿐만이 아니었다.

철혈단원 두 명이 죽을 때 흑마대원 세 명이 죽어나갔다. 머릿수는 밀리지만 전력은 철혈단 쪽이 약간 더 우세하다는 뜻이었다.

파창은 흑마대원들은 내버려두고 처음부터 유령마제를 노

렸다. 유령마제는 혼란을 느끼는 중이었다. 곡 내에서 독무가 피어오르지 않고 있었다. 이렇다 할 비명소리도 들리지 않았다.

그러나 지금 싸우고 있는 철혈단의 숫자는 백십여 명 정도에 불과했다. 더 밖으로 나오는 자들은 없었다.

'어떻게 된 거지? 이백이 넘게 있다고 했으니 절반 가까이 독에 당했다는 뜻인데……, 왜 내 눈엔 독무가 보이지 않고, 내 귀엔 비명소리가 들리지 않는 거냐?'

유령마제는 생각을 더 이어나가지 못했다. 파창의 창이 심장에 꽂혀들고 있었다.

눈을 차갑게 빛낸 유령마제는 독수를 휘저었다. 단순하지만 빠르게, 그리고 강맹하게 휘둘러지는 창과 짙은 녹색으로 물든 두 손이 어지럽게 교환되었다.

이 짧은 시간 동안 전개된 수십 초의 공방은 누구에게도 승기를 내어주지 않았다. 실력을 놓고 보자면 유령마제가 몇 수 위였지만, 그는 싸움에 집중을 못하고 있었다.

파창도 그것을 깨달았다. 유령마제가 정신을 차리면 자신은 오늘 죽는다는 것을, 유령마제를 쓰러뜨릴 기회는 지금뿐이라는 것을! 필사의 각오를 다진 그는 전력을 다하기 시작했다.

유령마제의 제자 네 명은 1혈대원 이십 명과 뒤엉켜 있었다.

그들도 혼란에 빠진 것은 마찬가지라 기선을 제압당하고 말

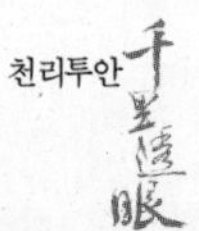

았다. 정신없이 방어만 할 뿐 제대로 된 공격은 시도조차 못했다.

이대로는 안 된다는 생각에 오독은 하나뿐인 팔을 부지런히 휘두르며 외쳤다.

"정신 차려! 지금은 눈앞의 적들을 제거하는 것이 급선무다!"

허나 별다른 효과는 없었다. 그의 사형제 세 명은 여전히 전투에 집중을 하지 못했다. 삼독이 악을 질렀다.

"곡 안에서 아무런 반응이 없잖아! 더구나 소호! 소호 이 개자식이 보이지 않아! 나머지 철혈단과 이 개자식은 대체 안에서 무슨 짓을 하고 있는 거야? 대체 또 무슨 꿍꿍이를 꾸미고 있는 거냔 말이다!"

"지금은 그걸 신경 쓸 때가 아니라니까!"

"어떻게 신경을 안 쓰냐고, 이 새끼야! 이 빌어먹을 영감탱이들! 뒈져라! 모두 다 뒈져 버려!"

삼독은 미친 듯이 사방에 독장을 뿌렸다. 그를 상대하던 다섯 명의 1혈대원들은 신속하게 몸을 피했다. 누구도 저 독장을 정면으로 받아내지 않았다. 그것은 자살행위라는 것을 잘 알고 있었다.

다섯 명의 1혈대원들은 재차 삼독을 덮쳤다. 다른 1혈대원들도 다섯 명씩 짝을 지어 각자 한 사람씩 맡고 있었다. 이십 대 오가 아니라 오 대 일의 구도를 만들고 있는 것이다! 유령마제의 제자들이 한데 뭉쳐 힘을 합하게 만들어서는 안 된다는 것을 직감했기 때문이었다.

1혈대원들은 쉬지 않고 계속해서 삼독 일행을 강하게 압박했다. 삼독 일행은 부지런히 독수를 휘두르고 독장을 날렸지만 좀처럼 수세에서 벗어나오지 못했다.

그렇게 수세에 몰린 제자들의 모습이 유령마제를 일깨웠다. 번쩍 정신을 차린 유령마제는 파창의 공격을 흘린 뒤 잽싸게 대여섯 번의 독장을 날렸다.

파창이 그것을 피할 때 그는 제자들 쪽으로 신형을 날렸다. 그는 이미 제자 하나를 잃었다. 여기서 또 제자를 잃을 수는 없었다.

'이런!'

혀를 찬 파창은 얼른 유령마제를 쫓았다. 유령마제는 제자들의 무리에 합류했고, 파창도 1혈대원들의 무리에 합류했다.

오 대 일이었던 구도가 삽시간에 이십일 대 오의 구도로 바뀌었다. 유령마제가 신속하게 제자들을 자신의 주위로 모은 까닭이다.

그때부터 유령마제 일당은 반격을 개시했다. 파창과 1혈대원들도 한번 잡은 승기를 놓치지 않기 위해 전력을 다했다.

치열한 전투를 벌이고 있는 이들 주변엔 아무도 없었다. 모두들 멀찍이 떨어져 싸웠다. 사방으로 퍼부어지는 눈먼 독장에 맞아 죽고 싶지 않았기 때문이다.

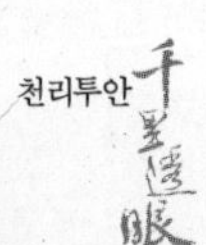

박교와 화대정은 독고추와 맞붙은 상태였다. 처음엔 박교 혼자 싸웠지만, 얼마 지나지 않아 화대정이 가세했다.

세 사람의 전투는 팽팽하게 전개되었다. 박교의 묵직하고 파괴적인 쌍검과 화대정의 부드럽고 화려한 주먹, 그리고 독고추의 군더더기 없는 쾌검은 집요하게 서로의 급소만을 노렸다.

박교의 무참하게 일그러진 얼굴은 시뻘겋게 달아올라 있었다. 그는 혼자 힘으로 독고추를 쓰러뜨릴 수 있다고 자신했다. 허나 그 자신감은 독고추와 십여 초를 교환한 뒤 바로 박살났다. 빌어먹게도 그는 독고추의 적수가 아니었다.

그것을 파악한 화대정이 얼른 달려왔다. 그래도 상황은 전혀 나아지지 않았다.

물론 상황은 백중세였다. 그러나 그건 어디까지나 독고추가 전투에 집중하고 있지 않았기에 가능했다.

독고추는 검을 휘두르면서 연신 주변을 훑었고, 부하들에게 명령을 내렸다. 머리로는 무언가를 심각하게 고민했다. 그런 짓을 하면서도 박교와 화대정을 상대로 한 치도 밀리지 않고 있는 것이다.

그러니 박교가 수치심을 느끼는 것도 무리는 아니었다.

독고추의 명령을 받은 암흑십정 중 세 명은 쏜살같이 교돈곡의 입구 쪽으로 달려갔다. 현재 곡의 내부가 어떤 상태인지 알아내기 위해서였다.

반드시 천랑과 이곳에 없는 나머지 철혈단원들이 어떤 상태인지 파악해야 했다. 그래야 유령마제 일당과 흑마대는 침착해질 수 있었다.

협곡 안으로 들어가려는 암흑십정 세 명을 설현과 여덟 명의 5혈대원들이 잽싸게 막았다. 설현이 하나를 맡았고 5혈대원 여덟 명이 나머지 둘을 맡았다.

암흑십정 세 명의 임무는 전투가 아니라 교돈곡 안으로 들어가는 것이었다.

자연, 그들은 공격을 한다고 시간을 허비하지 않고 방어에 집중하며 이리저리 신형을 날렸다. 협곡과 거리를 좁히는 데에 전념했다.

암흑십정 하나가 길을 막던 설현을 뿌리치고 협곡으로 질주했다. 협곡 안으로 몸을 들이밀려던 그를 좌우에서 쏜살같이 달려온 세 명의 5혈대원이 막았다.

그들은 근처에서 흑마대원들과 싸우고 있었는데, 누군가가 협곡 안으로 들어가려는 것을 보고는 전투 도중에 몸을 빼내 이곳으로 온 것이었다.

그들 때문에 잠시 멈칫한 암흑십정의 목에 설현의 칼이 그어졌다. 암흑십정은 재빨리 고개를 숙여 피했다. 그런 그에게 설현은 쉴새없이 공격을 퍼부었다.

이대로라면 임무를 달성하기도 전에 죽을 판이라 암흑십정은 일단 설현과 맞서 싸웠다. 그러면서 다시 곡 안으로 들어갈

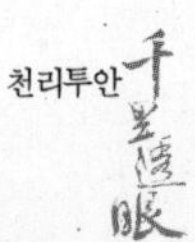

기회를 노렸다.

독고추는 얼굴을 딱딱하게 굳혔다. 그는 입구 쪽의 공방을 살피고 있었다.

'철혈단 일부가 입구를 막고 있다! 누구도 안으로 들여보내지 않겠다는 뜻! 천랑! 네놈은 안에서 무슨 꿍꿍이를 꾸미고 있는 거냐!'

눈앞에 소호의 얼굴이 떠올라 독고추는 이를 뿌드득 갈았다. 그는 신경질적으로 전황을 살폈다.

백십여 명이던 철혈단은 팔십여 명으로 줄어들어 있었고, 백오십여 명이던 흑마대는 백여 명으로 줄어든 상태였다. 유령마제 일당은 1혈대에게 발이 묶여 있었다.

아직은 흑마대의 머릿수가 더 많았다. 허나 시간이 지나면 그것은 역전될 것이다. 전세가 점점 철혈단 쪽으로 기울고 있었으니까.

철혈단이 기세등등한 것에 비해 유령마제 일당과 흑마대는 의혹과 불안을 느끼고 있었다. 그리고 그들이 의혹과 불안을 느끼고 있는 이유는 이곳에 없는 천랑과 나머지 철혈단원들 때문이었다. 곡 안쪽의 상황을 전혀 모르고 있다는 점도 그들을 초조하게 만들었다.

바로 그것 때문에 대량학살을 해줘야 할 유령마제 일당도, 흑마대도 제대로 힘을 쓰지 못하고 있는 것이었다.

'내가 직접 가야겠군.'

　결심을 굳힌 독고추는 박교와 화대정에게 처음으로 전력을 다한 공격을 퍼부었다.

　지금까진 소호가 나타날 것에 대비해 힘을 아껴두고 있었지만, 이 둘을 최대한 빨리 떨쳐 버리고 곡 안으로 가기 위해선 아껴둔 힘을 꺼낼 필요가 있었다.

　이십여 초의 공방이 이어진 끝에 박교는 몸을 휘청거리며 뒤로 서너 걸음 물러났다. 화대정도 가슴팍에 얕고 길쭉한 검상을 입었다.

　독고추는 끝장을 내려다가 박교와 화대정이 독기를 품으며 얼른 자세를 고쳐 잡는 것을 보고는 미련 없이 그들을 지나쳐 곡으로 달려갔다.

　지극히 쾌속한 속도였기에 그는 삽시간에 입구를 막고 있는 5혈대와 마주쳤다.

　계속 달려가며 길을 막는 자들을 베어 넘겼다. 그리고는 그대로 협곡 안으로 신형을 날렸다.

　아직도 입구 근처에 발이 묶여 있던 암흑십정 세 명은 더는 협곡으로 들어가려 하지 않고 5혈대와의 전투에 전념했다. 독고추가 손짓으로 내가 들어갈 테니 너희는 여기서 싸우라고 지시했기 때문이었다.

　부리나케 독고추의 뒤를 쫓았던 박교와 화대정은 서로의 얼굴을 보며 갈등했다. 고민은 짧았다. 그들은 흑마대원들 쪽으로 달려갔다. 독고추의 발은 그들보다 빨랐다. 그러니 이세 독

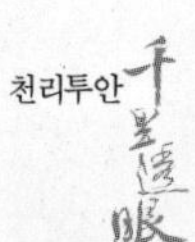

고추가 곡 내부를 보는 것을 막을 수는 없었다.

불가능한 일에 매달리는 것보단 가능한 일을 하는 것이 좋았다. 그래서 그들은 독고추가 돌아오기 전에 조금이라도 더 많은 적들을 쓸어버리기로 결심했다.

독고추는 곧장 협곡을 가로질렀다. 그러며 주위를 확인했다. 시체라곤 단 한 구도 보이지 않았다. 독무가 피어오르는 것도 발견하지 못했다.

불안이 점점 커져갔다. 그런 상태로 그는 교돈곡 내부에 도착했다. 그의 두 눈이 부릅떠진 것은 그 직후였다.

'아무도……없다? 이럴 수가!'

교돈곡 내부는 텅 비어 있었다. 수십여 개의 천막들만 덩그러니 놓여 있을 뿐이었다.

독고추는 쏜살같이 가장 가까이에 있는 천막으로 달려갔다. 천막을 거칠게 잡아 뜯었다. 역시나 천막 안엔 아무도 없었다.

'이게 어떻게 된 일이지? 입구는 여기 하나뿐인데, 대체 다들 어디로 사라진 거냐? 어떻게 이렇게 씻은 듯이 사라질 수 있는 거냔 말이다!'

독고추는 주먹을 부르르 떨며 이글거리는 두 눈으로 곡 내부를 샅샅이 훑었다. 그러나 아무것도 찾지 못했다.

만약 그가 북동쪽으로 달려갔다면 수많은 사람들이 절벽을 올라간 흔적을 찾았겠지만, 애석하게도 그는 그렇게 하지 않았다. 그저 계속 주변을 두리번거리다가 이를 뿌드득 갈고는 협곡으로 향했다.

전장으로 돌아가기로 한 것이다.

이대로 계속 혼란에 빠져 있는 것보단 철혈단원을 하나 붙잡아 어떻게 된 일인지 캐묻는 것이 더 낫다고 판단했다. 아니, 진작 그렇게 했어야 했다.

다시 협곡을 가로지른 독고추는 전장에 도착했다.

바로 그때, 저 멀리 어둠에 잠겨 있는 산봉우리에서 우레와도 같은 함성소리가 사방에 쩌렁쩌렁하게 울려 퍼졌다.

"우와아아아!"

"와아아아!"

핏빛처럼 붉은 물결이 노도처럼 밀려들고 있었다.

參

뜬금없는 장소에서 난데없는 함성소리가 터지자 유령마제 일당과 흑마대는 크게 당황했다. 그들의 눈에 성난 기세로 전장을 향해 달려오는 철혈단이 보였다. 그것도 족히 백삼십여 명이 넘는 대인원이었다.

선두에는 밤이라 더욱 시퍼렇게 빛나고, 귀기마저 감도는 푸른 눈을 가진 청년이 한 손에 쌍창을 굳건히 쥐고 있었다.

'천랑! 이노옴!'

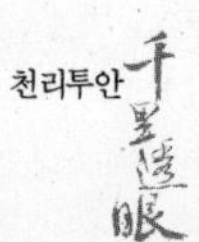

유령마제와 독고추는 약속이나 한 것처럼 동시에 속으로 소호의 이름을 부르짖었다. 끝없는 분노가 담겨 있는 외침이었다.

대체 어떤 마술을 부렸기에 저기서 나타난 것인지 알 수가 없었다. 소호의 능력에 소름이 끼쳤고, 그만큼 걷잡을 수 없는 분노가 치밀었다.

얼추 전장에 다다른 백삼십여 명의 철혈단은 신속하게 두 패로 나뉘었다. 스무 명은 유령마제 일당에게 달려갔고, 나머지는 흑마대를 덮쳤다.

소호는 전자에 속해 있었다. 열세 명의 1혈대원과 마길, 무염, 담우가 추천한 4, 9, 12혈대의 고수 여섯 명과 함께였다.

유령마제 일당만은 반드시 처치해야 했다. 많은 숫자를 투입하는 건 비효율적이다. 무엇보다 철혈단의 피해가 커진다. 그러니 고수들로만 구성된 적당한 인원으로 공격하는 것이 최선이었다.

흑마대는 안 그래도 약하던 기세가 완전히 꺾여 버렸다. 그들은 독고추의 눈치를 살피며 우왕좌왕했다. 그가 어서 명령을 내려 자신들을 이끌어주기를 바랐다.

허나 유령마제 일당은 달랐다. 그들은 자신들에게 달려오는 소호를 노려보며 분노를 최대한으로 발산했다. 당장이라도 소호의 머리통을 박살내주고 싶어 몸이 주체할 수 없을 만큼 들썩였다.

한 자루의 창이 미약한 소리조차 내지 않으며 은밀하게 허공을 날아 유령마제의 아랫배, 단전을 꿰뚫었다.

"흐헉!"

극심한 통증에 유령마제는 신음을 터뜨렸다. 고개를 내려다보니 아랫배에 삐죽 튀어나와 있는 날카로운 창두와 자신의 피가 묻어 있는 창대가 보였다.

"사, 사사, 사부, 사부님! 이런 씨바아아알!"

제자들의 절규를 들으며 유령마제는 비틀비틀 뒤로 몸을 돌렸다. 창은 그곳에서 날아왔기에. 파창은 비릿하게 웃고 있었다. 마치 '너보다 약한 하수에게 당한 기분이 어떠냐?'라고 약 올리고 있는 것만 같았다.

'불길한 예감의 정체는 이것이었나?'

유령마제는 속으로 허탈하게 내뱉었다. 소호에게 정신을 빼앗긴 것이 실수였다. 모든 분노를 소호 한 사람에게 집중해, 한순간 주위를 잊고 말았다.

파창은 그 틈을 놓치지 않고 단음고월(斷音孤月)이란 비장의 한 수로 유령마제의 단전을 파괴했다.

유령마제의 두 눈이 흔들리며 생기를 잃어갔다. 입에선 검붉은 피가 주르륵 흘러내리고 있었다. 단전이 파괴되며 오장육부가 뒤틀려 버린 탓이다.

위태롭게 휘청거리는 유령마제의 몸을 제자들이 부축했다. 모두들 넋이 나간 상태였다. 불사신이라고 생각했고, 이 세상

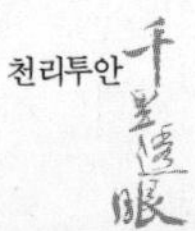

누구도 쓰러뜨릴 수 없다고 확신했으며, 천하제일인이라고 믿어 의심치 않았던 사부가 죽어 간다는 것을 도저히 받아들일 수가 없었다. 이 말도 안 되는 현실을 인정할 수가 없었다.

눈물을 글썽이는 일독의 등에 두 자루의 검이 꽂혔다. 그것은 일독의 가슴을 뚫고 앞으로 나왔다. 사독의 등에도 세 자루의 검이 깊숙이 틀어박혔다. 삼독의 허벅지와 오독의 옆구리가 길쭉하게 베어졌다.

"크헉! 이, 이, 이이이!"

"허, 허헙! 씨……발!"

일독과 사독은 치명상을 입어 비명을 질렀다. 입에서 나오고 있는 건 비명뿐만이 아니었다. 분수 같은 피마저 내뿜어졌다. 삼독과 오독은 비교적 경상이라 미약한 신음을 터뜨리며 얼굴을 일그러뜨렸다.

생기를 잃어가던 유령마제의 두 눈이 번쩍 기광을 발했다. 부상당한 제자들과 지금도 계속 제자들을 노리고 있는 1혈대원들의 날이 시퍼런 무기가 몸에서 빠져 나가고 있던 혼을 붙잡았다.

"이, 이노오옴드을!"

노기를 터뜨린 유령마제는 사방을 향해 강맹한 독장을 미친 듯이 퍼부었다. 분명 단전이 파괴되었건만 어떻게 이런 독장을 뿌릴 수 있는 건지 영문을 모를 일이었다.

1혈대원들은 황급히 신형을 날려 독장을 피했다. 그런 후 재차 모여 있는 유령마제 일당에게 달려들었다.

유령마제는 부들부들 경련을 일으키고 있는 손으로 삼독과 오독의 멱살을 거칠게 잡았다. 더없이 진지한 얼굴로 힘겹게 말했다.

"……가라. 믿겠다."

"사, 사부님?"

"뭐, 뭐? 씨, 씨발! 개소리, 개, 개소리 하지 마!"

오독은 얼떨떨한 표정을 지었고 삼독은 세차게 도리질하며 욕설을 퍼부었다. 유령마제는 씨익 웃었다. 온화하고 인자한 미소였다.

삼독과 오독은 사부가 이런 표정을 짓는 것을 처음 보았다. 사부가 자신들에게 이렇게 따뜻하게 웃어준 적은 처음이었다.

유령마제는 두 사람을 살짝 뒤로 밀쳤다. 그들은 뒷걸음질 쳤고, 그사이 유령마제는 자신에게 달려드는 1혈대원들을 노려보며 두 손을 들어올렸다.

짙은 녹색으로 물든 두 손에서 뿌연 독무가 피어올랐다. 독무는 두 손뿐 아니라 전신에서 흘러나오고 있었다. 마지막 남은 한 방울까지 힘을 쥐어짜내고 있는 것이다.

그런 유령마제의 양옆에 일독과 사독이 붙었다. 그들의 두 손도 독무를 내뿜고 있었다.

"거참 너무하시네. 우리에게는 가라는 말도 안 하다니!"

"그러게. 씨발, 사람 차별하는 것도 아니고."

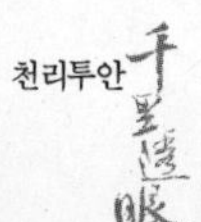

입은 투덜거리고 있었지만 그들의 얼굴은 웃고 있었다. 몸에 검이 박혀 창백한 얼굴로 피를 흘리면서도 뭐가 그리 좋은지 웃음을 참지 못했다.

"후후."

유령마제는 그저 피식 웃었다.

웃고 있는 그들과 달리 삼독과 오독은 눈물을 글썽이며 어쩔 줄 몰라 했다. 유령마제는 다시 말했다.

"가라."

일독과 사독은 퉁명스레 내뱉었다.

"어서 가, 이 개새끼들아! 믿는다!"

"믿는다! 믿겠다, 씨발놈들아!"

그들의 두 눈은 뜨겁게 빛나고 있었다. 삼독은 진저리를 쳤다.

"이 개새끼들! 싫어! 싫단 말이다!"

오독은 유령마제와 일독, 사독에게 힘껏 고개를 끄덕였다. 그 후 삼독의 어깨를 잡아끌었다.

"놔! 놔, 이 새끼야!"

삼독은 오독의 손을 뿌리치며 악을 질렀다. 오독은 삼독의 뺨을 후려갈겼다. 얼굴을 굳힌 채 착 가라앉은 눈으로 삼독을 바라보며 힘주어 말했다.

"가자."

"빌어먹을……!"

삼독은 울먹이며 고개를 푹 숙였다. 오독은 그런 삼독을 잡은 채 달렸다.

억지로 달려가던 삼독은 이내 다시 한 번 오독의 손을 뿌리치곤 자신의 의지로 달렸다. 그는 뒤를 돌아볼 용기가 없어 하늘을 보며 울부짖었다.

"믿어! 씨발! 믿어! 나를! 나를 믿으란 말이야아아아악!"

씨익 웃은 유령마제와 일독, 사독은 삼독과 오독을 뒤쫓으려는 1혈대원들에게 독수를 휘둘렀고, 독장을 퍼부었다. 1혈대원들이 삼독과 오독을 공격하지 못하게 막아, 그들이 도망칠 수 있도록 말이다. 세 사람은 방어를 도외시한 채 오직 공격에만 전념했다. 삼독과 오독을 위해 꺼져가는 생명의 불꽃을 활활 태웠다.

힐끔 유령마제를 본 소호는 옆에 있는 열아홉 명의 철혈단원들에게 냉정하고 딱딱한 어조로 말했다.

"계획을 바꿉니다. 저 세 명은 1혈대 분들에게 맡기고 우리는 도주하고 있는 저 두 명을 쫓습니다."

모두 두말 없이 고개를 끄덕였다. 그들은 방향을 바꿔 삼독과 오독을 추적했다. 그때 파창이 우렁차게 외쳤다.

"소호! 호 대주!"

반사적으로 멈칫한 소호는 파창을 바라보았다. 파창은 소호를 따르는 열아홉 명에게 삼독과 오독을 뒤쫓으라고 손짓했다. 잠시 머뭇거린 열아홉 명은 이내 신형을 날렸다.

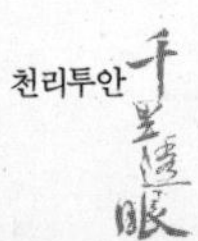

소호는 영문을 몰라 고개를 갸웃했다. 파창은 단호하게 말했다.

"너는 이곳에 남는다! 네가 할 일은 일부를 지휘하는 것이 아니다! 전체를 지휘하는 거다! 그게 네가 할 일이다!"

잠시 고민한 소호는 이내 힘차게 고개를 끄덕였다. 그런 후 몸을 돌려 전장으로 달려갔다.

지금 이 순간 파창은 소호를 차기 철혈단주로 인정했다.

허나 소호는 그것을 몰랐다. 그저 파창이 자신의 능력을 높이 사고 있다고만 생각했다.

흑마대의 머릿수는 빠른 속도로 줄어들어 현재 살아 있는 자는 삼십여 명 정도에 불과했다. 독고추는 무려 여섯 명의 혈대주들과 싸우고 있었다. 여러 철혈단원들마저 혈대주들을 지원했다.

독고추의 곁에는 암흑십정 네 명이 싸우고 있었다. 여섯 명이 죽어 이제 암흑십정은 그들밖에 남지 않았다. 암흑일정 규원은 독고추에게 조심스레 말했다.

"유령마제마저 당했습니다. 이대로라면……."

차마 도망쳐야 한다는 말을 독고추에게 할 수 없어 규원은 말끝을 흐렸다.

독고추는 힐끔 유령마제 쪽을 보았다. 규원의 말대로 붉은 물결이 유령마제와 그의 두 제자를 집어삼키고 있었다. 그들이 뿜어내던 생명의 불꽃은 뜨겁게 타오르던 것만큼이나 빠르게 꺼져갔다.

원통한 표정을 지은 독고추는 씹듯이 내뱉었다.

"가자."

말이 끝나기 무섭게 속으로 안도한 규원은 얼른 고개를 끄덕였다. 그는 큰 소리로 외쳤다.

"모두 도망친다! 도망친다!"

독고추와 암흑심정 네 명은 신속하게 몸을 빼내 어딘가로 달려갔다. 생존해 있는 삼십여 명의 흑마대원들도 뿔뿔이 흩어져 도망치기 시작했다.

그때부터 전투는 중단되었다. 그리고 사냥이 시작되었다.


## 四


교돈곡에서 처절한 혈투가 벌어진 지 어느덧 보름이 흘렀다.

사천과 섬서의 경계에 자리잡은 애비산(愛悲山), 이곳엔 여느 산이 그렇듯 몇 개의 관제묘가 자리 잡고 있었다.

그 관제묘 중 하나의 내부엔 관운장을 기리는 제단 외에도 하나의 관이 놓여 있었다.

관 속엔 새하얀 백의를 입은 아리따운 미녀가 잠들어 있었다. 그녀는 두 손을 가슴에 모은 채 편안한 얼굴로 영원히 깨

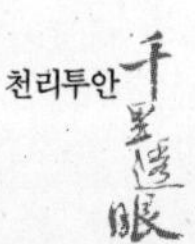

어날 수 없는 깊은 잠에 빠졌다.

미녀가 잠든 관의 옆에는 한 사내가 서 있었다. 암흑사왕 독고추였다.

그는 철혈단의 마수에서 살아남았을 뿐 아니라 잠자는 미녀, 나예주의 시신을 수습해 여기로 옮겼다. 사람을 불러 염습을 했고, 잘린 허리도 꼼꼼하고 단단하게 꿰맸다.

시신이 부패하는 것을 방지하기 위해 방부처리를 했으며 매일 빙공을 익힌 교의 고수를 시켜 그녀의 몸을 주무르게 했다.

그런 노력 덕분에 나예주는 지금도 이렇게 아름다운 모습을 유지할 수 있었다.

얼마나 시간이 흘렀을까?

난데없이 닫혀 있던 관제묘의 문이 부서질 것처럼 거칠게 열렸다. 안으로 여러 명의 사람들이 우르르 뛰어들었다. 급하게 달려왔는지 모두들 몰골이 말이 아니었다. 저마다 상기된 얼굴로 거친 숨을 내쉬었다.

아홉 명의 사내들과 세 명의 여인들, 소검과 소무 일행이었다.

모두들 넋이 나간 얼굴로 관을 내려다보았다. 여인들은 벌써부터 눈물을 흘렸고, 사내들은 비통한 표정을 감추지 못했다.

소검은 일그러진 얼굴로 비틀거리며 한 걸음씩, 한 걸음씩 힘겹게 관을 향해 걸어갔다. 독고추가 정중하게 머리를 조아렸지만 그의 눈엔 보이지 않았다. 그의 눈은 오직 관만을, 그 속에 잠들어 있는 나예주만을 보고 있었다.

관 앞에 선 소검은 위태롭게 흔들리는 눈으로 나예주를 내려다보았다. 덜덜 떨고 있는 손으로 조심스럽게, 아주 조심스럽게 나예주의 뺨을 만졌다.

소검은 두 눈을 질끈 감았다.

나예주는 차가웠다. 너무도 차가웠다. 이 냉기가 그녀가 죽었다는 비참한 현실을 그에게 더없이 잔인하게 가르쳐주고 있었다.

어느새 그의 눈에서는 굵은 물방울이 주르륵 흘러내리고 있었다. 무너지듯 무릎을 꿇은 그는 나예주의 가슴에 얼굴을 묻었다. 그 상태로 시간이 정지했다.

정지한 시간이 다시 흐르기 시작한 것은 잠시 후였다. 고개를 든 소검은 나예주의 얼굴을 지그시 바라보았다.

슬픔에 잠긴 얼굴이 일순 사납게 일그러졌다. 핏발이 선 두 눈에선 숨 막히는 살기가 내뿜어졌고, 경련을 일으키는 얼굴은 흡사 지옥의 악귀가 현신한 것처럼 섬뜩했다.

"누가…… 누가 죽였나?"

꿀꺽 마른침을 삼킨 독고추는 조심스레 대답했다.

"천랑, 철혈단 7혈대주 천랑 소호였습니다. 그가 그녀를 죽였습니다."

소검이 갑작스레 광소를 터뜨린 것은 그때였다.

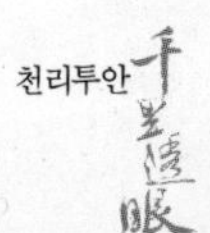

"크크크, 크흐후흐흐, 후하하하핫! 천랑…… 천랑! 정말이
냐?"

느릿하게 몸을 일으킨 소검은 독고추를 노려보았다. 그의
눈빛이 너무도 소름끼쳐 움찔한 독고추는 급히 머리를 조아렸
다.

"그렇습니다. 놈은 비열한 방법으로 그녀를 죽였습니다. 그
녀가 잠시 방심한 때를 노려!"

독고추는 말을 끝내지 못했다. 머리가 박살난 사람은 말을
할 수 없기 때문이다. 피와 살점들이 허공에 뿌려졌다.

"그리고 너는 그녀를 지키지 못했지."

싸늘하게 내뱉은 소검은 두 손으로 관을 잡았다. 상체를 조
금 숙여 다시금 나예주를 바라보았다. 그의 눈에 나예주의 몸
위에 튀어 있는 몇 방울의 피가 보였다.

피를 지우기 위해 손으로 슥슥 문질렀다. 허나 피는 더 크게
번질 뿐이었다. 그제야 그는 자신의 손이 피로 물들어 있다는
것을 깨달았다.

왠지 더 화가 났다. 왠지 더 슬퍼졌다. 왠지 웃음을 참을 수
가 없었다. 그래서 소검은 웃었다. 울면서 웃었다.

"후흐흐흐, 흐하하하……, 비열하게……, 비열하게라……,
소무야, 애들아! 하하하핫! 비열하게란다. 비열하게라는구나!
운비가…… 후하하하! 운비가, 으흐흐하하핫! 운비가 비열하
게 예주를…… 예주를!"

소검은 휘익 고개를 들어 천장을 노려보았다. 아니 그가 노려보고 있는 것은 하늘이었다.

자신에게 이렇게 슬프고 잔인한 운명을 선사한 저 빌어먹을 하늘이었다.

"운비야…… 후후후후…… 운비야…… 흐하하하…… 운비야…… 운비야아아아아아아!"

<8권에서 계속>

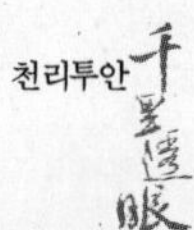

방수윤 신무협 소설
허부대공
虛夫大公
ORIENTAL FANTASY STORY & ADVENTURE
장르문학 최대 사이트 문피아(MUNPIA)의
독자들을 단숨에 사로잡은
『천하대란』, 『용검전기』, 『무도』의 작가
방수윤의 2007년 최고의 고감도 무협!
이제 허부대공에 의해 구주 무림의 역사가 다시 쓰여진다!
득시공검자지불멸(得時空劍者之不滅)!
시공검을 얻는 자 불멸하리라!
dream books
드림북스

# EVENT ONE

이벤트를 진행하는 4종의 책을 '모두 구입하신 분들 중' 추첨을 통해 사은품을 드립니다.

[사은품]
1명 : <최신형 디지털 카메라> + 4종의 3권(작가 친필사인)
('EVENT ONE에 참여하신 분들 중 30명'에게 작가 친필사인이 들어 있는 4종의 3권을 드립니다.)

[응모요령]
1,2권 띠지에 부착된 응모권 8개를 오려 드림북스로 보내주세요.

# EVENT TWO

이벤트를 진행하는 4종의 책을 '개별적으로 구입하신 분들 중' 추첨을 통해 사은품을 드립니다.

[사은품]
4명 : <백화점 상품권(10만원)> + 구입한 도서의 3권(작가 친필사인)
(『질주강호』(1명), 『참마전기』(1명), 『창룡검전(학사검전 2부)』(1명) 『적운의 별』(1명))

[응모요령]
1,2권 띠지에 부착된 응모권 2개를 오려 드림북스로 보내주세요.

# EVENT THREE

책을 읽고 감상평을 올리시는 분들 중 11명을 추첨하여 사은품을 드립니다.

[사은품]
으뜸상(1명) : Mplayer Eyes MP3 + 서평을 쓴 도서의 3권(작가 친필사인)
우수상(10명) : 문화상품권(1만원) + 서평을 쓴 도서의 3권(작가 친필사인)

[응모요령]
이벤트 진행 도서들 중 하나를 읽고 인터넷 서점(YES24)리뷰란에 감상평을 올려주시고,
그 내용을 복사하여(이메일, 아이디 기재) 한 번 더 '드림북스 홈페이지 감상란'에 올려주세요.

[보내주실 곳] (우)142-815 서울시 강북구 미아8동 322-10
(주)삼양출판사 2층 드림북스 이벤트 담당자 앞

[이벤트 기간] 2009년 1월 30일~2009년 3월 23일

[당첨자 발표] 2009년 3월 30일(당사 홈페이지 및 장르문학 전문 사이트에 발표합니다.)

드림북스 홈페이지 http://www.sydreambooks.com
드림북스 블로그 http://www.blog.naver.com/dream_books
문피아 사이트 http://www.munpia.com/출판사 소식/드림북스
조아라 사이트 http://www.joara.com/출판사 소식

※ 응모권을 보내주실 때는 '이름, 연락처, 주소'를 정확히 기입해 주세요.
※ 사은품은 이벤트 진행도서 4종의 3권의 책이 모두 출간된 직후 일괄 배송합니다.
※ 사은품은 상기 이미지와 다를 수 있습니다.
※ 『창룡검전(학사검전 2부)』의 최현우 작가님은 해외에 체류 중인 관계로 일정이 여의치 않으면
사은품 도서에 작가사인이 없을 수도 있다는 점 미리 양해를 구합니다.

# 흑마법사 무림에 가다

박정수 판타지 장편 소설

FUSION FANTASY STORY & ADVENTURE

『마법사 무림에 가다』의 박정수!

이번에는 흑마법으로 무림을 평정한다.

마교에서 부활한 대흑마법사 마현의 무림종횡기!

무림인들은 자기 실력의 3할은 숨겨 둔다고?
그렇다면 내가 숨겨 둔 비장의 3할은 바로 흑마법이다!

dream books
드림북스